本书得到林业公益性行业科研专项"多功能林业发展模式与监测评价体系研究"（200904005）和国家林业行业标准"工业人工林生态环境管理规程"项目资助。

STUDIES ON ECOLOGICAL AND
ENVIRONMENTAL MANAGEMENT OF
MULTI-PURPOSE INDUSTRIAL PLANTATION

多功能工业人工林
生态环境管理技术研究

李智勇　李怒云　何友均　主编

科学出版社
北　京

内 容 简 介

　　工业人工林的主要经营目标是供给工业发展所需的木质原料。同时，经营良好的工业人工林可以在适应和减缓气候变化、生物多样性保护、生态恢复与重建、水源涵养、减缓贫困和社会服务等方面发挥多重功能。本书针对工业人工林发展过程中忽视生态环境管理造成的植被退化、地力衰退、水土流失、生物多样性减少、病虫害增多、景观结构和功能单一等生态环境问题，结合国家林业局发布的《工业人工林生态环境管理规程》(LY/T 1836—2009)，用生态系统和景观管理的方法系统研究了工业人工林发展过程中的植被管护、水土保持、长期地力维护、生物多样性保护、化学制剂和生物制剂的施用、森林防火、有害生物防治、监测与评价等内容，提出了维持生态系统完整性和提高环境管理水平的基本理论与具体技术措施。

　　本书可供林业建设、生态保护、环境管理等领域的管理、科研和教学人员阅读，也可为相关专业大中院校学生、技术人员和企业、林农等利益相关者提供参考。

图书在版编目(CIP)数据

多功能工业人工林生态环境管理技术研究／李智勇，李怒云，何友均主编. —北京：科学出版社，2011

　　ISBN 978-7-03-030741-5

　　Ⅰ. 多⋯　Ⅱ. ①李⋯　②李⋯　③何⋯　Ⅲ. 工业原料林：人工林 – 生态环境 – 环境管理 – 研究　Ⅳ. ①S727.31②S718.55

　　中国版本图书馆 CIP 数据核字（2011）第 062675 号

责任编辑：李　敏　张　菊／责任校对：郑金红

责任印制：钱玉芬／封面设计：耕者设计工作室

科学出版社出版

北京东黄城根北街 16 号

邮政编码：100717

http://www.sciencep.com

骏杰印刷厂印刷

科学出版社发行　各地新华书店经销

＊

2011 年 6 月第　一　版　　开本：B5（720×1000）

2011 年 6 月第一次印刷　　印张：13　插页：2

印数：1—1 500　　字数：262 000

定价：56.00 元

（如有印装质量问题，我社负责调换）

序

近年来，林业的地位和作用逐步取得了广大公众的认同。2009 年中央林业工作会议作出了有关林业"四个地位"的论述，对林业的地位和作用作出了科学的概括，把它提到了前所未有的高度。在历史上中国森林曾遭受长期的破坏，中国现在正处于恢复和发展森林最为有利的时机，在各种条件下不断扩展的森林植被必将全面发挥其生态系统服务的多种功能（供给、调节、支持、文化），提供生态、经济、社会以及文化等方面的多种效益。国家为应对全球气候变化而作出的扩大森林面积和提高森林蓄积量的庄严承诺，又给林业增添了光荣的使命。

但是我们也不得不看到，相对于国家和社会对林业的迫切需求而言，中国的森林还处于保障能力有限、难于全面满足的状态。森林资源总量不足、质量不高、分布不均、效益低下。要彻底改变这样的状况，需要经过长期的世纪性的努力（中国的森林破坏历史已经长达几千年了）！中国森林的历史遗留格局使我们不得不更多地采用人工造林的措施，从而使中国事实上成为世界上人工林面积最大的国家。但是，由于造林地立地条件的局限以及人工林经营相对粗放，使人工林不能充分满足经济和社会的需求期望：一方面这么大的人工林面积（超过 6000 万 hm^2）仍然不能扭转林业主要产品——木材（含木纤维）供不应求、依赖大量进口的被动局面；另一方面相当一部分人工林的生态调节功能低下，生物多样性不足也引起了一些（特别是生态学界）的非议。当年以雍文涛部长为首的一批专家提出了"林业分工论"，曾经试图从森林主体功能分工的角度来应对这个矛盾；而后来由林业部提出的本意在于争取不同投资渠道的"森林分类经营"，又客观上不恰当地固化了这种分工格局，造成了公益林不求提高森林生产力，而商品林不顾森林生态功能的不良倾向。出路何在？这种局面迫使我们必须回归到加强多功能森林经营的道路上去。

"多功能森林经营"这不是一个新概念，19 世纪、20 世纪的经典的森林经营也是着眼于多功能的，不过当时对多功能的理解在科学上还是不够完整的。在经历了一段时期的"林业分工论"（国外虽无此名称，但有其实际倾向）主导下的工业人工林发展之后，在国际及国内社会对发挥森林的生态功能有了更迫切的要求之后，多功能森林在崭新的科学认识的基础上，应该回归到林业的主体地位。要求加强所有森林的科学经营（包括森林抚育、次生林改造、合理采伐更新等）已经提到了中国林业工作的头等议事日程上，而对于已经建设的工业人工林要求加强其环境管理，意在充分发挥其综合的多种功能，既有较高的森林生产力，又有较好的多重生态功能，这也是当前林业发展的一项迫切要求。国家林业局《工业人工林生态环境管理规程》（LY/T 1836—2009）的发布，以及本书对于这项工作内容的系统阐释和研究，正是朝着这个方向努力的重要步伐。

我本人非常支持《多功能工业人工林生态环境管理技术研究》这本书的撰写和出版，它符合当前林业工作发展的客观需要。本书的主要作者，包括李智勇、李怒云、范少辉等，都是我早年的优秀学生，盛炜彤研究员则是我多年的老友。他们一起努力，成功地完成了这本书的撰写，其主要内容很是符合我的理念和认识，我为之感到宽慰，并向他们表示祝贺！

中国工程院院士

2011 年 6 月 12 日

前　言

林业在生态、经济、社会和文化服务方面具有多重功能。2009 年 6 月 22 日、23 日，首次召开的中央林业工作会议对林业地位作出了"四个地位"的战略论述，明确指出：林业在贯彻可持续发展战略中具有重要地位，在生态建设中具有首要地位，在西部大开发中具有基础地位，在应对气候变化中具有特殊地位。林业在国民经济建设中的这一重要地位是由林业的多重功能以及经济社会发展对其的多元化需求决定的。在 2009 年 9 月 22 日举行的联合国气候变化峰会上，胡锦涛主席代表中国政府庄严承诺，争取到 2020 年，中国森林面积比 2005 年增加 4000 万 hm^2，森林蓄积量比 2005 年增加 13 亿 m^3。我国林业在肩负重大光荣历史使命的同时，也面临着巨大的挑战。

2009 年 11 月公布的全国第七次森林资源清查结果显示，我国乔木林每公顷蓄积量为 85.88m^3，只有世界平均水平的 78%，平均胸径仅 13.3cm，人工乔木林每公顷蓄积量仅 49.01m^3，龄组结构不尽合理，中幼龄林比例依然较大；森林可采资源少，木材供需矛盾加剧，森林资源的增长远不能满足经济社会发展对木材需求的增长。长期以来，以培育木质工业原料为主要目标，采取定向培育、规模集约经营、标准化生产的工业人工林，已成为有效缓解我国木材供需矛盾的重要途径。自从我国启动天然林资源保护、退耕还林、京津风沙源治理、"三北"和长江流域等重点防护林体系建设、野生动植物保护及自然保护区建设、重点地区速生丰产用材林基地建设六大林业重点工程以来，加快了以工业人工林为主的商品林业发展，提高了我国原材料自给能力，促进了我国林产工业的发展。实践证明，虽然工业人工林的主要目标是供给工业所需木质原料，但是经营良好的森林可以在固碳、生物多样性保护、生态恢复、水源涵养和社会文化服务等方面发挥多重功能。

值得关注的是，由于人们在营造工业人工林时以木材生产为优先目标，往往容易忽视生态环境管理，致使工业人工林生态系统的健康发展面临着地力退化、水土流失、病虫害频发、生物多样性降低、景观破碎等诸多生态环境问题的挑战。为此，世界上工业人工林相对发达的国家和一些国际组织相继研究与制定了工业人工林生态环境管理方面的标准、规程及指南，以促进工业人工林的可持续发展。例如联合国粮食及农业组织（FAO）于 2006 年制定了《人工林可持续经营自愿性指南》（*Responsible Management of Planted Forests: Voluntary Guidelines*），其中重点强调了人工林发展过程中的环境与景观管理，用于指导全球和区域层面的人工林可持续发展。新西兰发布了《人工林环境管理规程实践》和相关指南，为指导新西兰的工业人工林发展提供了技术标准。世界自然基金会（WWF）在全球发起了"新一代人工林"项目的研究、宣传活动，积极配合"2010 国际生物多样性保护年"和"2011 国际森林年"开展了相关人工林生态保护与环境管理方面的活动。针对我国工业人工林面积大、生产力低下、生态状况不佳等现实问题，国家林业局于 2009 年发布了《工业人工林生态环境管理规程》（LY/T 1836—2009），目的是促使工业人工林在提供木材、纤维、生物能源、非木质林产品等经济功能和服务的同时，充分发挥减缓和适应气候变化、保护生物多样性、保持水土、恢复景观、提供游憩场所等方面的多重功能与价值。作为这一规程的主要研究编制承担机构，中国林业科学研究院林业科技信息研究所组织相关领域专家，对这一规程进行了系统化研究和解读，以期为我国工业人工林的健康持续发展提供技术指南。

在本书编写过程中，中国林业科学研究院林业科技信息研究所的李智勇研究员负责整体设计与协调，并参与了部分章节的编写工作。中国绿色碳汇基金会的李怒云秘书长负责全书审核和把关，同时参与部分章节的编写工作。中国林业科学研究院林业科技信息研究所的何友均博士负责全书框架设计、书稿校对，并参与编写了"植被管护"、"长期地力维护"、"生物多样性保护"等章节的部分内容。各章主笔人员分别是：中国林业科学研究院林业研究所盛炜彤研究员（植被管护）、北京林业大学谢宝元教授（水土保持）、国际竹藤网络中心范少辉研究员（长期地力维护）、北京林业大学王清春博士（生物多样性保护）、云南省林业科学院陈宏伟研究员（化学制剂和生物制剂的施用）、中国林业科学研究院森林生态环境与保护研究所舒立福研究员（森林防火）、北京林业大学骆有庆教授和温俊宝教授（有害生物防治）、中国林业科学研究院世界银行贷款项目办公室兰再平研究员（监测与评价）。

本书的出版得到了林业公益性行业科研专项"多功能林业发展模式与监测评价体系研究"（200904005）和国家林业行业标准"工业人工林生态环境管理规程"项目的资助，同时本书也是这两个国家级项目的重要成果之一。希望本书能够为人工林可持续经营、多功能林业发展以及生态、环境管理等领域的科研人员、教师、学生和管理人员提供有益的理论和技术参考。

最后，由于多功能工业人工林生态环境管理还处于不断探索和发展的阶段，其中许多理论和技术问题还需要进一步深化研究，加之作者水平有限，本书尚存疏漏和不当之处，敬请广大读者批评指正。

编 者

2011 年 3 月

目　　录

第 *1* 章　植被管护

　　为了提高工业人工林的稳定性，对工业人工林或工业人工林区采取保护、利用、发展和消除植被的措施，称为工业人工林植被管理。其目标是使人工林群落结构得到改善、生物多样性和生产力得到提高，同时使人工林区植被结构与布局趋于合理、生态环境得到改善。概念中提到的"工业人工林"是林分水平的，"工业人工林区"是区域水平（景观水平）的。要提高工业人工林的稳定性，只在林分水平上努力是不够的，还应使造林地区的多样性与景观结构得到改善。要改善工业人工林区的环境，植被是主导因子，只有植被的分布格局、植被类型多样性改善了，生态环境才能跟着改变。所以在工业人工林生态环境管理中，植被管护被放在第一位。

1.1　为什么要重视工业人工林的植被管理

1.1.1　系统稳定性差

1.1.1.1　德国和欧洲发展工业人工林的历史教训

　　人工林稳定性差是个世界性的难题。人工纯林在国外书刊上称为单作（monocultures）人工林。欧洲出版的《人工林培育》一书在"人工林收获与长期生产力"一节的结论中说，关于与单作相联系的人工林生物学稳定性与潜在问题仍然需要研究。德国资深林学家写的《生态林业理论与实践》一书，在引论中指出德国今日的森林是200年经典林业发展的结果：①原先的矮林、中林几乎完全被主伐林所取代，而择伐只在拜恩州（巴伐利亚州）与巴登－符腾堡州零星分布；②树种分布已发生大范围变化，针叶树现在占森林面积的2/3，栎与山毛榉曾构成德国主要林相，而现在仅占森林面积的1/4；③纯林化仍在继续发展，2/3的针叶林为纯林林分；④将近自然的混交林改造为人工纯林的严重后果之一是易遭受各种灾害的袭击，如风、雪、干旱、火、有害动物、有害物质、辐射、气候变化等。现在我们已经认识到中欧的森林生态系统不稳定。人工林生态系统比天然林稳定性差。人工林结构单调，原先的自我调节的机能显然不再发生作用，伐区式采伐形成的同龄林因存在内在的不稳定性，显然难以抵御新发生的环境污染灾害。

1.1.1.2 我国发展工业人工林存在的问题

中国工业人工林的发展在新中国成立后就得到重视，1960 年，林业部提出造林要实行"基地化、林场化、丰产化"的建设方针，并在 1964～1965 年制定了全国用材林基地规划，规划基地 240 片；20 世纪 70 年代初，农林部又提出在南方发展以杉木（*Cunninghamia lanceolata*）为主的用材林基地，制定了建立大片用材林基地规划，建设范围扩大到 12 个省（自治区）的 212 个县，加上已建立的基地共约 500 个县。截至 1982 年，约营造基地林 320 万 hm^2，其中重点县约 200 万 hm^2。但由于投入不足，经营管理强度不高，以及适地适树未能解决好，其造林成效为"三三制"，即好、中、差各占 1/3。20 世纪 70 年代曾流行一句评价当时营建速生丰产林情况的话，叫"南方杉家滨，北方杨家将"，主要指当时发展速生丰产基地时，树种过分集中，南方以杉木为主，北方以杨树为主，人工林分树种过分单一。这种状况迄今没有得到明显改变。人工林针叶化也很严重，尤其是在南方，许多林区人工纯林替代了原先的以常绿阔叶林为主的天然林。根据南方几个省份的资料统计，浙江人工林比重占 46.1%，安徽占 55.9%，福建占 46.7%，湖南占 45.4%，广东占 53.3%，广西占 43.6%，江西占 29.6%。这些省份人工林比例很大，而天然林多分布于边远和高山地区，在人工林集中的地方，已没有多少天然林分布。而且人工林多为针叶林，在有些老的产杉木的县，杉木人工林占森林面积的 50%～80%。20 世纪六七十年代，南方几个省甚至有数万亩①杉木人工林集中连片，由此使不少杉木栽在不适合的立地上；同时，北方的杨树也大面积连片，造成了一定的环境问题。上述情况和德国、中欧地区的人工林发展很相似。其后果是人工林生物学上的不稳定性非常突出，生物多样性严重降低，病虫灾害频发，生产力甚低。在 20 世纪 70 年代，中国林业科学研究院就曾派专家盛炜彤先生等前往湖南"朱石"基地蹲点，搞低产林（当地群众

---

① 1 亩≈666.7m^2。

称之为"小老头林")改造,历时 5 年之久。"朱石"基地位于湖南株洲的朱亭镇和衡阳的石湾镇,地形上属低丘,土壤为红壤,由于长期的农耕利用,基本上属荒丘,土壤多瘠薄、板结,无论从地形、气候还是土壤看,均不适于杉木生长,但却营建了数万亩集中连片的杉木林,其后果不言而喻。专家们在改造"小老头林"中虽然采取了深整地、深挖抚育和压青等措施,但收效甚微。

1.1.2 病虫灾害严重

生物多样性是森林群落抵御病虫害的一种保卫机制,生物多样性低的人工林,抵御病虫害的能力差。一个树种甚至一个无性系的单作,为适合这个树种或无性系的病虫提供了一致的和大量的食物来源与理想生境。从而导致大规模的病虫害发生。

D. A. Perry 和 J. Maghembe 于 1989 年在 *Forest Ecology and Management* 杂志上载文认为,单作常常导致病虫害问题的严重性增加(Perry and Maghembe, 1989)。例如,引种到非洲的许多松树、柏树及桉树很容易感染昆虫与病原体;辐射松(*Pinups radiata*)在智利、新西兰及南非已经遭到严重的松针凋萎病的攻击,在东非由于控制不住病害而放弃以其造林;东非另一种引进的高产柏树(*Cupressus macrocarpa*),由于暴发干部溃疡病(由 *Mollochaetia unicorllis* 引起)也已不再以其造林。

中国由于人工林面积大,病虫害日趋严重,近些年每年病虫害发生面积达 800 多万公顷之巨。其中松毛虫害发生地域广泛,从南到北遍及 26 个省(自治区、直辖市),2001 年发生面积高达 134 万 hm^2,尤以马尾松毛虫(*Dendrolimus punctatus*)害最为严重,其主要发生在南方丘陵岗地,几乎每年都有大面积的暴发。新中国成立以来,虽然曾研究过许多防治办法,均难奏效。天牛危害的主要是杨树,2001 年受害面积也达 40 多万公顷。驰名中外的"三北防护林"工程也曾遭受光肩星天牛(*Anoplophora glabripennis*)危害,粗略统计发生面积达 30 余万公顷。同年个别省(自治区),如宁夏,遭到毁灭性天牛危害,全部杨树毁于一旦,直接经济损失高达 10 亿之巨。江汉平原杨树人工林遭到桑天牛(*Apriona germari*)、云斑天牛(*Batocera horsfieldi*)严重危害。湖南汉寿县杨树天牛受害率达 30% 以上,严重者达 80%。杨树食叶害虫危害也达到数十万公顷,重灾时,树叶被吃光。1982 年在南京中山陵首次发现松材线虫病以来,该病在我国江苏、安徽、浙江一带已蔓延成灾。

1.1.3　地力退化严重

1.1.3.1　杉木人工林

1）杉木及其人工林自身特性对其生态系统养分归还有不利影响。①枯落物凋落晚。杉木人工林进入 5 年、6 年后才产生凋落物，而且凋落物量不大，通常每公顷在 100kg 以下，故归还的养分也较少，不像阔叶树林，每年均有较多的凋落物归还林地。杉木人工林发生大量凋落物是在14～15 年以后，此时凋落物量可达 3～4t/hm^2，也就是杉木人工林以凋落物的形式归还养分是在进入中龄以后，在此之前养分归还是很少的。杉木还有与一般针叶林不同的特性，即枯死枝叶宿存树干 4 年左右而不凋落，这也延缓了枯落物养分的归还。②枯落物分解慢，养分释放慢。枯落物的分解受多种因素影响，根据各地测定的结果看，杉木凋落物分解速率大体在25%～45%；而采伐剩余物的分解更慢。这个分解速率与阔叶树相比是缓慢的（如白栎、枫香分解速率为89.5%，火力楠分解速率为95%）。由于上述原因，杉木林养分循环速率也是缓慢的，在南平的测定结果显示，其养分循环速率为：N, 0.44～0.48；P, 0.26～0.49；K, 0.18～0.33；Ca, 0.24～0.58；Mg, 0.15～0.52。③群落结构单一，密度大的林分几乎无林下植被。群落结构单一的林分，不利于地力的维护，单一针叶人工林的落叶易积累而不易分解，并易使土壤酸化。单一树种在土壤养分利用上更易造成某些养分的亏缺。

2）杉木人工林的育林干扰对土壤养分损耗大。①林地清理、整地导致水土流失严重，火烧造成有机质损失；②皆伐造成大量有机质养分损失；③幼林抚育引起水土流失。在盛炜彤和范少辉（2005）所著《杉木人工林长期生产力保持机制研究》一书中，对传统育林措施的杉木人工林生态系统养分损耗影响作了统计分析（表1-1）。

从表 1-1 可以看出，对于花岗岩上发育的黄红壤，影响生态系统养分损耗的最主要因素是皆伐（全部移走生物量），其次是水土流失，再次是间伐。而对于板页岩上发育的黄红壤，主要影响因素是皆伐、炼山和火烧清林。由于炼山整地抚育后，花岗岩上发育的黄红壤的水土流失比板页岩上发育的黄红壤要严重得多，

表1-1 传统杉木人工林经营有机物质与养分的损耗

养分损耗因素	板页岩上发育的黄红壤			花岗岩上发育的黄红壤		
	生物量 /(t/hm²)	土壤有机质 /(kg/hm²)	养分 /(kg/hm²)	生物量 /(t/hm²)	土壤有机质 /(kg/hm²)	养分 /(kg/hm²)
炼 山	—	17 000	340.32	—	8 040	223.20
水土流失	—	56.51	44.38	—	254.63	469.44
间 伐	22.5	—	278.03	22.5	—	278.03
皆 伐	121.94	—	1 368.91	207.35	—	1 129.37
火烧清林	—	17 000	340.32	—	8 040	223.20
合 计	144.44	34 056.51	2 371.96	229.85	16 334.63	2 323.24

注：板页岩发育的黄红壤，皆伐林分为19年生；花岗岩上发育的黄红壤，皆伐林分为29年生

资料来源：盛炜彤和范少辉，2005

因此两者养分损耗差别较大。至于间伐及皆伐所迁移的生物量与养分，主要取决于立地条件和林分的生长，两者在相同立地与林分生长条件下应该是相似的。根据以往的测定数据推算，在板页岩上发育的黄红壤上，在杉木人工林一个轮伐期中，每公顷养分损耗为2371.96kg，年均损耗124.84kg/hm²；损失土壤有机质34.06t/hm²，年均损耗1.79t/hm²。在花岗岩上发育的黄红壤，整个轮伐期养分损耗为2323.24kg/hm²，平均每公顷年损耗80.11kg；损失土壤有机质16 334.63kg/hm²，年均损耗0.56t/hm²。Morris 和 Miller（1994）指出，在以往的研究中树种连栽或者说第二轮伐期导致生产力下降问题主要是从树种本身的特性加以考虑。但近年大量研究表明，这一问题与采伐利用、采伐剩余物处理和土壤耕作等问题分不开。采伐剩余处理和整地除了对养分平衡造成影响以外，还对土壤理化性状产生直接或间接影响。至少在用材和纸浆林经营中，仍有直接的养分移走和植物必需养分的间接损失，如果没有自然补充或施肥，将造成林分生产力下降。

3）杉木人工林多代连作后林下土壤肥力下降明显。①pH 值下降。根据中国林业科学研究院林业研究所专家在福建、江西的调查，不同代数杉木根际土壤pH 值均低于非根际土壤，相差幅度在0.2~0.5，除幼龄林之外，2 代、3 代林的土壤 pH 值也低于1 代林，幅度在0.2~0.4。②N、P损失多，尤其是P。2 代林有机质比1 代林下降2%~20%，全 N 下降12%~24%，全 P 下降3%~36%，

全 K 下降 4% ~6%，水解 N 下降 31% ~33%，速效 P 下降 2% ~47%，速效 K 下降了 8% ~30%。③土壤物理性质变劣。主要是土壤容重提高了，土壤结构变劣。④土壤微生物区系和酶活性也有大的改变。

4）多代连作导致杉木人工林生长量一代不如一代。据中国林业科学研究院林业研究所专家在南平的研究，2 代、3 代林与 1 代林相比，中龄林树高分别下降 8.13% 和 12.13%，胸径分别下降 9.12% 和 34.55%，蓄积量分别下降 22.33% 和 67.90%。

综上可得，杉木人工林连作发生了地力衰退并导致人工林生产力下降，其原因主要是传统的不合理育林措施以及人工林自身特性造成了土壤综合功能退化，土壤有机质含量明显下降，土壤物理性状不利改变，养分特别是有效养分 P 供给不足。

1.1.3.2 桉树人工林

1）连作引起枯落物现存量及养分储量逐代下降（包括 N、P、K、Ca、Mg 总量）。与 1 代林相比，2、3、4 代林分别降低 10.5%、12.4% 和 21.3%（1 代林 N、P、K、Ca、Mg 合计为 218.26kg/hm²，到了 4 代林只有 171.71kg/hm²）。

2）土壤容重随栽植代数增加而增加。次生林各层土壤平均容重为 1.34g/cm³，而 1 代桉树人工林此值为 1.50g/cm³，2 代林为 1.52g/cm³，3 代林为 1.56g/cm³，4 代林为 1.62g/cm³；次生林 20 ~40cm 土层土壤平均容重为 1.29g/cm³，1、2、3、4 代桉树人工林该值分别为 1.45g/cm³、1.54g/cm³、1.57 g/cm³、1.72 g/cm³。这些容重变化数字表明，桉树人工林土壤物理性质不断恶化。

3）土壤养分含量下降。与次生林相比，1 代桉树人工林土壤各层次有机质、N 和 P 含量分别下降了 24.2%、37.8% 和 33.9%；K、Ca、Mg 分别下降了 29.2%、38.4% 和 63.8%。与 1 代林相比，2、3、4 代林各层平均养分含量（有机质）分别下降了 27.4%、38.7% 和 17.2%。次生林 0 ~20cm 土层有效 P 含量为 4.9 mg/kg，1 代人工林为 3.9 mg/kg，2 代林为 4.7 mg/kg，3 代林为 2.0 mg/kg，4 代林为 2.6mg/kg；次生林 20 ~40cm 土层有效 P 含量为 2.1mg/kg，1、2、3、4 代人工林分别为 1.8mg/kg、1.7mg/kg、1.3mg/kg、1.2mg/kg。有效 P 供给也逐代下降。

4）由于上述原因，引起桉树人工林生产力也逐代下降。与 1 代林相比，2、

3、4 代林树高（4.5 年生）分别下降了 7.4%、7.9% 和 20.0%，胸径分别下降了 8.4%、15.9% 和 25.8%，蓄积量分别下降了 20.4%、32.8% 和 50.5%。

除了杉木、桉树人工林存在地力衰退外，柳杉、落叶松、杨树、刺槐等林地也都有过地力衰退的报道。总之，人工林地力衰退在中国普遍发生。

1.1.4　抗自然灾害与抗污染能力差

中欧诸国大面积发展人工林，存在两大问题：一是抗自然灾害能力弱，容易遭受气候改变的危害。在 1990 年的风灾中，中欧地区刮倒林木达 1 亿 m^3，联邦德国受害最严重。二是抗污染能力低。20 世纪 80 年代初大片森林因受到酸雨袭击而出现猝死，尤以云杉和冷杉人工林损失较大。

据报道，20 世纪七八十年代，欧洲和北美地区出现大面积的森林衰退。1980 年德国政府的一项报告指出，全国已有 56 万 hm^2 森林（占森林总面积的 7.8%）受到大气污染和酸雨危害。其中 20% ~ 30% 的欧洲云杉（*Picea abies*）已枯死或严重受害。1984 年森林受害面积占全国森林面积的 55%，主要包括欧洲赤松（*Pinus sylvestris*）和欧洲冷杉（*Abies alba*）。

20 世纪 70 年代初，酸雨对我国四川盆地和贵州中部森林产生危害，15 年木材减产 50 多万立方米，经济损失 30 亿人民币。另据冯宗炜（1993）估测，我国 7 个省（自治区）遭酸雨危害的森林累计达 128 万 hm^2，其中马尾松林 79 万 hm^2，杉木林 9 万 hm^2，总材积损失约 100 万 m^3。7 个省份中浙江、安徽受害最严重。

我国人工林在冰雪灾害中受灾严重。2008 年 1 ~ 2 月，我国南方 9 个省（自治区、直辖市）发生了历史上罕见的重大雨雪冰冻灾害，其覆盖面之广、损失之大、影响之深，堪称空前。人工林纯林特别是针叶人工林首当其冲。湖北省对当时主要造林树种受灾情况作了一个全面调查（汤景明等，2008）。总的结论是，鄂东南常绿树种受害率、受害等级和受害指数分别比落叶树种高 177.0%、260.0% 和 117.2%，而鄂西南常绿树种上述指标分别比落叶树种低 23.4%、33.0% 和 33.0%；针叶树的受害率、受害等级和受害指数，分别比阔叶树高 14.7%、46.7% 和 48.2%；外来树种的三项指标分别比乡土树种高 54.4%、95.5% 和 92.6%。林分结构对冰雪灾害有重要影响，林分过密、过稀的，均使受害加重，纯林比混交林受害严重。为得到不同类型树种受害情况，在全省范围内分常绿、落叶、针叶、阔叶、外来、乡土六类树种进行统计，每类调查 1100 ~

2500 株，得到受害率分别为 57.4%、63.5%、62.3%、54.3%、77.6%、50.2%，以外来树种受害最为严重。以鄂西南为例，日本落叶松受害率最高，达到 95.72%（调查 724 株），受害等级高达 3~5 级（林木冰雪灾害受害等级划分为 6 级，即 0~5 级，等级越高，受害越重），其次为柳杉、油松，受害率分别也达到 58.91% 和 55.64%。全省造林树种受害指数高的有桤木（0.84）、日本落叶松（0.71）、柏木（0.70），其次是光皮桦（0.58）、木荷（0.51）、香椿（0.51）。关于日本落叶松有专门的调查（许业洲等，2008），调查认为在海拔 1800m 以上比其以下受灾严重 2 倍。密度超过 2000 株/hm² 的林木受害极为严重；25 年生林分受灾较轻。

全国桉树人工林在 2008 年 1~2 月的冰雪灾害中也受灾严重（陆钊华等，2008），累计受灾面积 50 万 hm²，约占桉树人工林面积的 25.0%。桉树人工林受灾的地理范围是 N24°15′~N26°54′，E26°~E104°；重灾区是湘南、赣南、桂北、粤北地区，海拔 300~600m 范围内。在重灾区中不同林龄人工林均受到伤害，损失惨重。陆钊华等（2008）共调查了 15 个地点，冻害等级多在 4~5 级。

温庆忠等（2008）对滇东南 5 种人工林受冰雪之灾情况进行了调查，发现相思林全部受害，桉树林大部分受害，杉木人工林与云南松林也一定程度受害。谭著明等（2008）对冰雪导致湖南森林毁损的原因和损失进行了评估，桉树、湿地松、毛竹等大面积毁损，部分地区马尾松、杉木、阔叶树天然次生林机械折损量大。

从以上资料分析，人工林纯林抗御冰雪灾害能力差，混交林抗灾能力优于纯林，但乡土树种强于外来树种，外来树种在冰雪灾害中受灾最严重，尤其是向中亚热带引种的桉树、相思树和高海拔发展的日本落叶松，遭到毁灭性重创。人工林纯林不稳定，外来树种发展更要慎重，这两句话可作为我国发展人工林的重要参考。

1.2　工业人工林存在问题的原因分析

1.2.1　工业人工林区改变了原来的自然植被景观格局和生物区系

工业人工林的培育多是从天然林采伐后或破坏后发展起来的，同时在营建人工林的过程中，又过度地消灭了原生植被，包括乔木、灌木和草本植物。在南方林区，许多杉木产区（县）发展了 50% ~ 80% 的人工林，自然植被都被排挤到边远的、人群不可及的一些地点或在一些居民区零星分布，从而使得人工林区原先的植被景观格局（不同植被类型的分布）在很大程度上发生了改变，生物区系（生物种类）变少了，原先天然的不同的森林类型、植被类型被人工林替代，而且常常被少数几种甚至一两种大面积的人工针叶纯林替代，使今天的人工林及人工林区失去了生态平衡。例如在人工林大规模种植前，南方地区森林生态系统的复杂性和景观多样性是很高的，由此形成的植物物种多样性十分丰富。但目前的人工林区，大面积集中连片的人工林，使人工林种植区域的生物多样性严重降低；致使许多人工林区生态系统与景观多样性变得也很单一。现在南方山区普遍分布的现存植被是以杉木、马尾松、毛竹及一些次生林为主的简单类型。组成森林乔木的树种通常是单一树种，有些人工林还没有灌木层和草本层。同时，人工纯林还受到病虫害的严重危害。

1.2.2　工业人工林结构单一

1.2.2.1　树种单一化、针叶化问题突出

在《中国主要树种造林技术》一书中，介绍了全国各地 210 个主要造林树种，其中绝大多数是我国优良乡土树种，也有少数从国外引进，经过实验证明是适宜我国栽培的优良树种。但实际上经过深入育林研究的树种不多，而用于大面积栽培的树种更少。我国人工林常常是一个树种甚至是一个无性系组成，这在我国人工林发展中表现得十分突出。到目前为止，中国人工林树种从南到北主要为桉树（树种组）、马尾松、杉木、湿地松、火炬松、华山松、云南松、泡桐、杨树（树种组）、刺槐、日本落叶松、长白落叶松等。少数几个树种大面积栽培，而且以针叶树为主。在南方各省阔叶树人工林面积不及 5%，最近几年略有增加，尤其是一些珍贵阔叶用材树种几乎很少得到发展，如栎类、红椎、楠木、樟树、楸树、红椿、格木、降香黄檀、蚬木、水曲柳、黄波罗等。这种片面发展导致我国针阔叶树种比例严重失调，不仅造成许多生态性灾害，而且使我国用材结构失调，一些珍贵用材只能依赖进口。

1.2.2.2　人工林群落结构单一

（1）杉木人工林

杉木人工林的造林密度通常每公顷在 2400～3600 株，有的甚至更密，在幼龄林郁闭后（一般 3～4 年），林下植被逐渐淘汰，大体在 7～20 年间，林下几乎没有植被，人工林群落只有乔木层。中国林业科学研究院专家在江西分宜大岗山实验中对通过间伐调控的 11 年生不同密度杉木人工林进行了长达 12 年的定位观测，发现密度为 2955 株/hm² 的对照林分，11 年生时林下植被覆盖度只有 2.0%，16 年生时生物量只有 0.312t/hm²，18 年生时林下植物发展到 26 种，但植被覆盖度仍只有 30%，一直到 22 年生时，林下植被生物量才达到 5.332t/hm²，杉木林群落才有了明显的乔、灌、草三层结构。即杉木人工林从幼龄林到中龄林这个生长发育阶段，只有乔木层单层结构。这是许多人工林的普遍性特点。但通过间伐降低密度后，群落结构就会迅速发生变化。例如试验中密度调整到 1995 株/hm²、郁闭度为 0.58 的林分，到 18 年生时植物物种达到 34 种，植被覆盖度达到 90%。16 年生时的生物量达到 4.318t/hm²，并形成了乔、灌、草三层的群落结构，单就林下植被而言，也形成了三个亚层。因此人工林间伐很重要，不仅能促进保留林木生长，而且能改善人工林群落结构，增加生物多样性，这对维护人工林地力是有益的。

（2）桉树人工林

桉树人工林物种丰富度、多样性指数与生物量是逐年下降的：①0.5、1.5、2.5、3.5、4.5 年生桉树人工林物种丰富度分别为 3、4、1、2 与 2；②Shannon-Wiener 多样性指数分别为 0.52、0.67、0、0.44、0.09；③Simpson 指数分别为 0.33、0.43、0、0.27 与 0.13；④生物量分别为 437.2g/m²、268.5g/m²、224.6g/m²、65.0g/m² 及 17.8g/m²。

上述生物多样性指标不仅随林龄增加而下降，而且 2、3、4 代与 1 代相比，上述指标也是逐代下降的。

（3）人工林的基因窄化日趋严重

人工林的现代发展，使良种纯度不断提高。无性系造林已在我国普遍使用，但是我国无性系育种跟不上生产发展的需要，因此常常是一个或少数几个优良无性系大面积种植，这就带来了人工林基因窄化，这也是人工林抗性降低的重要因素。

上述情况表明，我国人工林及人工林区在基因、物种、生态系统及景观四个层次上，多样性都很低，生态失衡严重。

1.2.3　多代连作导致地力下降

杉木人工林、毛竹人工林、落叶松人工林、杨树人工林以及桉树人工林都存在多代连作。杉木人工林连作多者达到 3 代，通常的连作 2 代，桉树人工林有多达连作 4 代的。这种连作多存在地力退化。历史上杉农在连作多代、生产力严重下降后，会采取撂荒措施，再选择适合的地方种杉。等撂荒数十年后地力有所恢复，再种杉木，但地力已远不如第一代种植时的情况。据我们观测，立地条件好的杉木林（16~20 地位指数），连续种 2~3 代，地力虽然衰退，但尚有一定产量；而 12~14 地位指数则只能种 1 代或 2 代，之后产量就很低了。多代连作不仅使土壤有机质下降，土壤容重变大，而且养分下降，导致养分供应不足，特别是 P 及某些微量元素的亏缺，引起生产力下降。多代连作是一种人工林的栽培制度，或者是植被管理制度，其不合理性是显而易见的。

1.2.4　盲目引进外来树种

外来树种在我国发展很快，如桉树、湿地松、火炬松、日本落叶松、杨树等。刺槐是个例外，它是乡土化了的外来树种，已经很适应中国的环境。外来树种要求有几个（至少 2 个）轮伐期的在引种地的考验，我们国家在这方面做得不够。外来树种一开始在引种地可能生长很好，但时间长了，常常遭到病虫害袭击。特别是有些地方引种外来树种集中连片、大面积发展，存在更大的风险。D. A. Perry 和 J. Maghembe 在 1989 年发表的 *Ecosystem concepts and current trends in forest management：time for reappraisal* 一文中，认为遗传多样性在种内也是一个重要的保卫机制，遗传上同质的森林是高度脆弱的，单作常常导致病虫害问题的严重性增加。他们列举了许多例子，说明在许多国家已经发生了引种的松树、柏树及桉树很容易感染昆虫与病原体，从而导致造林失败的事情。我国引种的湿地松在 10~15 年前生长很好，但后期生长缓慢，松梢螟也很严重。火炬松虽然生长还好，但梢部虫害也很严重。宜昌中山山地引种的华山松大面积死亡。引种到中亚热带南部的桉树和种植在高海拔地带的日本落叶松在 2008 年冰雪灾害中遭受损失很大。上述情况反映出我国在外来树种引进上存在诸多问题，今后在造林规划中要慎重考虑外来树种适生地区、栽植规模和造林地选择。

1.2.5　造林未能做到适地适树适品种

适地适树是人工林营建中的首要原则，适地适树也是植被管理上的重要原则。我国人工林的集中连片，人工林的生产力低下，人工林病虫害严重，是与造林未能做到适地适树紧密相关的，这也是我国人工林生产力低的主要原因。我国的造林存在一个重要问题，就是忽视在立地分类和评价的基础上进行造林，因此在各地形成了集中连片的人工林，面积常常很大。这主要是三个原因造成的。一是我国造林树种少，虽然有些树种有造林经验，但由于生长慢，或由于在某一时间段木材售价低，因而常常集中发展一个树种。如南方喜欢种杉木人工林，北方喜欢种杨树人工林。但是不管是在山区还是平原，即使是在一个不大的区域，立地条件（在平原主要是土壤条件）也是多变的。如南方山地的一个山头，从山麓到山顶分成山洼、山坡、山脊三大部分，在立地分类上可分为三个立地类型组，每个组还有若干个立地类型，以杉木和马尾松来评价立地质量（生产力），一个山头的地位指数有可能从 10 到 18，跨 5 个地位指数，生产力差别很大。如果种杉木，14 ~18 地位指数可以培育速生丰产林，10 ~12 地位指数种杉木生产力低。但如果 10 ~14 地位指数种马尾松人工林，则都可以高产。平原地区看上去地形似乎很平坦，但土壤差别仍是很大的，集中连片种杨树同样生产力有很大差别。总之，大面积种一个树种，必然不能做到适地适树适品种。二是虽然科技部门对山区划分了立地类型、进行立地评价，但由于经营强度低，小班的划分没有以立地类型作为依据。小班面积常常很大，包括了多种立地类型，按小班设计树种自然也做不到适地适树。三是许多林业工程管理人员，包括技术人员，缺乏立地评价的知识，不知道如何划分立地类型和按立地类型设计造林树种。划分立地类型、进行立地评价需要有专门的技术人员，但在造林项目实施中这方面非常不足。不能做到适地适树不仅带来了人工林生产力低下、生长不稳定，而且在管理上造成了许多不必要的经济损失。如许多地方对林木进行施肥，从山麓到山顶都使用一个配方。实际上根据研究得到的知识是，18 地位指数可以不施肥，而

10 ~12 地位指数由于土壤水分不足，施肥也不可能有大的效果，白白浪费肥料和人力。

1.3　植被管理措施

1.3.1　优选乡土树种

优选乡土树种是森林培育中的最基本原则。美国的育林专家，迄今仍遵循哪里采的种在哪里造林的做法。乡土树种能良好适应当地的环境，包括当地的气候、土壤和生物。一般而言，森林培育是长周期的林业生产活动，和农业的一年生作物不同，在长周期中，气候是会发生多种变化的，尤其是近些年来地球气候变化十分异常，种植的森林要在长周期内经受各种气候变化的考验，如低温、高温、冰雪、强风和干旱的考验，因此选择造林树种时，就不得不慎重。而乡土树种是在本土的气候条件下自然选择的结果，能够适应各种气候的变化。当然乡土树种也不能到处种植，林学家们主张应用当地的种源造林，尽可能在其分布的中心区种植，在分布边缘区发展也要慎重。对于外来树种，当然也可以发展，但需经过长期的较大面积种植和区域试验，也就是外来树种也要经受长期的在引种地不同环境和不同气候条件下的考验。2008 年我国南方的冰雪之灾使外来树种，如桉树、湿地松、日本落叶松等遭到重创，这很好地说明了选择乡土树种的重要性和慎重利用外来树种之必要。

选用乡土树种还有一个重要理由，就是要保持居民们所习惯了的和日常生活中喜欢的林产品需要与景观。如南方群众习惯用杉木制作房屋、家具、农具等，习惯种樟树作为景观树，习惯种毛竹、吃竹笋、做竹编等。杉木、樟树、毛竹成为南方特有的当地居民不可或缺的树种。华北的槐树、侧柏，东北的红松、枫树也都是当地的景观特色，为群众所喜爱，在绿化造林中需要加以保护和发展。

1.3.2　保护造林地周边的天然林和生态敏感区域的原有植被

天然林是当地有特色的自然植被景观，具有丰富的生物种类，是维护造林环境的重要植被。一般在大面积造林区域天然植被已经十分稀少，造林地周边的天然林是长期破坏后残存的，或者是南方城镇居民点附近的所谓"风水林"，保护这种天然林不仅可以保护和挽救当地已经接近灭绝的森林景观和生物区系，还是尊重了当地居民风俗习惯，有多重价值。

生态敏感区域是指山顶（山脊）、沟谷与急险坡。山顶（山脊）、急险坡立地条件脆弱，而地形较陡，常常有岩石裸露，具有重要的水土保持作用。这些地方的原有植被被破坏后也难于恢复。更为重要的是山脊、沟谷可以成为"自然保护地"，是天然的生物廊道，因此必须加以保留。

从人工林区景观配置角度看，上述两个地方天然植被或原有植被的保留、保护也是保持人工林区景观多样性的重要措施。在造林区域，不仅上述两个方面的植被要保护，对于任何有观赏价值的，如陡岩点水、古老树木、珍稀树种和有点缀风景价值的树木、片林，均应在保护之列。这些植被或树木还有重要的文化价值，在将来发展人工林区旅游业时是不可缺少的景点。

1.3.3 发展林下植被

人工林群落结构简单，生物多样性低是引起人工林地力衰退的重要因素。改善人工林群落结构有三条途径：一是发展林下植被；二是营建混交林；三是保留利用人工林中天然更新的树木（南方如栲类、栎类、木荷等，北方如桦、椴、槭及杨树等）。发展林下植被，通常最为简单易行的方法是发展自然发生的与当地植物区系有密切联系的植被，也可以在林下种植有价值的植物，如豆科植物、药用植物等。但后者需要具备种植技术和一定花费，而前者只需要通过适时间伐就可以达到。

1.3.3.1 发展自然发生的林下植被

发展林下植被能起到如下关键作用。

1）增加生物多样性。据观测，11 年生的杉木人工林密度为 2955 株/hm^2，郁闭度为 0.8，林下植物种类只有 5 科 5 属 5 种，12 年生时林下植被覆盖度为 2.0%，16 年生时，林下植物生物量只有 0.312t/hm^2。但间伐或稀植的林分，植物多样性可大大增加。如 18 年生的杉木林分，不间伐林分的林下植物为 23 科 25 属 25 种，但间伐林分的林下植物为 39 科 48 属 51 种，前者林下植被覆盖度为 30%，后者达 90%~100%。

2）拦截径流，稳定土壤，防止土壤侵蚀。

3）增加土壤有机质，改善土壤的结构。

4）作为养分库，减少养分淋洗。

5）有利于林分的养分循环。

6）固氮。如林下的豆科植物、胡秃子科的植物、赤杨类植物均有固氮作用。

7）增加土壤生物区系多样性（动物与微生物）。

案例1-1 发展林下植被的作用

1989～1993 年，在江西省分宜县中国林业科学研究院大岗山实验中心，盛炜彤等进行了国家自然科学基金资助项目"杉木林下植被对土壤性质影响"的研究，调查了年龄为 20～33 年的杉木人工林，共计 53 块样地，其中有 7 块固定样地。在样地中调查了林下植被的植物种类、株数、高度、植被覆盖度，并分别对灌木、草本植物采用收割法测定了地上、地下部分的生物量，同时测定了死地被物量。在固定样地内除调查植被外，还分层（0～5cm, 6～15cm）采集了土壤样品，对土壤的微生物区系、种群、土壤生物化学活性、土壤化学性质、土壤的腐殖质组成等进行了测定和分析。通过调查分析，共划分了 5 个林下植被类型：铁芒萁类型、狗脊类型、蕨类类型、灌木－狗脊类型和灌木－铁芒萁类型。

调查研究表明，林下植被的科、属、种数以及种的组成、密度、植被覆盖度、层次、生物量都随间伐强度的增大而增加，较大的间伐强度是促进杉木人工林林下植被生长发育的重要途径，间伐强度达到 40% 以上时，才能有较好的林下植被发育，并有明显的层次结构分化。当林下植被覆盖度达到 60%～70% 时，生物量可以达到 5～7t/hm^2。通过林下植被生物量研究，得知林下植被根系的生物量比例很高，可达到或超过总生物量的 50%。

林下植被有较大生物量和营养元素积累，铁芒萁类型每公顷生物量为 4.49t，狗脊类型为 5.22t，灌木－铁芒萁类型为 5.73t，灌木－狗脊类型为 8.27t，营养元素积累分别为 78.9kg、129.4kg、104.1kg 和 165.4kg。林下植被单位重量的养分量高于杉木，灌木层是杉木的 1.45 倍，草本层是杉木层的 2.22 倍。

林下植物凋落物能促进杉木枯落物的分解，如果在杉木凋落物中混入30%的林下植被凋落物，其分解速度可提高一倍。因此林下植被的存在不仅增加了林分营养元素的归还数量，而且也增加了营养元素的归还速度。

　　林下植被对土壤微生物区系和数量有明显影响。对于14地位指数杉木林，林下植被覆盖度为65.8%的样地和植被覆盖度为20%的样地相比，细菌增加3.7%，放线菌增加71.5%，真菌增加22.3%。16地位指数杉木林，林下植被覆盖度为69%的样地与植被覆盖度为20%的样地相比，细菌增加59.96%，放线菌增长21.6%，真菌增长13.28%。18地位指数杉木林，林下植被覆盖度为75%的样地和植被覆盖度为39.62%的样地相比，细菌数量增长124.6%，放线菌增长19.66%，真菌增长125.73%。土壤微生物增加有利于杉木人工林的枯落物分解、腐殖质合成、养分循环、物质和能量的代谢。

　　林下植被能促进土壤酶活性的提高，也就有利于土壤肥力的提高。林下植被覆盖度大（60%~70%以上）的样地比植被覆盖度小（30%以下）的样地，磷酸酶活性提高14.98%~62.5%，转化酶活性提高25.0%~62.8%，多酚氧化酶和脲酶活性分别提高7.0%~20.8%和4.0%~42.6%，过氧化氢酶活性提高17.1%~43.8%。

　　林下植被明显影响土壤主要化学性质。14地位指数杉木林林下植被覆盖度大的样地与植被覆盖度小的样地相比，土壤有机养分增加4.9%~43.1%，速效N含量增加24.3%~67.8%，速效P和速效K分别提高4.8%~0.4%。在16~18地位指数林分中林下植被覆盖度大的样地比植被覆盖度小的样地，速效P增加43.0%~95.5%，速效K增加0.42%~50.1%，Ca^{2+}增加43.0%~95.4%。林下植被覆盖度大的样地通常每公顷生物量可达5t以上，故林下植被对土壤肥力影响大，尤其是对针叶林而言。

　　此外，林下植被对土壤水稳性团聚体的组成、土壤腐殖质的组成均有明显影响。

　　发展林下自然发生的植被，可通过人工林及时间伐或降低种植密度达到。长轮伐期人工林在人工林发展后期也会自然发生林下植被，但比间伐、稀植的林下植被发育得晚，所起作用受到时间短的限制。

1.3.3.2 间种林下植物

在林下种植作物、药材等，在我国有着悠久的历史，尤其是在南方和平原地区这些做法十分普遍，但多着眼于间作物的收获。过去山区的间作多半生态效果不良，水土流失严重，地力消耗大。间作如能做到农林两利、地力得到维护、不损害环境，是很值得提倡的。

在南方，特别在杉木人工林中，长期以来有间种作物的传统。过去叫林农间作，也称混农林业，现代又称农林复合经营。对于杉木人工林培育来说，农林复合经营已形成了一种栽培制度，是用地和养地相结合的重要手段，从发展经济上看是长短结合、以短养长。林农种杉在短期内没有什么收入，但通过间作可获得短期收入，并可与培育杉木林相结合。农林复合经营模式有：杉木－药材（砂仁、田七、白术、桔梗、黄连、薏米等）；杉木－作物（玉米、甘薯等）；杉木－蔬菜（生姜、马铃薯、油菜等）；杉木－油料（大豆、花生）；杉木－经济作物（山苍子、油桐等）。

农林复合经营有良好的经济效益。在福建建瓯，1986 年农林复合经营面积占新造林面积的 33.6%，产值达 565.89 万元；1988 年杉木复合经营面积达到 4300hm^2，平均产值达 600 万元，仅杉木－山苍子复合经营，在山苍子成果期，每年收入就达 652.2 万元。在湖南、广西、江西等地都有杉木复合经营的做法和经验。如农桐间作方式，6~8 年生泡桐行距 25~60m 与小麦、大豆间作，每亩年平均增收小麦 30~53kg，小麦、大豆、木材合计全年经济效益提高 20.0%~29.9%。杉木与黄连复合经营比传统棚栽省工 28.7%，纯收益增加 63.4%，劳动生产率提高 30.3%（刘晓鹰和王光琰，1991）。

农林复合经营有良好的生物效益。柳杉、杉木纯林总生物量仅为林药复合经营的 88%~90%，而林药复合经营的净生产力为杉木纯林的 1.5 倍。黄连与柳杉或杉木复合经营，黄连有效成分含量比对照高 1.2% 左右（刘晓鹰和王光琰，1991）。泡桐－小麦间作，行间小麦光合速率提高 5%（宋露露，1990）。

农林复合经营有显著的生态效益。大面积农桐间作，可降低风速 35%~40%，降低地面水分蒸发量 10%，提高空气湿度 10%~15%（蒋建平，1990），并增加土壤水分，对泡桐与作物生长均有利。复合经营能提高光能利用率，农桐间作可提高光能利用率 1.9%；柳杉与黄连复合经营光能利用率为 0.5%，有效光能利用率为 0.94%，而柳杉纯林的光能利用率仅为 0.21%，有效光能利用率为 0.38%（刘晓鹰和王光琰，1991）。福建林学院西芹教学林场在杉木林下套种砂仁，林地土壤微生物总量比不套种的增加了 19.8%，土壤水解酶类和氧化还原酶类活性提高，土壤有机质增加了 13.3%，全 N、全 P、水解 N、速效 P、速效 K 均有不同程度增加，从而提高了土壤肥力，提高了林地生产力。杉木 – 山苍子、杉木 – 仙人草复合经营，林地土壤肥力明显高于对照。

1.3.4　营造混交林

鉴于人工纯林的不稳定性，我国提倡营建混交林。20 世纪 60 年代开始进行试验，80 年代以后，混交林试验在各地兴起，如营建了油松阔叶混交林、落叶松阔叶混交林、杨树刺槐混交林、杉木火力楠混交林、马尾松栲树混交林、柏木赤杨混交林等。但到目前为止，由于混交林周期较长，而种间关系及育林制度复杂，短期内难以见到结果，故还多在试验阶段。但混交林的优点已为国内外的专家们所肯定，值得提倡。混交林有些什么优点呢？

（1）增加生物多样性

表 1-2 说明，无论是乔木层还是草本层，混交林的植物物种丰富度均比纯林高。混交林不仅植物多样性丰富，而且动物多样性、土壤生物多样性、土壤微生物多样性都比较丰富。

表 1-2　混交林、纯林植物种类丰富度比较

林分类型	乔木层	灌木层	草本层	藤本层
杉木纯林	1	23	14	—
杉木木荷混交林	2	35	20	—
杉阔混交林	13	67	39	30
马尾松纯林	—	32	20	—
马尾松栲树混交林	16	38	26	—

（2）有利于提高土壤肥力

混交林养分积累多。我国当前主栽树种主要为杉木、松树、杨树、桉树、落

叶松，而主要与之混交的树种为阔叶树和固氮植物，如赤杨、洋槐、沙棘，主栽树种的养分含量均远低于混交树种。如针叶树的叶养分含量，马尾松为11.17g/kg、杉木为10.0g/kg、油松为12.46g/kg、兴安落叶松为14.27g/kg，但与之混交的阔叶树的叶养分含量，火力楠13.70g/kg、红栲为15.07g/kg、栎类为20.41g/kg、水曲柳为21.85g/kg；固氮植物的叶养分含量马占相思为25.54g/kg、桤木（*Alnus rubra*）为26.20g/kg、刺槐为38.50g/kg。马尾松火力楠混交林与各自的纯林养分积累相比，混交林每公顷养分积累为812.13kg，而马尾松纯林为653.75kg，火力楠纯林为668.77kg，显然混交林养分积累多。与固氮植物混交能为生态系统提供氮和有机质，并影响作物的生长率。种植在松树林中的豆科植物在 5 年内每年每公顷能固定 100kg 氮。在桤木与花旗松（*Pseudutsuga menziesii*）混交林分中，每年每公顷固氮率为 20~85kg。在华盛顿南部对氮敏感的立地上的花旗松林内，每公顷种 500 株桤木，8 年内能增加花旗松的生长。种植固氮树种能增加其他作物生长量的情况只是发生在 N 作为限制因子的立地上，否则有竞争作用。

混交林枯落物量大而且分解快。混交林年凋落物量大于纯林，如 55 年生的马尾松火力楠混交林，年凋落物量为 6.30t/（hm² · a），而马尾松纯林为 5.64t/（hm² · a）；30 年生的马尾松火力楠混交林年凋落物量 5.19~5.26t/（hm² · a），马尾松纯林为 4.81t/（hm² · a）；杉木观光木混交林年凋落物量为 5.94t/（hm² · a），而杉木纯林为 5.02t/（hm² · a）。混交林枯落物分解快，中国科学院沈阳应用生态研究所的试验表明，火力楠、杉木凋落物 50% 的混合，3~15 个月就有明显促进分解的作用。中国林业科学研究院的试验也发现，林下植物凋落物与杉木凋落物混合时，3 个月就有明显的促进分解作用。

针叶林枯落物不易分解，易积累，养分还原慢，周期长，是导致人工林地力退化的原因之一。混交林能促进针叶林枯枝落叶分解，对促进林分养分循环和提高土壤肥力有很大意义。

（3）有利于提高生物生产力

据统计，17 年生杉木桤木混交林，树高、胸径和蓄积量分别比杉木纯林提高 6.7%、7.6% 和 37.3%。浙江建德 9 年生杉木木荷混交林蓄积量比杉木纯林提高 29.8%。江西东平文山林场，19 年生杉木檫树混交林蓄积量比杉木纯林增加 32.0%。油松与栓皮栎、元宝枫、色木、黄栌混交有成功报道，22 年生油松色木混交林和同龄油松纯林其单位蓄积量分别为88.1m³/hm²和50.7m³/hm²，比纯林提高73.8%，相关报道较多。

案例1-2 8杉木2火力楠混交林

中国科学院会同森林生态实验站在广西六万林场三合水设置了试验基地，基地坡向东南，坡度30°左右，海拔500m，设三个处理：杉木纯林、8杉木2火力楠（简称8杉+2楠）混交林，5杉木5火力楠（简称5杉+5楠）混交林。各处理均在同一坡面上，每处理重复3次，每块样地固定50株，每年生长停止后，测定树高、胸径和蓄积量。

该混交林试验以8杉+2楠比例表现最佳，林木生长均匀，无遮压现象。13年生杉木纯林与混交林生长量相比较，纯林树高为10.2m，胸径11.50cm，蓄积量为165.28m³；8杉+2楠混交林树高分别为10.7m和12.4m，胸径分别为12.5cm和13cm，蓄积量分别为138.91m³和42.26m³；5杉+5楠混交林树高分别为9.0m和11.6m，胸径分别为11.5cm和10.9cm，蓄积量分别为60.20m³和70.12m³。从蓄积量看，5杉+5楠混交林较低，其次为纯林，8杉+2楠混交林比纯林高9.6%。

凋落物的数量与质量以混交林为优。8杉+2楠混交林10年（4～13年）向林地输入凋落物量为24 340kg/hm²，而杉木纯林只有20 567kg/hm²，混交林比纯林增加了18.34%。混交林枯落物分解速率快，杉木凋落物420天只分解了43.3%，而火力楠分解速率为55.4%，比杉木纯林高出近30%。13年生8杉+2楠混交林每公顷N、P、K年均积累分别为17.9kg、2.3kg和4.2kg，比杉木纯林分别高出33.0%、22.0%和24.93%。就细根（根系最活跃的部分）而言，12年生8杉+2楠混交林细根年生长量高达2179kg/hm²，比杉木纯林的1137kg/hm²高91.64%。至于细根养分的归还，每公顷混交林N、P、K、Ca、Mg年归还量分别为2.59kg、0.06kg、6.06kg、1.57kg和7.86kg，分别是杉木纯林的8.09倍、6.57倍、11.65倍、3.22倍和9.47倍。对于细根分解速率，混交林也远高于纯林，前者细根年分解率为57.70%，后者仅为32.78%，相差76.0%。可见，杉木火力楠混交林的细根在有机质转化、养分归还周转方面具有不可忽视的作用。

杉木火力楠混交林的土壤总孔隙度显著地高于杉木纯林，0 ~ 10cm 和 10 ~ 20cm 土层中，混交林土壤总孔隙度分别为 62.71% 和 56.37%，纯林分别为 58.39% 和 51.15%，混交林比纯林分别增加 7.40% 和 10.21%。土壤容重也相应改变，上述两个深度的土层中混交林土壤容重分别为 0.98 和 1.13g/cm³，杉木纯林分别为 1.06 和 1.28g/cm³。混交林土壤水稳性团聚体数量比杉木纯林高 8.9%。总之混交林改善了土壤物理性质。

就养分含量而言，无论是全量还是速效养分，杉木火力楠混交林均高于纯林，混交林全 N、全 P 比纯林高 4.17% 和 16.6%；至于 NH_4^+-N、速效 P 和速效 K，混交林分别为 48.30mg/kg、13.10 mg/kg 和 137.90 mg/kg，分别比杉木纯林的 36.90 mg/kg、11.20 mg/kg 和 111.10mg/kg 高 30.89%、11.96% 和 24.12%。

8 杉 + 2 楠混交林光能利用率高，13 年生混交林乔木层蓄存能量为 2.526×10^{12} J/hm²，比杉木纯林多 39.4%，混交林光能利用率比纯林高 88.4%。13 年生 8 杉 + 2 楠混交林生物量为 98.86t/hm²，相当于杉木纯林 89.48 t/hm² 的 1.4 倍。2003 年，混交林的净生产量为 11.25 t/hm²，比纯林的 6.95 t/hm² 高 63.33%。这说明混交林提高了光能利用率和林木生产力。

注：材料摘引自《人工混交林生态学》（陈楚莹和汪思龙，2004）

（4）有利于抵御病虫害

一般来说增加生物多样性，尤其是植物多样性，就能增加其他生物的多样性，使生物之间相互关系变得复杂，互相制约因素增加，这就能提高人工林抵御有害生物的能力。如松树与木荷混交，松毛虫食物来源就会减少，不利于松毛虫种群的聚集。

1.3.5 改善人工林区景观格局

上面提到的发展林下植被和营建混交林，都是对林分而言的，主要目的在于改善人工林组成结构单一的局面，而景观（landscape）配置是在更大的尺度上考虑整个人工林区域的植被结构和环境的改善，使植被的景观格局趋于合理。狭义景观是指在几十千米至几百千米范围内，由不同类型生态系统组成的具有重复性格局的异质性地理单元。广义景观则包括从微观到宏观不同尺度上的，具有异质性和斑块性的空间单元。广义的景观概念强调空间异质性。"景观配置"这几个字说起来有些生疏，其实用通俗的话说就是过去所说的"块状混交"，即在块的内部是纯林，块与块之间以及整个人工林区域呈混交状态。

人工林区按景观配置有如下好处。

1）在块内仍然是纯林，比较好经营。混交林虽然好，但存在种间关系和不同的用材培育，在经营制度上比较复杂，当前还没有经营混交林的成功经验。

2）块间为不同树种、不同森林植被，提高了区域内的生态系统景观多样性和生物多样性，病虫灾害不易蔓延，而且从旅游角度看，景色也比单一人工林好。

3）对改善土壤有利，将来便于轮作，减少连作。

4）一个区域可以设计多种森林的经营，有利于调节产出的木材结构。

5）有利于现有林和天然林的保护。

1.3.6　做到适地适树适品种

造林中（不管是哪一种造林方式）应推广立地分类与评价的应用，并发展多树种造林，按立地类型或立地类型组划分地块，并种植不同的树种品种。这样不仅可以提高人工林的稳定性和健康程度，而且可以形成多树种多品种的景观配置，使整个造林区域生态、环境得到改善，林分少受病虫危害，土壤肥力因避免了针叶化和减少连作而得到提高。

第 2 章　水土保持

2.1　水土保持的概念

水土保持（soil and water conservation）是指防治水土流失，保护、改良与合理利用水土资源，维护和提高土地生产力，以利于充分发挥水土资源的生态效益、经济效益和社会效益，建立良好生态环境的事业。水土保持的对象不只是土地资源，还包括水资源。保持（conservation）的内涵不只是保护（protection），还包括改良（improvement）与合理利用（rational use）。不能把水土保持理解为土壤保持、土壤保护，更不能将其等同于土壤侵蚀控制（soil erosion control）。水土保持是自然保育的主体。

水和土是人类赖以生存的基本物质，是发展农业生产的重要因素。水土保持对于改善水土流失地区的生产条件，建设生态环境，减少水、旱、风沙等灾害，发展国民经济，都具有重要意义。主要体现在以下几个方面。

1）保护土地资源，维护土地生产力。据统计，从中华人民共和国成立至1998年底，全国因土壤侵蚀而损失的耕地达270多万公顷，每年造成的经济损失都在100亿元以上。在山丘区采用坡面水土保持措施及沟道水土保持措施，可以防止耕地、林地、草地土壤面蚀与沟蚀，保护土地资源免遭损失，维护土地生产力。在风沙区采用防治风力侵蚀的综合措施，可以防止农耕地与草地的风蚀退化。

2）充分利用降水资源，提高抗旱能力。在水土流失严重的山丘区，通过修建水平梯田等坡面工程以及各种蓄水工程，可以拦蓄由降雨形成的坡面径流，减少水的流失，提高降水资源的利用率，增强旱作农业与经济林果生产的抗旱能力。

3）改善区域生态环境，促进当地社会和经济发展。水土保持改善了生产条件和生态环境，增加了人口环境容量，促进了人口、资源、环境与社会经济的协调发展。

4) 减少江河湖库泥沙淤积，减轻下游洪涝灾害。水土保持不仅保护与改善了治理区的生产与生活环境，而且减少了流域产沙量，从而减轻了下游洪涝灾害的危险。在中小流域，水土保持措施对洪水具有显著的调节作用。一般暴雨条件下，可削减洪峰流量达 30%~70%。

5) 减少江河湖库非点源污染，保护与改善水质。水土保持措施在保水的同时还保土、保肥，从而减少对水体的非点源污染，发挥保护与改善水质的作用。

水土流失（soil erosion and water loss）是指在水力、重力、风力等外营力作用下，水土资源和土地生产力遭受的破坏和损失，包括土地表层侵蚀及水的损失，又称水土损失。土地表层侵蚀指在水力、风力、冻融、重力以及其他外营力作用下，土壤、土壤母质及岩屑、松软岩层被破坏、剥蚀、搬运和沉积的全部过程。水土流失的形式除雨滴溅蚀、片蚀、细沟侵蚀、沟道侵蚀等典型的土壤侵蚀形式外，还包括河岸侵蚀、山洪侵蚀、泥石流侵蚀以及滑坡等侵蚀形式。有些国家的水土保持文献中，水的损失是指植物截留损失、地面及水面蒸发损失、植物蒸腾损失、深层渗漏损失、坡面径流损失。在中国，水的损失主要是指坡面径流损失。水土流失一词最先应用于中国山丘地区，以描述水力侵蚀作用，水冲土跑，即水土流失。20 世纪 30 年代"土壤侵蚀"一词从欧美传入中国，我国水土保持科技人员开始把"水土流失"作为"土壤侵蚀"的同义语。"水土流失"的含义也相应扩大，还包括了风力侵蚀。随着水土保持的目的与任务由单纯的防治土壤侵蚀扩大为对水土流失地区水土资源的保护、改良与合理利用，"水土流失"的含义除土地表层侵蚀之外，还包括了水的损失。水的损失过程与土壤侵蚀过程之间，既有紧密的联系，又有一定的区别。坡面径流损失是引起土壤水蚀的主导因素，水冲土跑，水与土的损失是同时发生的。但是，并非所有的坡面径流都会引起侵蚀作用。

林地水土保持（soil and water conservation on forested land）是指对有林地、幼林地、疏林地以及采伐迹地等地域水土流失的预防和治理。

2.2 工业人工林水土流失类型与分级

2.2.1 水土流失类型与机理

林地土壤侵蚀既有面蚀、沟蚀，也有各类重力侵蚀，如滑坡、崩塌以及泥石流，还有淋溶侵蚀等。

2.2.1.1　面蚀

面蚀（surface erosion）是指降雨和地表径流使坡地表土比较均匀地剥蚀的一种水力侵蚀，包括溅蚀、片蚀和细沟侵蚀。溅蚀是水蚀过程的开端，溅蚀使土壤结构分散，同时还增加坡面径流的冲刷和搬运能力，促使片蚀发生和发展。由于坡面的不均匀性，片蚀发生后，坡面出现一些微型小坑或线状痕迹，径流相对集中，并逐步过渡到细沟侵蚀，细沟产生后，侵蚀强度将明显增大。面蚀分布面积广泛，危害较大。根据发生地类的不同，面蚀分为耕地面蚀和非耕地面蚀。在土石山区，由于土层浅薄，土壤含砂砾较多，在面蚀过程中，细土粒被地表径流带走，使土壤表层的细土粒不断减少，砂砾逐渐增多，这种面蚀称为砂砾化面蚀。

（1）溅蚀

溅蚀（splash erosion）是指雨滴打击地面，使细土颗粒与土体分离，并被溅散跃起的水滴带动而产生位移的过程。在地表径流发生以前，溅蚀就已经开始。

雨滴打击地面所引起的土粒移动情况，取决于地面坡度、雨滴的打击力及打击方向、土壤颗粒间的切应力和土壤团聚状态等（图 2-1）。如果没有风的干扰，雨滴降落到水平地面上时，土粒溅高可达 0.75m，最大位移为 1.2m。具体到某一地面点，被移走的土粒与从别处移过来的土粒大致相等，可以互相补偿。但在坡地上，向斜坡下

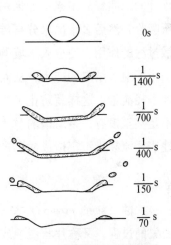

图 2-1　雨滴溅蚀过程示意图

方移动的数量大于向斜坡上方移动的数量。溅蚀使土壤结构遭到破坏。溅散的细小土粒进入径流之中，其中一部分随径流流失，成为片蚀的重要物质来源之一，另一部分随水下渗，堵塞土壤孔隙，其结果将是阻滞雨水入渗，增加地表径流量。另外，雨滴的打击作用还会增加坡面径流的紊动性，增加径流的冲刷和搬运能力。

溅蚀所消耗的能量来自雨滴动能，单个雨滴的动能取决于雨滴大小和降落速度，单位面积上的雨滴动能还取决于雨滴组成。目前尚无理想的仪器来直接测定

雨滴动能，只能根据雨滴大小、降落速度和雨滴组成等资料进行间接计算。研究表明，在降雨量相等时，降雨动能与降雨强度成正相关。美国学者维希迈耶（W. H. Wischmier）和史密斯（D. D. Smith）于1958年得出降雨动能和降雨强度的相关方程

$$E = 210.2 + 89\lg I \qquad (2-1)$$

式中，E 为降雨动能 $[J/(m^2 \cdot mm)]$；I 为降雨强度（cm/h）。

改良土壤结构或采用增加地面覆盖、增加土壤抗侵蚀力的水土保持技术措施，可以消除或减缓溅蚀。

人工林若形成合理的垂直结构，林地地面有一层枯枝物层覆盖，就可以完全消灭雨滴的溅蚀。林内降雨虽然在以冠滴下雨的形式到达地面时仍具有较高的能量，有时甚至高于林外降雨，但是如果雨滴不是直接打击到表层土壤颗粒上，而是经林下植物进一步分散后再滴落在枯枝物层上，则可使雨滴的能量在打击枯枝落叶的瞬间释放出来。如果枯枝物层吸水量未达到饱和，则降雨首先被枯枝落叶所吸收，然后多余的水分再传送到土壤层。枯枝落叶的吸收传递对降雨起到了分散过滤的作用，使进入土壤的水分保持干净，防止了表层土壤孔隙的堵塞，也就防止了地表结皮的产生，从而使土壤可以得到一个比较平稳的水分供应，减少了地表径流量。这样就防止了溅蚀及溅蚀的进一步发展。一些人工林地地面覆盖物不足甚至没有，是所谓的"卫生林"，在暴雨雨滴打击下，表层形成板结层，使地表径流易于汇集造成冲刷产生沟蚀，降低了其应有的水土保持作用。

（2）片蚀

片蚀（sheet erosion）是指浅而分散的坡面片状薄层水流引起土粒比较均匀流失的过程，又称片状侵蚀或层状侵蚀。片蚀仅能携带被溶解的物质和呈悬浮状的微细土粒或滚动的微凝聚体等。在缓坡面蚀当中，片蚀占很大比例。片蚀使土层变薄，质地变粗，土壤肥力减退。

当土壤的发生剖面还没有全部被侵蚀掉时，所发生的片蚀称为剖面片蚀。剖面片蚀的程度，可按土壤发生层段被侵蚀的厚度或残留厚度来划分（参见2.2.2.1节），也可以按腐殖质被侵蚀掉的数量来划分。在中国北方黄土地区、南方紫色土和母岩为第四纪红土的红壤地区，在土壤剖面全被侵蚀掉、成土母质裸露的情况下，若继续遭受侵蚀，则这种片蚀称为母质片蚀。一般以地面坡度作为划分母质片蚀强度的标准。在植被稀疏的坡地上，地面裸露部分常有片蚀发

生，由于这种片蚀在坡面上的分布情况与鱼鳞相似，故称之为鳞片状侵蚀。鳞片状侵蚀的强度，按地面植物覆盖率来划分。

片蚀分布广泛，被侵蚀掉的又是土壤中最肥沃的部分，因此对人工乔木林生产的危害比较严重。

（3）细沟侵蚀

细沟侵蚀（rill erosion）指坡面径流逐步汇集成小股水流，并将地面冲成深度和宽度一般不超过 20cm 的小沟的水力侵蚀。细沟的横断面常呈槽形，沟缘线和斜坡的分界很明显；在土壤比较黏重的地区，细沟横断面又常呈 V 形。细沟的纵断面大致与斜坡坡面平行，沟头有一个小的跌差。雨量不大时，细沟断断续续，上下并不相连；大雨时，上下沟道相互贯通。细沟在距分水岭不远的地方开始出现，一般以与等高线正交的方向分布在坡地上。在较平展的直形坡上，细沟可保持大致互相平行的状态；在起伏多变的坡地上，常形成复杂的细沟网；在凹形坡上，细沟不断汇集而呈树枝状分布；在凸形坡上，细沟呈放射状分布。在细沟侵蚀过程中，土粒的分离和搬运速度都比片蚀大，被带走的土粒包括很多没有完全分散的小土块。此时的径流活动主要是对土粒的推移作用，并将地面刻划出沟痕，据此，也可以把细沟侵蚀划入沟蚀范畴。细沟使坡地形成微微下凹的地面，为浅沟的发育创造条件。这也就是在人工林顺坡全面整地的坡地上，细沟侵蚀广泛存在的原因。

细沟侵蚀的强度，主要决定于地表高低不平的程度、土壤的抗冲性以及径流的流量和流速。通常以细沟在斜坡上所占面积的百分比作为划分细沟侵蚀强度的标准；或用填土法直接测出单位面积上的细沟侵蚀量。等高栽种、带状栽种、增加地面覆盖等措施，可以不同程度地防止或削弱细沟侵蚀。

2.2.1.2 沟蚀

沟蚀（gullying）指坡面径流冲刷土壤或土体，并切割陆地地表形成沟道的过程，又称线状侵蚀或沟状侵蚀。沟蚀是水力侵蚀中常见的侵蚀形式。根据沟蚀发生的形态和演变过程，可分为浅沟侵蚀、切沟侵蚀、冲沟侵蚀、干沟侵蚀、河沟侵蚀等。沟蚀所形成的各种沟道，从上至下相互连接，形成自然排水系统的组成部分。

虽然沟蚀不如面蚀范围广，但它对土地的破坏程度远比面蚀严重。沟蚀不仅分割蚕食林地，还破坏道路、桥梁和其他建筑物，同时也是河流泥沙的主要策源地之一。沟蚀主要发生于土地瘠薄、植被稀少的半干旱丘陵区和山区，特别是土层较厚的山区。

（1）浅沟侵蚀

浅沟侵蚀（shallow gully erosion）指坡面一开始形成的薄层地表径流在流动过程中不断汇集成为较大股流，向下冲刷切入心土或底土，形成沟宽大于沟深的沟蚀过程。浅沟纵断面与斜坡坡面大致平行，横断面多呈 V 形，有时底部呈浅槽形。当浅沟侵蚀发生在坡耕地上时，仅凭耕作措施已不能使其消失。在地表径流冲刷下，沟道逐渐扩宽，导致坡面径流向浅沟大量集中，使其规模迅速扩大。

在中国黄土地区，初期浅沟侵蚀深度一般为 0.5~1.0m，中期浅沟沟底已切入犁底层或母质层，沟壁与坡面之间无明显界限。由于地表径流在浅沟中的下切作用加强，沟坡的坍塌现象增强，致使沟道宽度不断加大。中期以后的浅沟侵蚀，由于地表径流继续下切，使浅沟侵蚀逐渐向切沟侵蚀过渡。

在中国南部地区，发育在第四纪红土、第三纪或更古老的紫色页岩上的浅沟侵蚀，因其沟底抗冲能力较大而使浅沟的下切速度变缓，其深度一般在 1.0m 以内，宽度为 1.5~2.0m，沟道横断面多呈光滑的弧形。在花岗岩丘陵区的风化壳上，浅沟宽度在 1.0m 左右，深度不超过 0.5m。如果地表风化层较疏松且其厚度较大，则浅沟沟头常发育成匙状的水溜窝，被称为匙形浅沟。

（2）切沟侵蚀

切沟侵蚀（gully erosion）是浅沟侵蚀的进一步发展，或是处于凹地的道路及人畜活动留下的沟槽，在集中地表径流形成的股流冲刷下，沟道深切入母质层、风化层或深至基岩面的过程。切沟侵蚀形成的沟道具有明显的沟头，较大规模的切沟沟头常有分岔现象，其深度在 1.0m 以上，有的深度可达数米，在土层疏松、深厚的黄土地区可达十余米至数十米。切沟侵蚀形成的沟道底部纵断面仍与坡面大致保持平行（图 2-2）。

地表径流对沟底和沟壁的冲刷使沟底宽度和深度不断增加，水分渗漏、冻融或潜流等所引起的重力侵蚀加速了沟道宽度的发展，沟头的溯源侵蚀使沟道长度加长，这些侵蚀过程互相作用，使整个沟道向长、宽、深 3 个方向发展。

切沟侵蚀的发展过程是：初期以沟头溯源侵蚀为主，发展迅速，其横断面一

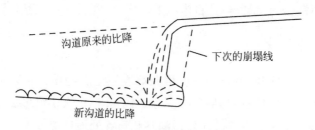

图 2-2　切沟沟头溯源前进示意图

般呈 V 形，而后变为槽形。在黄土地区沟道横断面一般先呈槽形，然后呈梯形。切沟侵蚀的下切作用比较强烈，沟坡上的崩塌、滑塌等重力侵蚀形式较多。切沟侵蚀发育中期，随着溯源侵蚀不断发展，由沟头汇集流入沟道的水量逐渐减少，使得沟头发展速度逐渐变小。至切沟侵蚀阶段，沟道开始分岔，在主沟两侧产生多条支沟，形成一个庞大的侵蚀沟系统。其后切沟侵蚀的下切作用逐渐减弱，沟道沟坡的重力侵蚀逐渐增强，使得切沟侵蚀逐渐进入向宽度方向发展为主的阶段。切沟侵蚀发展后期，沟头发展接近分水线，沟底纵断面也已接近临界纵坡状态，使沟头前进及沟底下切作用均处于基本停止状态，沟坡趋向稳定，在切沟沟底有时还可能出现泥沙淤积现象。

切沟侵蚀对坡面的破坏作用明显而强烈，一旦出现切沟，土地就失去了人工用材林地的使用价值。

（3）冲沟侵蚀

冲沟侵蚀（gulch erosion）指水流经过切沟进一步集中，使沟道继续向宽度和深度方向发展的侵蚀过程。冲沟侵蚀形成的沟道横断面常为弧形，沟底纵断面与原坡面坡度已经不相一致，除上部坡降较大外，一般已经逐渐变得较为平缓或接近平衡剖面。冲沟侵蚀是切沟侵蚀向河沟侵蚀发展的一种过渡形式，一般情况下冲沟位于切沟与水文网之间的地段。

在中国南方花岗岩地区、第四纪红土阶地地区以及黄土高原地区，常可见到较为典型的冲沟。在黄土高原地区还有一种特殊的冲沟形式，即当局部侵蚀基准面发生变化时，在冲沟内的洪水下泄注入水文网的过程中，已产生淤积并趋于稳定的沟谷底部被再次冲刷形成更深的沟道，这种沟道仅见于黄土涧地和黄土掌地等处。

冲沟沿着水文网底部溯源伸展，形成很长的沟槽。黄土高原地区的冲沟深度一般均在数十米左右，最深可达百米以上。

2.2.1.3　重力侵蚀

重力侵蚀（gravitational erosion）指坡地表层土石物质，主要由于受重力作用，失去平衡，发生位移和堆积的现象，国际上又称块体运动（mass movement）。重力侵蚀常见于山地、丘陵、沟谷和河谷的坡地以及人工开挖形成的渠道与路堑的边坡。

产生重力侵蚀的条件是：①土石松软破碎，内聚力小；②地形高差大、坡度陡，临空土石体外张力大，处于不稳定状态；③坡面缺少植物覆盖，又无人工保护措施；④坡体存在难透水层。在这些条件下，当土石受地震、降水、地表径流、地下水、海浪、风、冻融、冰川、人工采掘和爆破等外营力作用时，便会激发重力侵蚀。在沟谷和河谷中，小规模重力侵蚀形成的堆积物易被径流冲走，形成泥石流；而大规模的崩塌和滑坡堆积物，有时会造成江河和沟谷堵塞，形成天然坝库。这种天然坝库，在黄土高原称聚湫，有水者称水湫，无水者称干湫。

中国是一个多山国家，山地一般海拔高、起伏大、坡度陡，相当一部分山地构造运动和地震活跃，地层构造变形强烈，岩石破碎。海拔较低的山地丘陵坡地多由松软土石构成，生产活动频繁。这些都为重力侵蚀提供了条件。中国的重力侵蚀主要分布在西南地区、黄土高原、华北和东北地区、长江以南红色岩系和花岗岩丘陵区。

根据土石物质破坏的特征和移动方式，一般可将重力侵蚀分为蠕动、崩塌、滑塌、崩岗、滑坡和泻溜等类型。

2.2.1.4　崩塌

崩塌（avalanche, rock fall）指边坡上部岩（土）体突然向外倾倒、翻滚、坠落的现象。发生在岩体中的崩塌，称为岩崩；发生在土体中的崩塌，称为土崩；规模巨大、涉及大片山体的，称为山崩。崩塌主要出现在地势高差较大、斜坡陡峻的高山峡谷区，特别是河流强烈侵蚀的地带。崩塌可能毁坏各类建筑物及公用设施，危及人民生命财产安全，造成河道堵塞或阻碍航运，其引起的涌浪亦可造成灾害。

岩质边坡在下列情况下容易发生崩塌：①在上硬下软或软硬互层的缓倾岩层分布区，下部软弱岩层受到风化剥蚀、水流淘蚀，使上部坚硬岩层部分悬空而发

生崩塌（图 2-3）。②在厚层、块状岩体分布区，斜坡上部被陡倾裂隙深切的
"板状"岩体，在重力及外力作用下，上部逐渐向坡外弯曲、倾倒、拉裂而坠
落。特别是当厚层块状坚硬岩体下伏有软弱岩层，构成"上硬下软"的岩体结
构时，更易形成大型崩塌。

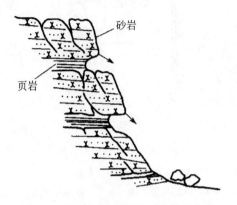

图 2-3　软硬互层坡体局部崩塌示意图

土质边坡往往由于下部地层被水流冲蚀，砂砾石层或黄土被地下水潜蚀或遇
水湿陷，引起上部土体开裂变形以至崩塌。

崩塌还因地下水的静水压力和动水压力、裂隙水冻胀的楔劈效应、植物根系
的膨胀压力，以及地震、爆破、开挖、暴雨等外力与重力分量叠加，使边坡岩
（土）体的倾覆力超过岩（土）体强度而发生。特别是强震、暴雨常起触发
作用。

2.2.1.5　滑坡

广义滑坡（land slide）指斜坡上的部分岩（土）体脱离母体，以各种方式
顺坡向下运动的现象；狭义滑坡指斜坡上的部分岩（土）体在重力作用下，沿
一定的软弱面（带）产生剪切破坏，整体向下滑移的现象（图 2-4）。运动的岩
（土）体被称为变位体或滑移体（displaced material），未移动的下伏岩（土）体
被称为滑床。

使斜坡上岩（土）体顺坡向下运动的促滑力是岩（土）体自身重力平行于
滑动面的切向分力；使岩土体保持在斜坡上而不致下滑的阻滑力是摩擦力和凝聚
力，它等于岩土体自身重力垂直于滑动面的法向分力与摩擦系数之积及滑动面上
的凝聚力。促滑力若大于阻滑力即产生滑坡。组成斜坡的岩土体如属易为水软化

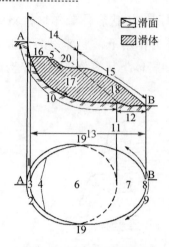

图 2-4　滑坡形态特征图

1 冠；2 主断壁；3 顶；4 头；5 次断壁；6 主滑体；7 足；8 趾尖；9 趾；10 破坏面；11 破坏面趾；12 滑
　覆面；13 滑移体；14 加积体；15 减损带；16 加积带；17 减损坳陷；18 侧翼；19、20 原地面线

的新性土或软岩，或者岩体中的层理、片理、节理裂隙、断层面等不连续面为软弱
结构面，且产状有利于转化为破坏面（滑动面）时，则易产生滑坡。某些自然或
人为作用使斜坡变陡，则会加大促滑力而减少阻滑力，流水、冰川侵蚀坡脚，海、
湖、水库波浪淘蚀坡脚，人工开挖坡脚以及自然和人工坡顶堆载，常导致滑坡发
生。风化作用，水对新性土、黄土、软岩的浸润软化作用和岩（土）体中的孔隙
水压力效应，可以显著降低岩（土）体的摩擦阻力，导致滑坡发生，降雨、融
雪、水库充水和水位消落等常是诱发滑坡的重要因素。地震或人工爆破产生的瞬
时惯性力也可加大促滑力和减小阻滑力，强烈的地震常引发大量的滑坡。

2.2.1.6　淋溶侵蚀

淋溶侵蚀（leaching erosion）指降水或灌溉水进入土壤，受重力作用沿土壤
孔隙向下层运动，将溶解的物质和未溶解的细小土壤颗粒带到深层土体的过程。
淋溶侵蚀能导致土壤养分损失，土壤理化性质恶化，使土壤肥力下降。

淋溶侵蚀主要分布于年降水量超过 600 mm 的地区，淋失的强度与土壤特性
和水文气象条件有关，同时也受土地利用状况的制约。一般土层越薄、土质沙性
越大、土壤易溶盐分含量越多，淋溶侵蚀就越严重。富含腐殖质和黏粒的土壤，
吸收性能强，水稳性团粒结构好，保水保肥力高，淋溶侵蚀较弱。雨量充沛、排

水通畅的地区淋溶作用较强，灌水量和化肥使用量过大，淋失量也较大。植物养分淋失量还与这些物质的特性有关。磷酸盐活动性差，多被土壤黏粒表面吸附，淋失量和淋溶深度有限，主要随土壤物理淋溶而损失。呈硝酸盐或亚硝酸盐态的氮素，可溶性强，淋失容易，淋溶深度可达2m以上。

淋溶侵蚀源于地表水入渗过程中对土壤上层盐分和有机质的溶解与迁移，水分在这一过程中主要以重力水形式出现。当地下水位低、降水量较少时，淋溶强度较小；当地下水位高或降水较多时，尤其在有灌溉条件的地区，淋溶强度大，不仅造成土壤肥力下降，更会使土壤盐分和有机质进入地下水中，构成新的污染源。中国西北黄土区因土质以粗粉砂为主，土壤孔隙度达45%~50%，并且具有大孔隙和垂直节理，十分利于降水和地表水的下渗，因此淋溶侵蚀比较严重，不仅造成土壤肥力下降，而且破坏土壤结构，促进机械潜蚀作用的发生，造成黄土塌陷。

淋溶侵蚀一般不易被人们察觉，但其危害不可忽视。它不仅使土壤肥力减退、作物产量降低、导致区域内物种多样性退化、恶化生态环境，而且还会污染水源、恶化水质、直接影响人畜饮用水。同时，被植物养分污染的河流或湖泊，由于藻类大量繁殖生长，水中有效氧含量下降，鱼类和其他水生生物也会受到影响。

对淋溶侵蚀的控制，迄今尚无特别经济有效的方法。一般的水土保持措施和土壤管理，能减少地表径流，增加水分渗透量，但渗透量的增加就意味着土壤淋溶的增强。从理论上讲，应调节肥料的使用量，尽量使肥料中的植物养分多为作物所吸收，以免有过剩养分遭受淋失。在淋溶侵蚀比较严重的地区，除要改进施肥方法和灌溉技术之外，还应增加土壤黏粒和有机质含量，改善土壤理化性质，增强土壤保水保肥能力，减少淋溶侵蚀。

2.2.2　土壤侵蚀分级

了解土壤侵蚀的分级是工业人工林营造、抚育、更新、采伐过程中防治水土流失所必不可少的内容。

土壤侵蚀的分级有程度分级和强度分级。

2.2.2.1　土壤侵蚀程度

土壤侵蚀程度指土壤原生剖面已被侵蚀的厚度。土壤侵蚀程度反映土壤侵蚀总的结果和目前的发展阶段以及土壤的肥力水平。土壤侵蚀程度是土地分级的主要依据，并决定土壤的利用方向。与土壤侵蚀强度相比，土壤侵蚀程度有更广泛的含义：含有景观概念，如侵蚀土壤发生层出露情况、基岩裸露情况、土壤肥力大小等。而土壤侵蚀强度只反映目前单位面积、单位时间内的侵蚀量。例如，长期遭受严重土壤侵蚀而引起基岩大面积裸露的地区，目前侵蚀强度虽然不大，但从土壤侵蚀程度来衡量，则属于严重的程度。不同的土壤侵蚀类型，反映土壤侵蚀发展过程的不同阶段及其严重程度，面蚀较轻，沟蚀较严重，泥石流侵蚀则是一种严重的土壤侵蚀形式。

不同的侵蚀类型，其侵蚀程度的划分有不同的标准。

1）面蚀。以土壤发生层段被蚀去的厚度或残留厚度，作为划分面蚀程度的标准。具体做法是：以无明显侵蚀（土壤剖面保持完整）的土壤剖面作为标准剖面，利用剖面比较法确定土壤侵蚀程度。不同学者有不同的划分标准和方法，一般可分为轻度、中度、强度、极强度、剧烈 5 级。如以 A 层及过渡层全部被侵蚀、B 层裸露为极强度剖面面蚀；C 层出露并遭受侵蚀为剧烈剖面面蚀。不同的土类，土壤剖面中有机质层的厚度不同，有些专家对不同的土类拟定了不同的土壤侵蚀程度划分标准。

2）沟蚀。以单位面积上的沟道长度或沟道面积占坡面面积的百分数作为划分沟蚀程度的标准。

3）风蚀。与土壤面蚀程度的划分方法相同。

为了说明某一较大面积或某一小流域的土壤侵蚀程度，可用加权平均法，求得整个地区或小流域的平均侵蚀程度。平均侵蚀程度的计算公式为

$$S_E = (1p_1 + 2p_2 + \cdots + np_n)/(p_1 + p_2 + \cdots + p_n) \tag{2-2}$$

式中，S_E 为整个区域的平均侵蚀程度；p_1 为土壤侵蚀程度为 1 级的面积（km^2）；p_2 为土壤侵蚀程度为 2 级的面积（km^2）；p_n 为土壤侵蚀程度为 n 级的面积（km^2）。

土壤侵蚀程度的划分是人工林营造的基础，同时可为土壤改良工作提供科学依据。

2.2.2.2 土壤侵蚀强度

土壤侵蚀强度指地壳表层土壤在自然营力（水力、风力、重力、冻融等）

和人类活动作用下，单位面积和单位时段内被剥蚀并发生位移的土壤侵蚀量。通常用土壤侵蚀模数作为衡量土壤侵蚀强度的指标。侵蚀模数中的土壤流失量可以用重量、体积或厚度来表示。

营造管理人工林需要在勘测调查的基础上掌握土壤侵蚀信息，编绘土壤侵蚀现状图，作为制定林地水土保持规划设计的科学依据。绘制土壤侵蚀图首先要以土壤侵蚀强度分级标准为依据。它是水土流失动态监测、预防治理工作评价的基础数据。土壤侵蚀强度根据土壤侵蚀的实际情况，按轻微、中度、严重等分为不同等级。各国土壤侵蚀的严重程度不同，分级标准不尽一致，一般是在允许土壤流失量与最大流失量两极值间内插分级。

中国的土壤侵蚀强度分级按照 2008 年 1 月 4 日水利部颁布的《土壤侵蚀分类分级标准》（SL 190—2007）进行。该标准系参照世界各国土壤侵蚀标准资料和中国实际情况拟定的。具体方法是，确定允许土壤流失量与最大流失量两极值，内插分级，内插值会照顾到各大流域过去曾经使用过的临界限值，分为微度、轻度、中度、强度、极强度、剧烈 6 级（微度侵蚀不计入侵蚀面积）。由于中国地域辽阔，自然条件复杂，各地区成土速率不同，在各侵蚀类型区采用了不同的土壤允许流失量。各侵蚀类型区土壤允许流失量见表 2-1，水力侵蚀的强度分级见表 2-2。

表 2-1 各侵蚀类型区土壤允许流失量 $[$单位：$t/(km^2 \cdot a)]$

类型区	土壤允许流失量	类型区	土壤允许流失量
西北黄土高原区	1000	南方红壤丘陵区	500
东北黑土区	200	西南土石山区	500
北方土石山区	200		

表 2-2 土壤水力侵蚀强度分级标准

级 别	平均侵蚀模数 $[t/(km^2 \cdot a)]$	平均流失厚度（mm/a）
微 度	<200，500，1 000	<0.15，0.37，0.74
轻 度	(200，500，1 000)～2 500	(0.15，0.37，0.74)～1.9
中 度	2 500～5 000	1.9～3.7
强 度	5 000～8 000	3.7～5.9
极强度	8 000～15 000	5.9～11.1
剧 烈	>15 000	>11.1

注：本表流失厚度按土壤干密度 1.35g/cm³ 折算，各地可按当地土壤干密度计算

土壤侵蚀强度分级必须以年平均侵蚀模数为判别指标，缺少实测及调查侵蚀模数资料时，可以在经过分析后，运用有关侵蚀方式（面蚀、沟蚀、重力侵蚀）的指标进行分级，各分级的侵蚀模数与土壤水力侵蚀强度分级相同。面蚀、沟蚀、重力侵蚀强度分级指标见表2-3、表2-4和表2-5。

表2-3　面蚀强度分级指标

地类＼地面坡度		5°~8°	8°~15°	15°~25°	25°~35°	>35°
非耕地林草覆盖率（%）	60~75	轻　度	轻　度	轻　度	中　度	中　度
	45~60	轻　度	轻　度	中　度	中　度	强　度
	30~45	轻　度	中　度	中　度	强　度	极强度
	<30	中　度	中　度	强　度	极强度	剧　烈
坡耕地		轻　度	中　度	强　度	极强度	剧　烈

表2-4　沟蚀强度分级指标

沟谷占坡面面积比（%）	<10	10~25	25~35	35~50	>50
沟壑密度（km/km²）	1~2	2~3	3~5	5~7	>7
强度分级	轻　度	中　度	强　度	极强度	剧　烈

表2-5　重力侵蚀强度分级指标

崩塌面积占坡面面积比（%）	<10	10~15	15~20	20~30	>30
强度分级	轻　度	中　度	强　度	极强度	剧　烈

日平均风速大于或等于5m/s的年内日累计风速达200m/s以上，或达到这一风速的天数全年达30天以上，且多年平均年降水量小于300mm（但南方及沿海的有关风蚀区，如江西鄱阳湖滨湖地区、滨海地区、福建东山等，则不在此限值之内）的沙质土壤地区，应定为风蚀区。风蚀强度分级见表2-6。

表2-6　风蚀强度分级

级　别	床面形态（地表形态）	植被覆盖度（%）	风蚀厚度（mm/a）	侵蚀模数 [t/(km²·a)]
微　度	固定沙丘，沙地和滩地	>70	<2	<200
轻　度	固定沙丘，非固定沙丘，沙地	70~50	2~10	200~2 500

续表

级 别	床面形态（地表形态）	植被覆盖度（%）	风蚀厚度（mm/a）	侵蚀模数［t/（km²·a）］
中 度	半固定沙丘，沙地	50～30	10～25	2 500～5 000
强 度	半固定沙丘，流动沙丘，沙地	30～10	25～50	5 000～8 000
极强度	流动沙丘，沙地	<10	50～100	8 000～15 000
剧 烈	大片流动沙丘	<10	>100	>15 000

混合侵蚀（泥石流）强度分级：黏性泥石流、稀性泥石流、泥流的侵蚀强度分级，均以单位面积年平均冲出量为判别指标，见表2-7。

表2-7 泥石流侵蚀强度分级

级 别	冲出量［万 m²/（km²·a）］	固体物质补给形式	固定物质补给量［万 m³/（km²·a）］	沉积特征	泥石流浆体密度（t/m³）
轻 度	<1	由浅层滑坡或零星崩塌补给；由河床质补给时，粗化层不明显	<20	沉积物颗粒较细，沉积表面较平坦，很少有大于10cm以上颗粒	1.3～1.6
中 度	1～2	由浅层滑坡及中小型崩塌补给，一般阻碍水流，或由大量河床补给，河床有粗化层	20～50	沉积物细粒较少，颗料间较松散，有岗状筛滤，堆积形态颗粒较粗，多大漂砾	1.6～1.8
强 度	2～5	由深层滑坡或大型崩塌补给，沟道中出现半堵塞	50～100	有舌状堆积形态，一般厚度在200m以下，巨大颗粒较少，表面较为平坦	1.8～2.1
极强度	>5	以深层滑坡和大型集中崩塌为主，沟道中出现全部堵塞情况	>100	有垄岗、舌状等黏性泥石流堆积形成，大漂石较多，常形成侧堤	2.1～2.2

林地水土保持就是要针对产生水土流失的主要原因和水土流失主要部位，采用生物措施、工程措施、管理措施以及法律措施等开展综合治理。

2.2.3　林地水土流失原因

造成不同类型林地水土流失的原因不尽相同。

1）林地不合理的抚育管理和采伐。例如，在采伐后（特别是皆伐后），植被覆盖度低（郁闭度或植被覆盖度为 0.2 以下），地表又没有形成有效的枯枝落叶覆盖层时，一遇暴雨就容易产生水土流失。

地被物包括枯落物层在水土保持中的作用是多方面的，概括起来有这样几个方面：①彻底消灭降雨动能；②吸收降雨，减少地表径流；③增加地表糙度，分散、滞缓、过滤地表径流；④形成地表保护层，维持土壤结构的稳定；⑤增加土壤有机质，改良土壤结构，提高土壤肥力。

仅就与吸收降雨相关的枯落物水容量而言，北京林业大学水土保持学院对广西大明山 50 年生常绿阔叶林、14 年生马尾松林进行过测定，枯枝物层分别可保持水量约 37mm 和 10mm。

胡锐和宋维明（2010）对国外速生丰产林——桉树林的经营模式的研究表明，$1hm^2$ 桉树林每年落到地面的枯落物生物量达到 5t。其中含 N 51kg、P 3kg、K 11kg、Ca 40kg。这些枯落物有利于保持土壤地力、防止土壤退化、减轻淋溶侵蚀。

焦菊英等（2002）以坡耕地为基准，研究了人工林地的植被覆盖度与水土保持效益的关系：当植被覆盖度 >30% 时，减水减沙作用明显；植被覆盖度 >70% 时，水土保持效益趋于稳定。

应水金和陈荣地（1995）根据其观测研究指出，在幼林抚育过程中，若抚育方法不当，抚育山场"面面光"，造成地表严重裸露，则遇到暴雨或大雨时，会产生超渗径流，形成水土流失。

2）陡坡幼林地造林整地方式不当，容易诱发水土流失。造林地清理和造林整地工程是改善林地土壤水分状况、提高造林成活率、促进幼林生长和林分郁闭的重要技术环节之一。但不合理的整地措施会诱发严重的水土流失。例如，炼山在我国南方林区是常用的林地清理方式，炼山造林会烧掉砍伐后留下的树枝、杂灌、杂草等，原有林地上的有机物被完全分解，地表腐殖质及枯落物均被烧掉，土壤团粒结构被破坏，土壤变得疏松并完全裸露，水土流失严重。应水金和陈荣地（1995）对炼山造林与利用山场采伐残余物设置的带块状堆积隔离带造林这两种方式经两场大雨的测定数据表明，炼山造林方式的土壤侵蚀量分别为11 764kg/hm^{2}和8386kg/hm^2，而采用残余物隔离带造林方式的土壤侵蚀量分别为38.5 kg/hm^{2}和20.31 kg/hm^2，仅为炼山造林侵蚀量的1/300和1/400。因此炼山造林是南方林地水土流失的重要原因，应该取消炼山这一传统的清理方式，代之以局部割除清理，尽量保持原有地表植物。

传统的全垦整地模式，既不保留生土带，也不保留水土保持林带，大面积破坏地表土层结构。据应水金和陈荣地（1995）的测定，在红壤幼林地上进行全面翻垦整地后，与其他方式相比每年的径流量与泥沙量均最大，第4年时的径流量仍分别是水平带状整地和穴状整地的22倍和16倍，造成严重水土流失。所以原则上不宜发展短轮伐期工业人工林，发展长周期工业人工林时不准许全垦整地，应鼓励带状整地或穴状整地。

坡度是影响水土流失的重要因素。由《土壤侵蚀分类分级标准》（SL 190—2007）可知，25°以上坡地不论林草覆盖率如何，基本上都属于中度以上的侵蚀强度。刘海刚等（2008）研究了坡度对于人工林水土流失的影响，指出25°坡大穴整地营造的思茅松纯林的水土流失是18°坡的1.5倍。

大量研究表明，在黄土高原丘陵沟壑区，15°和26°是影响坡面土壤侵蚀的重要转折坡度。15°以下水力侵蚀相对较微弱，15°以上侵蚀逐渐加强，26°达到顶峰，26°以上将由以水力侵蚀为主转变为以重力侵蚀为主。

水土保持天水站不同坡面坡度的土壤侵蚀多年观测结果如图2-5所示。

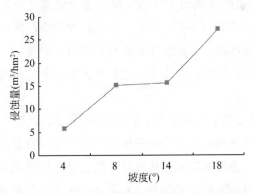

图2-5　水土保持天水站不同坡面坡度的土壤侵蚀量

3）纯林地造林树种单一，不易形成异龄复层林，不能充分发挥水土保持作用。根据温远光等（2005a）连续4年的研究，在立地条件基本相同的情况下，桉树工业人工纯林 4 年平均土壤侵蚀量为 8898.7kg/hm²，而混交林仅为0.2kg/hm²，前者为后者的 4493.5 倍；桉树工业人工纯林平均径流量为 19 700.3m³，是混交林（24.8 m³）的 794 倍。张保华（2007）根据川中人工林的研究，认为土壤结构与土壤侵蚀息息相关，土壤中 >0.25mm 的水稳性团聚体含量、非毛管孔隙度与土壤侵蚀量成负相关。对比该地区桤柏混交人工林水土流失防治效果良好的现象，研究区人工林土壤团聚体稳定性较差，非毛管孔隙度小，土壤侵蚀严重。究其原因为所研究的人工林树种单一，群落结构简单，林下枯落物和土壤有机质变少，土壤结构变差。张保华（2007）的进一步研究还表明，土壤有机质、团聚体稳定性、土壤渗透性等因素对土壤侵蚀率影响极大，相关系数和回归分析均达到0.01 极显著置信水平，因此调整人工林群落结构、改良土壤性质，会有效提高土壤抗蚀性。王震洪和起联春（1998）对比研究了直干桉人工林和直干桉黑荆混交林，直干桉人工林地表径流量和土壤侵蚀量分别是直干桉黑荆混交林的 1.42 倍和 2.22 倍。

4）采伐与集材时，未注意对周边林地植被和土壤的保护而造成破坏，这也是造成林地水土流失的重要原因。

工业人工林在采伐作业过程中的环境影响包括能源消耗、林木资源消耗、温室气体排放等。其中，污染物排放造成水体污染，土壤压实造成降雨入渗减少、地表径流增加，加之地表植被的损伤、地被物的破坏、地表降雨溅蚀的加剧，这些都会造成林地水土流失。

5）有林地林区道路系统的不合理修筑，也会引起严重的水土流失。林区道路多为简易土路，许多观测和研究表明，道路车辙等会汇聚地表径流，若无合理的排水沟系统，则会逐渐发展为沟蚀。道路边坡植被稀疏，边坡产流也会形成水土流失，甚至切割阻断道路。在修路的过程中，大量开挖后弃土、弃石更是水土流失之源。

6）漫灌、过量施肥和喷洒农药，会通过淋溶侵蚀，造成对土壤和水体的污染。平衡施肥是减少土壤和水体污染的重要措施。黄小春等（2008）对阔叶工业人工林的研究指出，施肥的频率和使用量要根据林地的情况与树种需求确定。虞春航等（2006）的研究表明，杨树在造林前两年的施肥效果不明显，而在杨树根系发育后追肥的效果更明显，施肥前要对林地土壤进行化验，以确定施肥的数量和配比。对于树木生长而言，水肥不分家，虞春航等（2006）的研究还表明，与大水漫灌相比，采用地下滴灌的工业杨树林不仅实现了灌溉节水 80%，避免了漫灌可能产生的淋溶侵蚀，还获得了单株材积高于常规林分两倍多的高产出。

7）不考虑地质条件而盲目造林是林地发生重力侵蚀的原因。例如，当林地地下有浅层的倾向与坡面一致的软弱夹层，或是不够厚的土层下存在倾向沟道的光板岩层，再或是坡面坡度较大、坡脚又无固坡工程时，在遇充分降雨时容易产生林地滑坡。

2.3 林地水土保持措施

针对林地水土流失的成因，采取相应的规划设计措施、生物措施、林地经营管理措施并辅以一定的工程措施，可防治林地水土流失的发生和发展。

2.3.1 土壤侵蚀区划

我国幅员辽阔，生态环境条件十分复杂，各地土壤侵蚀的种类、特点各有千秋。根据土壤侵蚀区划安排人工林地的各项水土保持措施是十分必要的。

土壤侵蚀区划是指根据土壤侵蚀类型、成因、强度以及影响土壤侵蚀的各种因素等的相似性和差异，对某一地区进行地域划分。土壤侵蚀区划反映土壤侵蚀的区域分异规律，是研究不同地区土壤侵蚀特征和水土流失治理途径的基础工作，也可为人工林地水土保持规划提供科学依据。

其基本内容是：①拟定合乎当地实际情况的区划系统。各地自然条件和人为活动因素以及土壤侵蚀过程的演变阶段与发展趋势都有明显差异，这就决定了区划系统是比较复杂的，需要采用多级区划系统。②确定各级区域划分的指标。③根据已有资料，研究并查明各级区域的界线，编制土壤侵蚀区划图。④分析各区划单元土壤侵蚀基本特征，探讨治理途径和关键性的水土保持措施。⑤编写土壤侵蚀区划报告。

中国的土壤侵蚀区划是中华人民共和国成立后随着地理科学的发展和土地整治的需要而建立和发展起来的。最初主要以侵蚀类型和强度作为分区指标，后来逐步考虑到引起土壤侵蚀的主导因素和土壤侵蚀的发生、发展过程等。1954年，黄秉维以地貌和土壤侵蚀强度为主要指标，将黄河中游地区划分为 10 个土壤侵蚀分区：高地草原区；土石山区；石质山岭林区；黄土丘陵林区；冲积平原区；干燥草原区；风沙区；黄土阶地区；黄土高原沟壑区；黄土丘陵沟壑区（又分为

5 个副区）。1958 年，朱显谟提出了黄河中游地区土壤侵蚀 5 级区划系统：①侵蚀地带，以主要侵蚀类型和侵蚀营力为划分标准；②侵蚀区带，在同一侵蚀地带中，再以决定侵蚀基础的地质过程和地貌类型单位为划分标准；③侵蚀复区，主要以与侵蚀作用有关的因素（土壤类型、岩性等）为划分标准；④侵蚀区，以侵蚀发展过程、演变趋势和侵蚀强度为划分标准；⑤侵蚀分区，以各种侵蚀类型的组合、土地利用情况等为划分标准。根据这一区划系统，他将黄河中游地区划分为 5 个地带、28 个区带、68 个侵蚀复区和 22 个侵蚀区。1982 年，《中国水土保持概论》中的"中国水土流失类型分区图"将中国划分为三大水土流失类型区，即以水力侵蚀为主的类型区、以风力侵蚀为主的类型区和以冻融侵蚀为主的类型区。在以水力侵蚀为主的类型区中，又划分出 6 个二级区，即西北黄土高原区、东北低山丘陵与漫岗丘陵区、北方山地丘陵区、南方山地丘陵区、四川盆地及周围山地丘陵区和云贵高原区。这个分区方案和分区图，为进一步编制全国土壤侵蚀区划提供了重要的基础资料。

在进行土壤侵蚀区划时，不同学者所强调的主导因素不同，因此区划方案也不尽相同。土壤侵蚀研究工作的逐步深入以及大量观测资料的积累，为土壤侵蚀区划工作提供了良好条件。遥感、计算机和信息系统等现代技术的发展，使土壤侵蚀区划图的编制又提高到一个新的水平，土壤侵蚀区划工作也逐步走向规范化。

2.3.2 水土保持具体措施

1）在林区开发建设的规划设计阶段，要全面考虑相应的水土保持措施，在设计中增加水土保持内容。

2）大力改革不利于水土保持的传统林业生产方式，禁止采用陡坡全面整地、铲草皮抚育林木等。林区不合理的采伐作业，特别是集材道路系统的修建，对原始地表产生强烈的影响，要避免林区道路侵蚀的发生。除采用索道集材等替代措施外，应根据造成道路水土流失的主要原因，对路基、路堑、路堤采取工程措施与生物措施相结合的办法加以治理。注意避免采伐过程中对周围地被物的破坏。

3）根据气象、水文、地形等因素，按照水土保持坡面工程标准，进行造林整地工程的设计与施工。此外，在已有的幼林整地工程地埂上，采取种植草本植物的措施进行水土流失控制。

A. 细致整地，改善立地条件，控制水土流失

根据不同土壤、不同地形、不同植被采取不同的整地方法，做到既能保持水土，又能使树木根系充分生长。

通过细致整地，改变微地形，拦蓄和减少地表径流，防止水土流失，同时翻松土壤，增加土壤的孔隙度、透水性和持水量，改善土壤水分条件，保证幼树的成活和生长。

通过细致整地，提高土壤肥力。由于预先整地，提高了土壤的通气性和含水量，这有利于土壤微生物的活动和营养物质的分解，从而使有效 N、P、K 的含量增加，改善了土壤结构，进而减少了水土流失。

细致整地为提高造林质量、尽快郁闭、减少土壤侵蚀创造了条件。通过整地，可清除石块、草根，疏松土壤，又可将表土集中放置在栽植点周围，使直播、植苗时易于做到深栽、踩实，造林后也便于松土除草。整地后，杂草减少，减免了杂草对水分、养分的争夺。

细致整地可采用以下整地形式：①水平阶。适用于坡面较为完整的地带。水平阶是沿等高线里切外垫，做成阶面水平或稍向内倾斜成反坡（5°~8°）；阶宽1.0~1.5m；阶长视地形而定，一般为 2~6m，深度为 40cm 以上；阶外缘培修20cm 高的土埂。②反坡梯田。适用于坡面较为完整的地带。一般多修成连续带状，田面向内倾斜成12°~15°反坡，田面宽 1.5~2.5m；在带内每隔5m 筑一土埂，以预防水流汇集；深度 40~60cm。③水平沟。适用于坡面完整、干旱及较陡的斜坡。水平沟上口宽1m，沟底宽 60cm，沟深 60cm，外侧修 20cm 高埂；沟内每隔5m 修一横挡。④鱼鳞坑。适用于地形零碎地带。为近似于半月形的坑穴，坑面低于原坡面，稍向内倾斜。一般横长1~1.5m，竖长0.8~1.0m，深 40~60cm，外侧修筑成半环状土埂，土埂高 20~25cm。鱼鳞坑要品字形排列。⑤坡面较长，每隔一定距离，保留 3m 左右的植被带（图 2-6）。

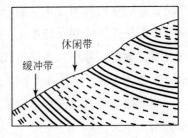

图 2-6　植被缓冲带保留示意图

以上整地方式，应该根据因地制宜的原则来采用。在雨量相对充沛的地方，还可采用其他的整地方式，如穴状整地，尽量减少整地对林地土壤的干扰，以减少水土流失。薛秀康（2009）研究了桉树造林的整地问题，指出造林无需采用全面整地，

宜采用小穴状整地方式。

对山西等省水土流失土壤的分析表明：在 0 ~ 15cm 的耕作层中，有机质含量仅为 0.37% ~ 0.76%，全 N 量为 0.024% ~ 0.050%，速效 P 在 5mg/kg 以下。而在水平梯田上，水土流失大大减少，养分明显增加。在 50cm 耕作层内，有机质含量为 0.90% ~ 1.48%，全 N 为 0.057% ~ 0.115%，速效 P 为 8.0 ~ 37.7mg/kg，因而能减少 N、P 流失，高产稳产。

B. 增加植坑覆盖，减少造林水土流失

造林的栽植坑中表土裸露，为防止水土流失，可用地膜、草秸、林地砍伐后的碎木屑等盖于植树穴上，这样不但可以减少降雨溅蚀、鳞片状面蚀，还可以抑制土壤水分蒸发，达到蓄水保墒、促进幼树成活的目的。地膜覆盖还有增加土温、促进生根的作用，应予推广。

4）防止抚育产生的水土流失。幼林抚育包括除草松土、培土壅根、正苗、踏实、除萌、除藤蔓植物，以及对分蘖性强的树种进行平茬等，但重点是除草松土作业。

林木与杂草，特别是与喜光、宿根性禾本科杂草处于激烈的生存竞争状态。初植的幼树竞争力较弱，由于杂草对土壤水分、养分的争夺，会导致土壤干旱、板结，影响幼树成活、生长。因此，除草松土是保证幼树成活和生长的一个重要技术环节。

为了在幼苗期增加地表植被覆盖度，可在空隙内种植豆科草本植物，控制幼林地水土流失。

概括各地经验，除草松土作业应从春季造林的当年或秋、冬季造林的第 2 年开始，直到幼树郁闭为止。但个别适应性强的树种，如马尾松、云南松等，可以只割草不松土，以利保持水土。在春季杂草刚发芽时，就要进行第 1 次除草，贵在及时，除早、除小，这样不仅省工，而且效益也好。一般第 1 年应进行 2 ~ 3 次，第 2 年 2 次，第 3 年 1 次。直播造林抚育时间可适当延长。

要依据整地方式进行带状或穴状松土除草，力求减少破土面，以免造成不必要的水土流失。

对于耐旱性强、与杂草竞争性强的树种，可以减少抚育年限和抚育次数；土壤水分好、杂草稀少地带可不进行松土除草。

5）营造混交林，提高保持水土等生态环境功能。营造人工林，要以混交林为主。良好的混交林分，其生长量也较纯林高。

众所周知，混交林多树种生态效益的互补作用，是一个带有方向性的重大技术问题。这对于改善全局的生态平衡，将产生深远的影响。在不少地区，既有乔灌混交林也有乔木树种混交林。

通过造林、抚育、更新的方法，形成多树种、多层次的混交林，是亚热带湿润地区、半湿润地区广大山区丘陵现实可行的成功经验，值得提倡和推广。例如，原来水土流失很严重的广东潮阳市，人工营造马尾松台湾相思混交林后，结合封山措施，林下已形成稠密的灌木层，种类达17种之多，主要有黑面神、桃金娘、黄栀子、山乌桕等，还有乔木幼树鸭脚木等。福建河溪水库林场营造的马尾松木荷混交林，林下也出现了多种灌木并天然长起了枫香幼树。四川广元市马尾松幼林与栎类幼树，形成了松栎混交林。

在北方温带半湿润、半干旱地区，可以营造乔灌混交林。例如，太行山区侧柏林与黄荆等灌木同时生长；油松林与胡杖子、虎榛子同时生长。北方油松沙棘混交林，只要油松的郁闭度不超过0.6，二者就可以成为稳定的乔灌混交林。其他还有油松柳树混交、油松元宝枫混交、油松山杨白桦灌木形成天然混交等。

6）在降水充沛或积雪深厚的林区，山洪、滑坡、泥石流等水土流失现象频繁发生，必须采取工程措施和生物措施相结合的途径加以治理。林地滑坡治理工程措施包括护坡工程和固坡工程，山洪、泥石流治理工程措施一般包括谷坊、拦沙坝、格栅坝、山洪与泥石流排导工程、沉沙场等。

2.4　水土流失影响分析

对于工业人工林营造工程中的环境影响评价而言，水土流失影响分析是其中一项重要的内容。

2.4.1　土壤侵蚀模型

土壤侵蚀模型指用数学公式表述土壤流失量及流域产沙量与侵蚀影响因素的内在机制及量值关系。土壤侵蚀预报可预估无泥沙测验资料地区的产沙量。这项技术的发展以水土流失观测及土壤侵蚀模拟为基础，并依赖于计算机技术、仿真技术及遥感技术。土壤侵蚀预报是人工林地水土流失规律研究的重要内容，可为防治水土流失，保护、改良与利用土地资源提供科学依据。

预报主要指水力侵蚀预报，包括坡面土壤流失预报、沟壑侵蚀预报及小流域产沙预报等。预报的方法依靠不同类型的数学模型。数学模型的类型如下。

1）按建立模型所应用的数学方法可分为两种模型：①确定性模型。指依据侵蚀力学、水文学、水力学等基本原理，模拟有明确物理概念的侵蚀、输移和沉积过程的数学物理模型。确定性模型又分经验性模型与概念性模型。经验性模型又分为宏观范围产沙的二元回归模型、多元回归的产沙及输移比模型和以小区及坡地研究为基础的经验模型。概念性模型通过输入与输出的关系推断系统的作用，用电学中的脉冲线性响应系统模拟水文学线性响应系统。②随机性模型。认为系统的变量具有随机分布的性质，一般可根据观测资料，采用数理统计的方法建立模型。

2）按模型描述的对象可分为面蚀模型、沟蚀模型、块体运动模型和径流输沙模型等。

下面具体介绍坡面土壤流失模型——通用土壤流失方程（universal soil loss equation，USLE）。

2.4.2　通用土壤流失方程

通用土壤流失方程是表示坡地土壤流失量与其主要影响因子间定量关系的数学模型。通用土壤流失方程用于计算在一定耕作方式和经营管理制度下，因面蚀产生的年平均土壤流失量。方程式为

$$A = RKLSCP \tag{2-3}$$

式中，A 为任一坡耕地在特定的降雨、作物管理方法及所采用的水土保持措施下的单位面积年平均土壤流失量（t/hm^2）；R 为降雨侵蚀力因子 $[MJ \cdot mm/(hm^2 \cdot h)]$，等于单位降雨侵蚀指标，如果融雪径流作用显著时，需增加融雪因子；K 为土壤可蚀性因子 $[t \cdot h/(MJ \cdot mm)]$，对于一定土壤，等于标准小区上单位降雨侵蚀指标的土壤流失率（在美国，选用 22m 坡长、9% 均匀坡度的裸露连续休闲地作为标准小区）；L 为坡长因子，等于其他条件相同时实际坡长与 22m 坡长相应土壤流失量的比值；S 为坡度因子，等于其他条件相同时实际坡度与 9% 坡度相应土壤流失量的比值；C 为植物被覆与经营管理因子，等于其他条件相同时特定植被和经营管理地块上的土壤流失与标准小区土壤流失之比；P 为水土保持措施因子，等于其他条件相同时实行等高耕作、等高带状种植或修地埂、梯田等水土保持措施

后的土壤流失与标准小区上土壤流失之比。由于 L 和 S 经常共同影响土壤流失，因此，常把 L 和 S 组成一个地形因子（LS），以示其综合效应。

2.4.3 土壤养分流失分析

坡地土壤颗粒表面的营养物质在径流和土壤侵蚀作用下，随径流泥沙向沟道及下游输移，从而造成养分损失的自然现象。养分流失后将使土壤日益贫瘠、土壤肥力和土地生产力降低，并造成下游水体污染或富营养化。剧烈的水土流失会产生严重的养分流失。

土壤的养分包含大量的 N、P、K，中等含量的 Ca、Mg 和微量的 Mn、Fe、Cu、Zn、Al 等元素，其中有离子态速效性养分，也有经过分解转化的无机或有机速效性养分。土壤侵蚀使这些养分大量流失。据估计，四川 200 多万公顷坡耕地每年流失表土 2.7 亿 t，损失无机肥料 37.6 万 t。

土壤形成和养分聚积是一个缓慢的过程，如土壤母质在自然状态下形成 20mm 土壤约需 300 年。但在人为活动综合因素影响下，成土时间可缩短为 30 年左右。而侵蚀却使土壤养分迅速流失，导致土壤退化。如中国东北黑色土壤开垦初期，有机质含量在 8% 左右；耕种 40~50 年后，由于侵蚀，有机质含量下降了 1/3~1/2。

氮是重要的营养元素，也是潜在的水源污染物质。氮的平衡对陆地生态系统而言，氮是最大的水污染物质输入项，在养分流失研究中，氮循环研究最多。以晋西北羊道沟（$20.28km^2$）观测为例：泥沙中的 N 含量在降雨中期较低，但在降雨快结束时急剧上升。在洪峰期，溶解 N 的浓度下降，但后来其浓度又急剧上升。1987~1988 年，尽管只有几次产流雨，但这两年的平均土壤流失量分别为 $203.4t/(hm^2 \cdot a)$ 和 $176.9t/(hm^2 \cdot a)$；而 N 的流失量相应为 $76.4kg/(hm^2 \cdot a)$ 和 $44.1kg/(km^2 \cdot a)$，属高度流失。

在流失的养分中，N、P、Cu、Zn 对水体的污染最严重。水体中过剩的 N、P 会引起绿藻的旺盛生长，加速富营养化的过程。

防止土壤养分流失的有效措施是认真做好坡面水土保持以减少水分损失。土壤水分是极活跃的因素，制约着土壤肥力和生产性能，影响养分的释放、转移和吸收。只有增强土壤持水能力，才能防止土壤养分流失。

第 **3** 章   长期地力维护

3.1   长期地力维护的概念及内涵

长期地力维护的本质是林地长期立地生产力的保持问题。关于长期立地生产力的概念，国内外学者使用了一些不同术语，如"第二代效应"（second rotation effect）、"生产力下降"（productivity decline）、"立地退化"（site deterioration）、"地力衰退"（site decline）、"土壤退化"（soil degradation）、"立地生产力衰退"（site productivity decline）、"森林土壤肥力衰退"（forest soil fertility decline）等。这些术语意义上互有包容，但其涵盖的意义不尽相同。

长期立地生产力则是指在气候变化、大气污染、自然灾害以及人工经营措施作用下，森林生态系统在不同轮伐期之间立地环境和立地生产力的变化过程，主要指因环境改变导致的立地生产力下降，研究的是立地改变和土壤演化等。长期立地生产力维护的研究，就是研究不同因素在轮伐期之间这样的时间尺度上对土壤肥力的作用机制以及维护和提高地力的有效措施（楼一平和盛炜彤，1998）。

经营措施对长期立地生产力的不利影响可以通过选择合适的作业方式而降低，如轮伐期、采伐时间、林区筑路方式、采伐设备、利用标准（整树利用或树干利用）以及营林系统（皆伐或在防护林中的部分采伐和择伐）的选择。人们通常认为的森林采伐的影响大多是来自采伐后立地处理的结果（如炼山、整地对土壤的多次扰动）。

除了采伐以外，其他诸如机械整地、炼山、施肥等森林经营措施也影响立地质量，并且其影响常常比采伐更严重。

显然，长期立地生产力问题，除了与树种特性和林分结构以及育林措施相关以外，与一个轮伐期末的采伐活动和下一个轮伐期开始时的造林活动也有很大的关系。

3.2　工业人工林长期地力退化机理研究

3.2.1　工业人工林长期地力维护研究历史

森林立地生产力的退化问题很早就引起了林学家的注意。19 世纪末，德国和瑞士就观测到了第 2 代挪威云杉林生产力下降的现象（于宁楼，2001）。20 世纪 30 年代以来有关森林长期生产力下降的研究较多，如欧洲的挪威云杉（Holmsgaard et al.，1961），苏格兰松（Wiedemann，1935），澳大利亚南部、新西兰的辐射松（Keeves，1966）都发现了立地生产力下降现象。在美国，Gholz 和 Fisher（1984）也发现持续频繁砍伐的湿地松生产力下降了 50%，有机物质通过木材的收获被移除和重新分配，这些损失可以造成树木生长的下降（McKee and Hatchell，1986）和立地指数的降低（Doolittle，1957）。北美著名森林生态学家 Kimmins 在蒙特利尔国际林联第十九届世界林业大会上，明确阐明了持续立地生产力研究的意义和策略（Kimmins，1990）。Evans 在蒙特利尔国际林联第十九届世界林业大会上对人工林持续生产力的研究现状进行了评述，指出高产的人工林能否长期维持下去是十分重要的问题。这些问题包括维持和改善地力，避免引起地力衰退的经营活动，如纯林经营、皆伐作业、森林环境的管理等问题（Evans，1990）。

中国关于长期生产力的研究开始于 20 世纪 60 年代，研究树种包括杉木（盛炜彤，1992；俞元春，1999）、桉树（黄玉梅，2004）、杨树（方升佐，1999；刘福德，2005）、樟子松（刘明国等，2002）、落叶松等我国主要的人工林树种。这些人工林的生产力随着栽培代数的增加而降低了，发生了"第二代效应"（Evans，1990）。其中对杉木的研究最为全面和系统。20 世纪 90 年代出版的《人工林地力衰退研究》（盛炜彤，1992），证实了杉木人工林地力退化十分明显，2005 年出版的《杉木人工林长期生产力保持机制研究》一书（盛炜彤和范少辉，2005），系统地分析了杉木林长期生产力退化机理，并对杉木人工林长期生产力保持途径进行了论述。

虽然有大量的证据表明连栽会造成人工林长期生产力的下降，但是由于连栽生产力下降的数据很难收集，现有的一些实例大多为调查材料，缺乏连续性，难以直接比较，因此有人认为目前仍没有 2 代同树种人工林生产力比 1 代下降的明显证据。Wiedemann（1935）在德国萨克森地区曾就纯林生长衰退的原因进行了广泛的调查研究，认为并非所有的人工云杉纯林都存在生长衰退问题。有研究表明，同样立地上第 2 代云杉林分的生长速度要比第 1 代快 30%（Evans，1990）。在立地条件、栽培措施相同或相近的条件下，连栽桉树林分乔木层生物量和生产力存在显著差异，但没有出现随着连栽代数的增加产量下降的现象，而是呈现出第 3 代林分产量明显高于第 1、2 代的趋势，分别比第 1、2 代林分高 40.37% 和50.90%，第 1 代比第 2 代林分高 7.50%（陈婷等，2005）。因此，就整体而言，尚不能得出同树种连栽生产力必然下降的结论（沈国舫，1988）。只要采取有效的栽培管理措施，提高人工林连栽林地生产力不但可能而且也是可行的（俞元春，1999）。

毛竹（*Phylbstachys pubescens*）林立地生产力的退化也引起了林学家的关注。楼一平和吴良如（1997）对不同经营时间的毛竹林进行研究发现，在竹木混交林改成毛竹纯林后的较长经营期中，1～4 年林分年新成竹数量迅速增加，4 年中平均比改造前混交林内的新成竹增加 50%；5～11 年林分新成竹的平均粗度和产量逐年增加，在第 11 年时新成竹粗度和产量分别比改造前增加 10% 和 52%；11～21 年新成竹平均粗度和产量呈下降趋势，平均粗度在第 21 年时比第 11 年时下降3.9cm，同期内产量下降 17%，出现较明显的林分生产力下降现象。大量研究表明，毛竹纯林的集约经营、连年采伐方式、频繁的营林活动（采伐、施肥和垦复等）、大量施用化肥、传统的整株采伐利用作业习惯对毛竹林长期立地生产力产生了不利的影响（楼一平和盛炜彤，1999；楼一平，1998）。片面追求经济效益而忽视竹林生态系统固有的结构及生态功能，使我国毛竹林立地生产力呈现衰退趋势（陈双林等，2004）。

3.2.2　工业人工林退化机理研究

3.2.2.1　自然地理环境

除杨树和落叶松外，我国主要的工业人工林树种如杉木、马尾松、桉树、湿地松、毛竹等主要分布在亚热带、热带湿润地区。不同的自然地理环境条件下，森林土壤具有不同的土壤形成过程，即不同的地球化学循环和生物地球化学循环。热带森林，养分集中在植被中，如果森林被采伐、植被受到破坏，营养物质很难恢复，恢复也需要漫长的过程。北方的针叶林中，地表以上的有机物约有70%存在于枯落物层中，而在热带森林中，枯落物层中的有机物仅为6%（Jones，2000）。生物循环的特点不同，决定了营养元素在森林生态系统中的分配，从而决定了森林采伐利用带走的营养元素的数量及其对土壤养分的消耗，热带和亚热带地区的人工林比温带和寒温带地区的人工林更容易发生地力衰退（徐大平和张宁南，2006）。

此外，不同的岩性也有影响。如板页岩、花岗岩和石灰岩抗蚀性能有明显差异，花岗岩和石灰岩形成的土壤，当植被受到破坏时容易受到侵蚀，土壤肥力衰退较快。土壤的肥力主要依靠生物循环的速率来维持，土壤库养分积累小于植物库。因此，热带地区的土壤具有固有的生态脆弱性（于宁楼，2001）。

同时，热带地区土壤腐殖质中的富啡酸含量大于胡敏酸。富啡酸易溶于水，并呈强酸性，对岩石矿物具有强烈的溶解作用。富啡酸的各价离子均能溶于水。因此，雨量较多的热带和亚热带地区，土壤的腐殖质和养分容易随土壤径流而流失。

虽然温带或寒温带人工林有较多的凋落物累积量，但是由于温度、湿度条件的制约，养分年归还量较少，土壤养分得不到及时的补充，立地生产力容易发生退化。

3.2.2.2 自身的生长特性

大部分工业人工林树种为速生丰产树种，且采用集约经营方式，与这些树种在自然状态下的生长环境有很大的区别。因而，其自身生物学特性通常对林地土壤的演化产生不利影响。通过对杉木枯死枝叶凋落特性、宿存特性、分解特性、养分循环规律和群落结构的研究表明，杉木林具有凋落物归还量少、枯死枝条宿存时间长、凋落物分解速度慢等特点，且杉木人工林植被发育迟缓，结构层次不明显，自肥能力较弱（盛炜彤和范少辉，2005）。马尾松的枝叶灰分含量低，且富含油脂，凋落物分解缓慢，酸性强；桉树纯林树种单一，凋落物数量和养分含量少；杨树纯林的土壤养分供应状况差，酶和生物活性降低；长白落叶松纯林经营生产量下降，土壤中有机养分和速效养分降低，土壤生物学活性降低（杨成栋等，2009）。毛竹是常绿乔木状竹类植物，生长迅速，秆大型，高可达20m以上，粗达18cm。为了提高毛竹林的经济效益，通常对毛竹采用高强度经营，每年在竹林通过采伐竹材和挖笋带出大量的营养物质。养分的归还主要通过凋落物的分解来完成，垦复毛竹林的凋落物为 3623.68kg/hm²，未垦复毛竹林的凋落物为 5997.56kg/hm²。一般说来热带雨林的凋落物量最多，北方针叶林的凋落物量较少。毛竹的凋落物量相对较少，仅与凉爽温带森林地区针叶树和一些硬木阔叶树每年的归还量（1800~5450kg/hm²）相当（Jones，2000）。经营措施可能对毛竹凋落物的养分归还产生更为不利的影响，未垦复毛竹林 Ca、K、N、Mg、P 的养分含量为 0.20~5.10g/kg，养分储量为 0.70~29.10kg/hm²，显著高于垦复的毛竹林（Ca、K、N、Mg、P 养分含量为 0.16~3.3g/kg，养分储量为 0.20~4.50kg/hm²）（高志勤，2006），远低于加拿大森林的 N 含量（200~2300kg/hm²）（Jones，2000）。垦复的毛竹林的凋落物现存量明显低于未垦复的毛竹林的凋落物现存量，说明人为的干扰加快了凋落物的分解，可是这些作用可能对立地生产力并没有好处，这些措施可以加快有机质的衰竭可能性（Bowman et al.，1990）。另外，在自然植被条件下，有机碳可以在 30~50 年内快速恢复（Hallberg et al.，1978；Anderson，1977）。毛竹林枯落物中的 P 储量（0.5~5.2kg/hm²）明显低于下蜀杉林（31.92kg/hm²）与落叶栎林（33.11kg/hm²），出现这一现象与竹叶中 P 含量（0.27~0.83g/kg）低于杉林（5.26g/kg）和落叶栎林（5.58g/kg）相关（Fzwccywk，1985）。可见对毛竹林生长影响最大的 N、P 的自肥能力较差。

3.2.2.3　不合理的经营措施

（1）短轮伐期

短轮伐期皆伐对林地土壤理化性质有重要的影响。对不同栽植代数的杉木人工林进行养分循环的比较研究，结果表明，不同栽植代数杉木林的养分循环存在差异。随栽植代数的增加，林分养分的年归还量、年吸收量及归还吸收比均呈递减趋势，表现为 1 代 >2 代，而营养元素的周转期则呈增加趋势，说明栽植代数对杉木林养分的归还量及吸收量有较大影响，多代连栽不利于杉木林地肥力的恢复。随林分年龄的增加，杉木林养分年积累量呈明显下降趋势，1 代成熟林比中龄林下降 14.74%，2 代成熟林比中龄林下降 11.86%；而杉木林养分的年归还量、年吸收量和归还吸收比则随林分年龄的增加呈增加趋势，表现为成熟林 > 中龄林，适当延长轮伐期有利于杉木林的养分归还（刘爱琴等，2005）。张正雄等（2004）分析了皆伐对短轮伐期尾叶桉人工林林地土壤理化性质的影响，表明皆伐后土壤容重增大 0.02g/cm³，土壤结构体破坏率增大 1.89%，最大持水量下降

2. 15%，总孔隙度减小2. 25%；土壤养分含量普遍下降，其中土壤主要养分如有机质、全 N、水解性 N、全 P、速效 P、全 K、速效 K 等含量分别下降13. 19g/kg、0. 26g/kg、1. 60mg/kg、0. 13g/kg、5. 12mg/kg、0. 49g/kg 和 3. 11mg/kg，轮伐期长短对下一代人工林地力有重要影响（Raison and Crane，1986；余雪标和徐大平，1999）。大量研究表明，全树收获所引起的养分损失比只获取木材所造成的养分损失高 50% ~ 400%（Mann et al. ，1988；叶学华和罗嗣义，2001；Smith，1986；杨玉盛等，2000a）。

（2）整地

整地与地力关系密切，合理的整地方式能改善林地的微环境，提高土壤肥力（吴明晶，2001），整地的时间方式对林分的生长有重要的影响。不同整地方式下桉树林生长量差别不大，但穴垦有利于地力维持（何水东，2007）。Morris（1993）的研究结果表明，展叶松（*Pinus patula*）造林前整地可以使采伐迹地枯落物层的营养储备显著改变，强度耕作可使土壤中的 N、P、K、Ca、Mg 等含量大大降低，而在未干扰的森林中和干扰很轻的人工林中，上述各种元素的含量相应高出 10倍。强度耕作使有机质矿化作用加强，这是使土壤 N 含量降低的主要原因（于宁楼，2001）。深翻土壤、改良深层土层结构是当前提高毛竹林生产力的重要手段（吴国强，2005；丁魏发，2006）。垦复时间和深度对垦复效果的影响很大（罗国芳，1997；董晨玲，2003；李昌栋，2004）。垦复深度与壮鞭数呈正相关，垦复土层为 45cm 时竹鞭段的数量最多，而垦复深度为 15cm 时易产生浮鞭（陈双林和杨清平，2003）。但是也有研究得出不同的结论，陶芳明和李昌栋（1994）认为毛竹林垦复深度以 20cm 为好，25cm 次之，10cm 较差；垦复时间以7 月最佳，8 月次之，9 月较差。垦复对毛竹林地下系统生长影响显著，垦复后林地竹鞭节间长度增加，鞭芽数增加 2 ~ 3 倍，单位面积竹鞭总长度增加 2. 6 倍以上。但是，垦复对土壤地力的改变是一个长期而复杂的过程，垦复对毛竹林地力的长期影响还需进一步研究。通常说来深翻可以增加土壤团聚体和水稳定性团聚体含量，降低土壤结构破坏率，而使土壤毛管孔隙度、非毛管孔隙度、通气度增大，有较大的涵养水源作用（陈乾富，1999）。但是，土壤垦复会引起水土冲刷和养分流失（吴志勇和王云珠，2000；高清贵，2006）。过分强调土壤垦复，尤其是频繁地深翻抚育，即使有一定的增产效果，也是短暂的，而负面效应则是缓慢的长久的。研究表明，毛竹林集约经营后土壤总有机碳、水溶性有机碳和微生物量碳明显减少，与粗放经营的毛竹林之间有显著差异，并且微生物量碳占总有机碳比例也显著降低，水溶性有机物质的分子量也明显变小（徐秋芳等，2003）。

（3）施肥

长期单施氮、磷、钾肥可能对土壤养分供应造成不利的影响。长期施用生理酸性氮肥，会降低土壤 pH 值（李学垣，2001），使 Ca、Mg、K、Na 等盐基离子溶出量增加（薛南冬和廖柏寒，2001），加速土壤板结，使重金属活性增强（杨忠芳等，2005）。不合理施用氮肥还会造成土壤其他养分含量水平的异常，如氮肥施用水平过低则土壤磷素累积，土壤缓效钾释放率低；氮肥施用水平过高，土壤会缺磷，同时也阻止土壤钾的释放（王火焰等，2005）。长期过量施用磷肥，会引起耕层磷素（Al-P）累积，并且出现磷（Ca2-P）的剖面垂向迁移。单施磷肥能提高硝化微生物的活性，使土壤 NO_3^--N 含量上升，加重氮流失；促使土壤中有效性锌含量显著降低，造成植物的锌缺乏（奚振邦，1994）。相反，不施磷肥则红壤旱地作物不能利用肥料氮（周卫军和王凯荣，1997）。单施钾肥会显著降低未施氮土壤中无机氮的有效性。其原因一方面可能是钾对硝化作用的直接抑制作用，降低了未施氮土壤中 NO_3^--N 的含量，也可能是由于钾抑制固定态缓释 NH_3 的释放而降低了 NH_3 的有效性。过量施用氮、磷、钾肥还会造成肥料的流失，造成环境的污染。长期单施化肥，会使土壤有机质含量降低，土壤容重增大，土壤全量 N、P、K 养分和速效 N、P、K 养分降低（王绍明，2000）。有机肥料在腐烂过程，会产生有机酸，使土壤酸度增强。土壤微生物腐解凋落物时，需吸收大量速效 N、P，可能会与树木的生长争肥（Liang et al.，2003）。

（4）采伐剩余物管理

研究表明，造林前采伐剩余物的林地清理方式对地力的影响极大。Kimmins（1990）报道，在采伐迹地实施火烧清理，可以损失采伐剩余物和森林死地被物总量的41%。平铺采伐剩余物能改善林地肥力，氮损失为9.1%（随干材取走），而火烧清理则高达28%（杨玉盛等，2000a）。对两代辐射松的对比研究表明，凡是第2代早期生长良好的林分都与前一代采伐剩余物铺覆有关，平铺采伐剩余物可有效地改善土壤水分状况，增加土壤湿度，促进氮的矿物化，增加氮和其他营养的来源。对不同立地管理方式对多代经营杉木人工林生产力的影响进行研究，结果表明，收获树干和树皮、加倍采伐剩余物的处理方式对4年生2代杉木林的生长最为有利，对降低土壤容重和提高土壤 pH 值的作用最大，是最佳的立地管理措施；清理树木的所有部分处理生长最慢；清除地上所有有机质处理的杉木在 1 ~ 2 年生时生长较好，但对土壤肥力的维持最为不利，3 年生以上杉木生长略为落后；商业性收获加炼山处理的杉木的生长比商业性收获处理的略好，但未达到差异显著水平；采伐剩余物分解至质量残留 50% 需要 20 个月，估计分解至质量残留 5% 需要 90 个月的时间（范少辉和廖祖辉，2002）。对 29 年生第 1 代杉木人工林采伐后营造的 4 年生第 2 代杉木人工林和营造的 5 年生第 2 代杉木人工林生产力影响进行研究，得出类似的结果（何宗明等，2003）。

（5）化学除草剂的应用

化学除草具有省时省力的优点，在毛竹林的经营中有一定程度的应用。周东雄等（1994）对进行劈山深翻、伐桩施肥、翌年进行化学除草的毛竹林进行研究，发现毛竹林取得了良好的笋竹产量。张芳山（2004）在低产林改造的研究中，也发现化学除草对毛竹林的生长有重要的影响。何艺玲（2000）对施用除草剂五年后的毛竹林下植被的组分、数量特征、灌木、草本的物种序列、物种多样性、生物量在灌草间的分配进行了研究，结果表明，施用除草剂降低了灌木、草本的物种多样性。化学除草剂是一种重要的土壤污染源，施用化学除草剂破坏了林地环境，最终导致林分生产力的下降。在应用化学除草剂时，一定要控制使用除草剂的范围和次数，把化学试剂的影响降至最低（陈双林和杨伟真，2002）。

3.3 工业人工林长期地力维护措施

3.3.1 结构调整

林分结构是指林分的树种组成、株数、胸径、树高、年龄等因子构成的类型（张艳艳等，2007），是反应林分功能和动态的重要指标。合理的林分结构可以促进林分更新，实现林分可持续经营（Noguchi and Yoshida，2004）。潘德成等（2007）研究了林分结构对防风固沙林的影响，发现在干旱或易旱地区，通过采取林分密度调控措施，可以降低林木单位面积土地的耗水量，增加土壤含水量、林木生长量、林下植被覆盖度、草本层生物量及林下植被种类。林下植被对林分实现可持续经营有重要的作用，通过调整林分结构可以调节林下植被的生长。罗德光（2005）对不同强度人为干扰下马尾松的林分结构及物种多样性进行了研究，发现物种多样性的各测定指标随着干扰强度的下降而增加。密度是反应林分结构的重要指标之一，通过密度调整可以改善林地的理化性质。林开敏和俞新妥（1996）研究发现，土壤有机质、全 N、全 P、水解 N 和速效 P 含量，随杉木密度增加而下降。通过间伐改善林分结构可以改善土壤的微生物区系、土壤酶活性及养分含量（盛炜彤和杨承栋，1997）。

树种组成调整是林分结构调整的重要内容，混交林通常比纯林有更高的生态效益和经济效益。柳杉混交林与柳杉纯林、火力楠纯林、湿地松纯林相比具有较大的林分生物量和较合理的林分结构（陈继祥，2007）。左益华（2007）在研究马尾松枫香混交林生态效益时得出，松枫混交能改善松林生态，提高林木及林地生产潜力，达到速生丰产的目的，而且克服了马尾松纯林结构简单、森林群落不稳定、抗病虫能力差的弱点。杉楠（1∶1）混交林的平均胸径、平均单株材积和林分总蓄积量分别比杉木纯林增加了 43.07%、113.83% 和 35.61%。杉楠混交后，林内湿度提高，林内气温、土温和光照强度降低，土壤变得疏松、通气和透水，土壤结构得到改善，土壤肥力增强，以杉楠行状混交效果最为明显（潘文忠，2007）。类似的结果在油松元宝枫块状混交林中也有表现（鲁绍伟等，2007）。

合理密度是林分保持持续生产力的重要因子，但是合理密度随经营目的、经营措施、立地条件的不同而不同。以毛竹为例，郑郁善等（1998）的研究认为，笋用林的速生丰产合理密度为 1650~2250 株/hm^2，材用林为 4050~4950 株/hm^2，笋材两用林为 2100~2700 株/hm^2。陈存及（1992）对福建毛竹最适宜区的南平、三明、龙岩三个地区进行了毛竹密度调查，认为在一般经营管理条件下，毛竹密度以 2700~3000 株/hm^2 为佳。潘金灿（2000）认为闽南毛竹分布区的毛竹林合理经营密度为 1200~1650 株/hm^2。

3.3.2 林下植被管理

林下植被的物种多样性和生物量会影响到土壤营养元素和微生物组成，进而会影响林分的生长和发育动态（李春明等，2003）。林下植被与林分密度紧密相关，密度小的林分内，各小环境指标均优于密度大的林分，其中土壤水分、光照强度随林分密度增大而有减小的趋势（刘晨峰等，2004a）。熊有强和盛炜彤（1995）在研究间伐强度对林下植被的影响时也得出了林下植被随间伐强度增加而增加的结论，中等以上强度间伐，林下植被达 60% ~ 70%，生物量达 5 ~ 7t/hm²。集约间伐的林分比未间伐林分有更高的植物丰度；随着收获强度的增加，地被和灌木的盖度也会增加（Smith and Miller，1987）。但也有学者得出不同的结论。罗菊春和王庆锁（1997）比较了长白山林区择伐后的红松林与皆伐后形成的白桦次生林的植物多样性，认为白桦林及其下层木的群落多样性高于红松林。另外一些研究则认为，间伐对物种多样性无显著影响。Gilliam 等（1995）在研究间伐强度对物种丰富度和多样性的影响时，认为间伐后的成熟林和皆伐后的幼林草本层的物种多样性无显著变化。还有一些研究认为，间伐和其他的人为干扰会导致草本植物丰度或多样性的长期下降，陈婷等（2005）认为，连栽桉树对林下植被的生物量和生产力具有明显的抑制作用。马祥庆等（2003）研究表明，连栽导致了不同生长发育阶段杉木人工林生产力的明显下降，随栽植代数增加，不同生长发育阶段杉木林林分生物量逐代递减，林下植被生物量呈递增趋势。同时林分树干生物量所占比例下降，根系生物量所占比例增加，连栽刺激了杉木根系的生长发育，并有利于林下植被恢复。

林分密度与林下植被的状况密切相关，一般说来，密度大，林下植被稀疏；密度小，林下植被茂密，多样性高。虽然林下植被生物量较少，但是林下植被养分归还在养分循环过程中起着重要的作用（杨玉盛等，2002；盛炜彤和范少辉，2002）。综上所述，不同地区人工林经营的目的不同，得到的合理密度并不相同，从生态系统角度探讨密度管理与养分循环的关系，可能能为人工林的可持续经营提供有益的帮助。

3.3.3　林地管理

3.3.3.1　整地

在农业用地中，保护性耕作得到了推广，工业人工林也可以借鉴。大量的研究表明，随着耕作频率的提高，土壤有机质矿化速率加快，有机质含量下降，CO_2 排放增多（Calderon et al.，2001；Jackson et al.，2003；Piovanelli et al.，2006），土壤结构遭到破坏，使土壤易受侵蚀的危害（Six et al.，1999；Drinkwater et al.，2000），破坏了土壤生态系统中的土壤生物网络链群（Papendick and Parr，1997）。保护性耕作实践提高了土壤的抗腐蚀性、水分渗透和营养保持，增加了低有机质土壤表层的有机物质（Franzluebbers，2002a）。此外，保护性耕作剩余物提高了土壤持水性。保护性耕作土壤具有充足的空隙，更适于土壤微生物的生长，微生物可以促进养分的循环和对疾病的抵抗（Morse，1993）。但也有一些研究表明，保护性耕作作业方式下土壤的空隙度小于传统耕作的土壤，增加了土壤容重（Kay and Vandenbygaart，2002；Piovanelli et al.，2006）。保护性耕作种植技术具有省能源、省机械、省时间、提高土壤可耕性、增加土壤有机质含量、增加土壤含水量和潜热通量及土壤热通量的特点（陈军胜等，2005）。当然，合适的翻垦方式、翻垦时间和翻垦强度是保持持续立地生产力的重要手段，在毛竹林经营中深翻土壤是当前提高毛竹林生产力的主要手段之一，垦复时间和深度对垦复效果的影响很大。垦复除了可以促进毛竹林更新复壮之外，对一些病虫害也有防治作用。一些学者发现，垦复可以防治毛竹的枯梢病（詹祖仁和张文勤1998；王明旭等，2000；姚筱羿等，2001；刘巧云等，2003）。张飞萍等（2004）的研究表明，垦复可以提高冠层螨类的多样性和均匀度，降低其优势集中性，降低螨类暴发的概率。

3.3.3.2　施肥

施肥是提高林分生产力，取得更大的经济效益的重要手段。施肥对林木生长的促进作用一般为30%～50%，最高可达500%（Nambiar，1996）。施肥的投入产出比最高可达1∶8，但林地施肥投入较高，回收期长，影响因素复杂。在竹林中长期施用化学氮肥可以造成土壤酸化、"氮饱和"、水系富营养化等负面生态影响（李卫忠等，2004）。施肥试验经常是和其他的营林措施结合在一起进行的，如疏伐和控制非目的树种。在某些情况下，必须进行疏伐和控制非目的树种，否则施肥效果就无法显现出来（South et al.，1995）。有研究表明，即便是在干旱的立地上，采取灌溉方式也不能带来生产力的显著提高，其外表看似水分限制了植物的生长，实质是氮素受限的结果。瑞典研究人员发现，小剂量多次增施氮肥能够比较好地模拟自然过程，并且显著好于施肥次数少、施肥剂量大的处理（Ingestad et al.，1981；Albaugh et al.，1998）。植物群落田间试验研究表明，植物的生产力往往是多种资源受限制的结果（Hooper and Johnson，1999；Adair and Binkley，2002）。在某些地区，增施氮肥和磷肥也不能带来立地生产力的显著提高，这种现象可能是因为缺失 K、S、B、Mg、Fe 等其他养分的缘故（Shumway and Chappell，1995）。

土地覆盖物是土壤绿肥的主要来源之一，林业覆盖物主要为地凋落物和采伐剩余物。通常说来，覆盖可以提高土壤的质量，提供生物学氮作为绿肥（Tonitto et al.，2006），减少氮的流失（Wyland et al.，1996）和抑制杂草（Teasdale，1996）。土壤有机质或者土壤有机碳是最重要的土壤质量指示者，它们包括植物残体的分解、土壤微生物和湿润物质（Reeves，1997）。植物残体的分解和活体覆盖物根系分解的分泌物可显著提高土壤的碳含量（Fageria et al.，2005）。这些碳的投入增强了土壤的聚合度和土壤的结构（Kavdir and Smucker，2005；Liu et al.，2005），增加了水分的保持力（Franzluebbers，2002b），减少了侵蚀（Flach，1990）。来源于覆盖物的有机物支撑着土壤微生物的生长（Lundquist et al.，1999），减少碳、氮在农业系统中的流失（Drinkwater et al.，1998）。此外，适当控制土壤有机质可以增加营养成分的可利用性，降低化肥的用量，覆盖物可以提高土壤的物理、化学和生物特征。

　　对不同结构和经营状态下毛竹林土壤 C、N 养分在季节序列和土壤层次上的变化进行研究表明，土壤 C、N 养分在季节序列和土壤层次上存在较大变异（高志勤和傅懋毅，2006），因而肥料的种类、施肥方式和施肥时间都会对毛竹林的生长产生不同的影响。有研究表明，施肥的方式以沟施为好，添加硅肥的效果不明显，毛竹施用专用肥当年即可见效，持续至第 3 年其肥效还相当明显（符树根等，2006）。当前最为经济可行的就是采用平衡施肥（配方施肥）方法，既可提高毛竹林的生产力又可以降低过多施用化肥对环境的不利影响（顾小平等，2004）。郭晓敏等（2005）、吴礼栋等（2005）的研究也发现，平衡施肥能显著提高毛竹的胸径和竹笋的营养品质。

3.3.3.3　采伐剩余物的管理

　　工业人工林的采伐利用方式，对土壤养分的归还能力有重要影响。全树利用和只利用经济价值高的树干对土壤的影响差异显著。据调查，毛竹林每度被运出林地的有机物在 15 t/hm^2 以上。叶的养分浓度较高，叶 N 元素浓度是秆的 6.90 倍，枝的 3.59 倍，根的 9.21 倍；叶 P 元素是秆的 5.95 倍，枝的 4.13 倍，根的 6.44 倍；叶 K 元素是秆的 3.66 倍，枝的 2.88 倍，根的 1.74 倍。因此，竹叶在毛竹林养分归还过程中有重要作用。尽量把采伐剩余物保留在林分中，增加林分的养分归还能力，是保持工业人工林地力的重要手段。

3.3.3.4 固氮植物的应用

在林地中引进固氮植物,营造混交林,是保持地力的一项重要措施。林业上,将固氮树种作为混交树种有两种类型,一种是固氮树种与非固氮树种同时作为目的树种的乔木混交类型;另一种是将固氮树种作为伴生树种的乔灌混交类型(张东方和王理平,1998)。在乔木混交类型中,固氮树种是高大乔木,其既可提供木材,又可通过其根瘤固氮,培肥土壤。如四川大面积的恺木与柏木混交林,由于恺木的固氮培肥作用,使原来需 8 年以上才能郁闭的柏木林 3~5 年即可郁闭成林,而且柏木的生长比纯林提高了 17 倍。南亚热带的大叶相思与桉树行间混交(1:1),土壤中的 N、有机质、速效 K 与桉树纯林相比有明显提高(杨曾奖和郑海水,1995)。目前,这种乔木混交类型中比较成功的组合还有:杨梅和湿地松、台湾相思和湿地松、台湾相思和火力楠、台湾相思和福建柏、刺槐和油松、刺槐和杨树、刺槐和侧柏等。在乔灌混交类型中,主要利用固氮灌木树种的固氮、培肥、改土作用,提高土壤氮素,改善土壤条件,以促进非固氮目的树种的生长。据研究,与沙棘混交的林分中油松的平均树高、胸径分别比同龄油松纯林提高 153% 和 191%;在小叶杨人工林中混交沙棘,混交林树高比纯林增加58%~169%,胸径增加 106%~328%。这种混交类型的组合还有柏木和马桑、落叶松和胡枝子、油松和紫穗槐、油松和胡枝子、马尾松和马桑等。

3.3.3.5 凋落物层管理

森林凋落物是森林土壤重要的养分来源(Shumway and Chappell,1995)。研究表明,森林每年通过凋落物分解归还土壤的总氮量占森林生长所需总氮量的70%~80%,总磷量占 65%~80%,总钾量占 30%~40%。凋落物的数量和分解速率是影响林地营养状况的重要因素。许多有关凋落物层管理方面的研究都与到达林地的凋落物数量和分解速率有关。营造混交林能增加林地的凋落物数量(樊后保和苏兵强,2002),加速枯枝落叶的分解速度,增加林地土壤表层的养分,改善土壤物理性质。提高林内凋落物的数量是改变土壤化学性质的最好方法(冯玉龙和王文章,1996)。马尾松和栎树混交,可使林内凋落物储存量高于纯林,各种营养元素为纯林的 176.8%,灰分储存量为纯林的 152.8%,土壤有机质含量及 N、P、K 含量均高于纯林。疏伐与化学肥料的使用,是最为简单的加快林地凋落物分解速度的技术(廖利平和高洪,2000)。

3.3.4　轮伐期调整

确定合理的轮伐期是解决林地地力衰退的关键。确定人工林轮伐期时，除应考虑数量、工艺及经济成熟龄外，还应适当考虑林分的生态成熟龄，即 Kimmins（1990）提出的生态轮伐期。Kimmins（1990）从森林经营的角度，认为森林经营应该是建立在生态学原理、生态系统基础上的经营，并提出了生态轮伐的概念，即获取木材的轮伐期大于或与生态轮伐期相等的情况下，林地营养的可持续性是可以实现的。这个轮伐期的长度定义为在给定的经营技术措施下，一个给定的立地返回到干扰之前的生态条件所需要的时间。

3.4　工业人工林长期地力维护的经典案例

3.4.1　杉木林长期地力维持

传统的不合理杉木育林措施以及杉木及其人工林的自身特性是造成杉木人工林土壤综合功能退化、土壤理化性状发生不利改变、养分特别是有效养分供应不足的主要原因。为此，必须采用以下生态系统可持续管理的理论与方法，指导人工林经营，改变传统的营林管理。

1）避免采取炼山、全垦整地、大穴整地、皆伐并火烧清理林场作业等强烈人为干扰的措施。在南方山地，山高坡陡，炼山措施不仅会损失大量生物量和养分，还会引起严重的水土流失，尤其是在花岗岩发育的土壤上，因此，不应实行炼山造林，应小穴整地。在皆伐作业时，应缩小皆伐面积，保留采伐物，使人工林系统尽可能少受干扰，并使其能在短时间内恢复。

2）进行科学的植被管理。改善人工林的群落结构，避免杉木人工林树种结构的单一性，增加生物多样性，充分发挥林下植被维护地力的作用，增加杉木人工林的自肥能力。为此，应降低人工林的经营密度，进行及时有效的强度较大的间伐，增加透光度，促进林下天然植物种的迅速发生。同时，提倡混交林，包括人工混交林和利用在人工林中天然更新的树木（如檫树、栲树与拟赤杨等）形成混交林。

3）减少连作代数，并实行轮作。连作一代的杉木人工林生产力下降较少，而连作两代生产力下降迅速，这在花岗岩发育的红壤上尤为突出。因此，为了杉木林的速生丰产，对土壤较差的立地不宜连作，对土壤较好的立地可以连作一代；可在树种间轮作，特别是针阔叶林间的轮作，可以较好地维护地力。为此，应根据适地适树的原则，在一个造林区进行树种造林配置，或保留某些天然阔叶次生林，在不同树种的人工林或次生林间形成块状相嵌的景观格局，如南方阔叶林、毛竹林、杉木林、马尾松林及天然次生林的块状相嵌。

4）采取施肥措施，以补充在营林过程中损失的养分，特别是磷肥与氮肥。

5）改善遗传控制，选择生产力高、适应力强的良种（包括种源、家系、无性系），减少因连作造成的地力下降带来的生产力的损失。

3.4.2　毛竹林长期地力维持

毛竹林分年凋落物量最小，仅为 $1.73t/(hm^2 \cdot a)$，明显低于丛生竹小叶龙竹和麻竹的年凋落物量，与年凋落物量较小的杉木林相比，毛竹林凋落物仅为杉木林的49.43%。毛竹林的年吸收量较大，而年归还量较少，并且每年通过采竹和挖笋，大量的营养元素被带出竹林系统，毛竹林地损失量较大。不合理的劈草、垦复、施肥、灌水和纯化经营在提高了毛竹林生产力的同时，加速了土壤性质的恶化。以有机质管理为核心的管理措施是退化毛竹林生产力保持的关键。

（1）合理的经营措施可以提高毛竹林生产力

劈草、施肥、垦复、灌水均能明显提高林分生产力，合理运用这些经营手段是毛竹林长期生产力得以保持的必不可少的条件。劈草经营提高了毛竹林分养分元素的储存量、年吸收量和年存留量，降低了毛竹林的养分归还能力。施肥可以对土壤养分库进行有效补充，随着施肥时间的进一步延长，养分利用系数呈上升趋势。施肥经营可以提高养分元素的循环速率，缩短养分周转时间，施肥时间越长，养分元素的循环系数越大，周转时间变短。灌水提高了毛竹林的养分归还量，因而缩短了养分元素的周转时间。竹阔混交林有较高的养分利用系数、养分循环系数，反映了竹阔混交林有相对大的养分吸收量，需要较多的养分；竹阔混交林的养分循环系数高于毛竹纯林的养分循环系数，反映了竹阔混交林有较大的养分归还量，较小的养分元素周转时间，自肥能力好于毛竹纯林。根据立地条件不同，对毛竹林常规经营手段进行组合应用，既可以显著提高毛竹林的生产力，又不会造成林地土壤的恶化，是提高毛竹林生产力的行之有效的方法。

（2）结构调整是退化毛竹林恢复的重要手段

引进混交树种是退化毛竹林恢复的方法之一。混交林具有较高的年归还量，竹针混交林养分归还量是毛竹纯林的 2.36 倍，竹阔混交林养分归还量是毛竹纯林的 2.13 倍，8 竹 2 楠混交林叶的失重率大于毛竹纯林叶的失重率，说明在毛竹纯林中适当引进阔叶树种既可以增加凋落物的质量，又可以加快毛竹凋落物的分解。同时，混交经营的林地生物多样性高于毛竹纯林，对维持毛竹林系统稳定有重要的作用。

年龄结构是指林木株数按年龄分配的状况，它是林木更新过程长短和更新速度快慢的反映。对毛竹林年龄结构进行调整可以使毛竹林维持活力，并能保持较为稳定的产出。

合理密度是保持竹林持续生产力的重要因子，根据毛竹林经营目的、经营措施、立地条件对毛竹林的密度进行调整，是毛竹林长期生产力维持的主要手段之一。

（3）采伐剩余物在养分归还过程中有重要的作用

毛竹林采伐过程中，把枝、叶、根留在林分中可以增加毛竹林的养分归还量。竹子全身都是宝，随着竹产品开发的多样化，现在的毛竹林不仅春笋、竹材、竹枝、竹壳完全被利用，而且连竹叶也被悉数运出林地作覆盖用。研究表明，毛竹的枝、叶、根占林分总生物量的 23.87%，如果枝、叶、根全部进行利用，林分养分损失可大量减少。

3.4.3　杨树林长期地力维持

我国现有杨树人工林 400 万 hm²，近几十年来由于集约经营程度不高，且经营技术水平较低，致使该种人工林地力衰退现象十分明显，其主要表现为林木生长逐代大幅度下降，土壤性质恶化。为了维护和恢复杨树人工林生产力，需要改良土壤性质，防止地力衰退。

（1）杨树与刺槐、沙棘及紫穗槐混交经营

混交可以增加土壤养分含量，增加土壤微生物和酶的活性。刺槐作为高大乔木，与杨树混交效果最好，其次是紫穗槐、沙棘。将 3 种树种同时混交，乔灌结合，可使养分吸收交错互补，达到改善与提高土壤肥力、促进林木生长的目的。

（2）合理施用化学肥料

氮元素是杨树矿物质元素营养的主要限制因子。杨树具有明显的喜氮特性，其叶组织 N、P、K 的较佳比例为 5∶1∶2。氮肥能显著促进杨树生长，土壤含氮量越低肥效越明显；单施磷、钾肥均不好，在氮比例较低时，还会产生负面效应；只有满足杨树氮营养平衡，磷、钾肥才能发挥正常作用，并产生氮、磷交互效应优势。

（3）施用细菌肥料

施用细菌肥料可以增加杨树叶片的叶绿素含量、叶面积指数，对杨树幼苗组织中的 N、P、K 含量也有重要影响。对杨树苗圃和造林地施用细菌肥料，结果表明，细菌肥料可以促进杨树幼苗的生长，加强杨树的光合作用；土壤微生物、酶活性与细菌肥料有较大的相关性。

3.4.4　桉树林长期地力维持

针对社会上对大量种植桉树人工林是否会引发生态问题而产生的争议，广东省湛江市林业科学研究所成立了桉树人工林地力保护课题组，通过深入林地调查，结合综合性造林试验，提出了维持桉树人工林长期地力的具体技术措施（余正国等，2009）。

（1）选择好造林地的整地方式

在台地、丘陵地区等坡度不大的林地，应尽量采用裂土器加开沟整地，避免全垦二犁二耙的方式；在山地要采用挖穴、等高带垦加挖穴或者撩壕整地的方式，把对土壤结构和植被的破坏降至最低程度，减少水土的流失。

（2）重视做好桉树人工林的发展规划

根据桉树的适生环境、可供发展地区的林种状况以及不同生态类型特征，切实合理地规划林种的搭配，使桉树人工林既不过于集中，又有两个以上的树种，以利于今后的更新轮作，做到发展目标明确、结构合理、永续作业。

(3) 因地制宜选用抗性强的高产树种

沿海地区要选择抗风能力强的树种；冬季气温较低地区要选用耐寒性好的树种；在坡度较大的山顶部分，土壤保水保肥能力不强，要选择耐旱耐贫瘠的树种。在推广杂种优良无性系时，一定要采用多个无性系，而且是抗青枯病的高产无性系。

(4) 保护林下植被和枯枝落叶

在有条件的新造林地种植灌木、草类覆盖物、绿肥或者农林混作，保证土壤养分的回归与支出达到平衡。在较肥沃的平地，可在前期或提前套种具有根瘤菌固氮作用的短期采收的豆类植物，采收后将秆覆盖在树头周围，这样既可提高经济效益又利于营养循环，可增加土壤有机质。

(5) 重视立地的管理和枯枝落叶的回归

避免炼山和山林火灾，禁止在林地内割草打柴、烧草皮灰肥等，避免对自然生态的人为破坏；通过合理的施肥来弥补养分的短缺和可能的损失；把桉树生长过程中凋谢的枯枝落叶尽可能地覆盖和施放于林地，减少雨水对地表的冲击，增加土壤有机质和养分。

(6) 避免连作

实践证明，连作对于桉树生态系统具有负面影响。由于植物对土壤养分的吸收具有选择性，单一品种连作易使土壤中矿质元素的平衡状态遭到破坏，容易出现缺素症状，最终使植物生长受阻、影响产量。另外，连作会使病虫害加重，使根系生长过程中分泌的有毒物质得到积累，破坏土壤生态系统平衡。因此，应避免连作。

第 4 章　生物多样性保护

第七次全国森林资源清查结果显示，目前我国森林面积为 1.95 亿 hm²，森林覆盖率为 20.36%，人工林保存面积为 0.62 亿 hm²，蓄积量为 19.61 亿 m³，人工林面积继续居世界首位。但是，由于科学技术和经营理念的落后，我国工业人工林生产力低下，结构和功能退化，景观单一。与同类型生态公益性人工林和天然林相比，工业人工林的生物多样性较低，有时甚至出现林下没有任何灌木和草本植物的现象，严重破坏了其他生物的栖息环境。为了保护生物多样性、维护野生动植物的生境，在工业人工林发展过程中，通过良好规划、经营与设计达到保护生物多样性的目的是必要和可行的。

4.1　生物多样性的概念

生物多样性是指所有物种、种内遗传变异及其生存环境的总和，包括地球上现存的各种生物，以及它们拥有的基因、它们与生存环境所组成的生态系统。在以往的生态学领域，指的是群落的特征或属性，主要是描述一个生物群落的结构特征和物种的丰富度（王义弘等，1990）。近些年，随着对生物多样性的研究日趋深入，生物多样性的范畴也扩展到包括遗传多样性、物种多样性、生态系统多样性和景观多样性（Norse et al.，1986）。

遗传多样性广义上是指地球上所有生物所携带的遗传信息的总和。但一般所指的遗传多样性是指种内的遗传多样性，即种内个体之间或一个群体内不同个体的遗传变异总和（Office of Technology Assessment of the U. S. Congress，1987）。种内的多样性是物种以上各水平多样性的最重要来源。遗传变异、生活史特点、种群动态及其遗传结构等影响着一个物种与其他物种及其环境相互作用的方式。而且，种内的多样性是一个物种对人为干扰进行成功反应的决定因素。种内的遗传变异程度也决定其进化的趋势。

物种多样性广义上是指地球上动物、植物、微生物等生物种类的丰富程度。物种多样性是生物多样性的中心，是生物多样性最主要的结构和功能单位。物种多样性包括两个方面：一方面是指一定区域内物种的丰富程度，可称为区域物种多样性；另一方面是指生态学方面的物种分布的均匀程度，可称群落多样性（蒋志刚等，1997）。物种多样性是衡量一定地区生物资源丰富程度的一个客观指标。

生态系统多样性是指地球上生态系统组成、功能的多样性以及各种生态过程的多样性，包括生境、生物群落等组成要素的多样性以及由生物与环境、生物与生物之间通过协同进化而形成的能流、物流与信息流等生态过程的复杂程度。其中，生境的多样性是生态系统多样性的形成基础，生物群落的多样化可以反映生态系统类型的多样性。

景观多样性是指不同类型的景观在空间结构、功能机制和时间动态方面的多样化与变异性。景观要素可分为斑块、廊道和基质。斑块是景观尺度上最小的均质单元，它的大小、数量、形态和起源等对景观多样性有重要意义。廊道成线状或带状，是联系斑块的纽带，不同景观有不同类型的廊道。基质是景观中面积较大、连续性高的部分，往往形成景观的背景。

每个物种都由一定数量的个体组成，具有其遗传多样性，当一个物种的遗传多样性丧失到一定程度，就会威胁到该种的存在；而每个物种又在一定的生态系统中占据相应的生态位，并且与其他物种相关联，一个物种数量的减少或灭绝，会导致其所在生态系统的失调、破坏或毁灭。从三者的关系上看，物种多样性既是遗传多样性的具体表现，又是生态系统多样性的物质基础，它是连接生物多样性三个层次的纽带。Soule（1985）认为构成生物群落的物种区系是经历长期选择、适应、协同进化的产物，任何一个种或一部分种的丧失将导致一系列连锁后果。特别是关键种的命运更关系到整个群落的兴衰。原生生境的破坏，单优引种的推广，会导致生物多样性的同源化和单一化，还会产生严重的后果。

4.2　我国工业人工林生物多样性现状和问题

新中国成立以来，我国营造了大量工业人工林，成为经济建设所需木材的主要来源，并对保护生态环境起到了重要作用。但随着时间的推移，大面积营造单一树种及连作的造林方式，造成生物多样性严重丧失。

（1）工业人工林地上部分生物多样性下降

与天然林相比，大面积的工业人工林对当地动植物区系有不良影响，如橡胶、杉木等，单一栽培的纯林造成生态系统类型和物种多样性显著减少。以桉树为例，许多学者研究认为，桉树人工林耗尽了土壤养分和水分，同时抑制了林下植被的生长，使得林下灌木和草本植物种类很少（温远光等，2005b）；桉树人工林群落中物种的数量远远少于云南松群落物种数量，乔木层仅为桉树一个种，灌木和草本植物在群落内零星分布，并不形成层片（王震洪和起联春，1998）。

（2）工业人工林地下部分生物多样性下降

土壤生物多样性是土壤健康水平的一种体现形式，也是工业人工林生态系统生物多样性的一个重要组成部分。杨凤等（1996）研究认为，在桉树人工林中，土壤微生物群体的种类和数量都相对较少。Florence（1986）研究发现，许多桉树林中土壤微生物多样性趋于简单，一个显著特点是土壤中白蚁种类少，但种群数量大；蚯蚓平均数量仅为 0.5 只/m²，而混交林则多达 45～275 只/m²。

（3）工业人工林生态功能减弱

大面积营造工业人工纯林造成生物多样性严重下降而导致的更深层影响是生态环境恶化。工业人工纯林不适宜大部分野生鸟类和其他野生生物栖息，而这些动物在森林更新中扮演着极其关键的作用。种子更新、花粉传播都需要动物的参与。但是，由于工业人工纯林物种单一，一些长期建立起来的动植物关系发生了改变，一些本地动物丧失了家园。研究表明，桉树人工林的物种丰富度、Shannon-Wiener 指数、Simpson 指数均随着连栽代数的增加而减少（余雪标等，2000；温远光等，2005c）。

天然森林的植被是复杂而多样化的，这种环境为多种生物提供了栖息地，也使森林具有涵养水源等多种功能。但以单一树种或少数几个树种营造的大面积工业人工林，由于生物多样性严重下降，林区的生态环境恶化，森林各种功能与生产力得不到充分发挥，使得森林的适应能力和稳定性也大大下降。例如在四川省，云南松林成了"绿色沙漠"。因为种植的树木的年龄和高矮比较接近，树种密度过高，遮挡了阳光，抑制了其他植物的生长，树下基本没有其他植物。但实际上灌木草丛、枯枝落叶是水土保持的关键。地表植被覆盖差，保持水土和过滤水的能力就比较差，夏季不能储存足够的水，而旱季时则更加干燥，火灾危险性很大。云南松的松针落在地面上很难腐烂，并且没有水分，反而有很多油脂，易引起火灾。由于植物类型缺乏、环境恶劣，其他动物也很难生存，因此，生物多样性水平很低。在那儿，大片的地区几乎看不到动物。没有动物和其他的植物，营养循环过程被阻断，土壤营养日益匮乏，针叶树的落叶难腐烂，对改善土壤质量和促进营养循环十分重要的土壤无脊椎动物以及其他动植物难以生存，土壤营养很差（解焱，2002）。

4.3 保护工业人工林生物多样性的目的和意义

4.3.1 缓解地力衰退和面源污染的危机

单一树种和成片连作造成了地力的严重衰退，这一点已在杉木、桉树、柳杉及落叶松等工业人工林中有明显表现。杉木人工林由于土壤肥力下降，生产力一代不如一代，2 代和 3 代 20 年内每公顷人工林损失蓄积量达 $30 \sim 45 m^3$。在花岗岩上发育的土壤上，地力衰退情况更为严重。廖观荣和王尚明（2002）对种植桉树40 年前、后的林地的化学性质进行了对比研究，结果表明：长期种植桉树导致土壤酸化和养分贫瘠化十分明显。由于土地生产力不能维持、不断衰减，需要像经营农田一样大量施肥和浇水。山东一带经营的杨树纯林，由于强调速生，农民们将给庄稼用的肥料用在杨树上，平均每亩施肥 100kg，造成比农业更严重的面源污染。

营造多树种混交人工林、增加林分的生物多样性，可以减少单一营养吸收量，维持立地条件，缓解工业人工林地力衰退的危机。通过直接与豆科等固氮植物混交，如杨树间作大豆、杨槐混交等，在增加工业人工林的生物多样性的同时，还可增加林下的植被覆盖度、枯枝落叶量和土壤中的 N 含量，这样可以有效减少人工林的施肥量，进而减少面源污染。

4.3.2 减轻水土流失带来的危害

杨树是我国北方地区工业人工林造林的最主要树种，在大西北种植的杨树，非但不能有效郁闭，反而长成半死不活的"小老头树"，水土保持的作用远不如本地物种。杉木和桉树是我国南方的主要用材树种，造林时多以营造纯林为主，整地方式又以全垦挖大穴或火烧炼山后挖大穴较为常见，地表经常是"面面光"，生物多样性极为低下。由于南方雨水充沛，雨量集中，而且常有大雨、暴雨出现，新造林地常发生大量水土流失，在坡度较大地段甚至还会出现滑坡，造成严重的损失。

采取措施保护工业人工林的生物多样性，可以增加林下灌草层植被的生物量，进而增加地表枯落物层厚度；可以形成乔木层、灌木层、草本层和枯落物层共同构成的多层次雨水缓冲结构，减小雨水对地面的直接冲击力，减少土壤表层的冲刷。同时，人工林生物多样性的增加，会促进人工林土壤中微生物的多样性增加，可以改善土壤的结构、提高土壤的水分涵养量、减轻水土流失的危害。

4.3.3　减轻病虫害危害

工业人工纯林的病虫害时有大面积暴发的可能。例如，近年来暴发的几种严重的病虫害有：①杨树天牛危害。"三北"地区大规模连片单纯造乔木林，不仅因"小老头树"使"绿色长城"断档坍塌，还诱发了天牛等病虫害。天牛虫害被称为"无烟的森林火灾"。②松毛虫危害。在辽宁省彰武县一带，过去栽植了许多樟子松纯林，然而，在一场松毛虫灾过后，留下的是奄奄一息的残次林。③桉树姬小蜂危害。桉树姬小蜂是一种在国际上受到高度重视的危害性极其严重的桉树害虫。这种害虫的成虫能够随风扩散，让更多树林"染病"。2008 年，桉树姬小蜂造成广西桉树人工林受害，受害面积达 4 万多亩，并显现出扩散蔓延的趋势。

面对如此严重的病虫害，除了物理防治和化学防治等相关措施外，最根本的办法是要增加人工林的生物多样性。多树种、多林种、多无性系混交造林，乔灌草多层复合造林，都可以增加病虫害的天敌，形成天然隔离带，阻止病虫害大暴发。在非群落性树种中，人工纯林可能成为病虫最重要的进攻对象。遗传多样性降低将增加这些风险（对于单无性系，危害有时能蔓延到极广阔范围）。遗传多样性在种内也是一个重要的保卫机制，在遗传上同质的森林是高度脆弱的。单作常常导致病虫害问题的严重性增加。许多例子说明，许多国家引种的松树、柏树及桉树很容易感染昆虫与病原体，从而导致营林失败（盛炜彤，1995）。

4.3.4　增强对气象灾害的抵抗力

2010 年春，我国西南地区的特大旱灾造成了巨大的经济损失。部分专家认为，导致干旱如此严重的原因之一，是西南地区大面积种植的桉树、橡胶等人工林的影响。桉树在生长过程中耗水多，而且大面积人工桉树林周围几乎不能生长其他植物，桉树的大规模种植，对地下水位的影响十分明显。桉树人工林的林间结构和林下结构均与原生森林不同。例如，桉树的地下根系十分整齐，会影响原有的地下水结构、水分涵养和局部小气候。一些地区大面积种植桉树，破坏了原有的森林生态系统，使森林涵养水源的能力变差，对于旱情更是雪上加霜。

因此，采取多树种、多林种、多无性系、景观镶嵌造林不仅可以避免单一树种集中消耗某一层的地下水，还可以增加林分的垂直结构复杂性，形成林内小气候，增强对气象灾害的缓冲能力；同时还可以形成天然的生物隔离带，减轻森林火灾、台风和冰冻等自然灾害的影响。

4.3.5　增加工业人工林的多重价值

通过工业人工林的生物多样性保护，可以提高其产出多样性。如可以通过增加多树种斑块的嵌套，营造风景林，增加旅游收入，产生广泛的社会效益和经济效益，同时增加生态服务功能。

4.4　工业人工林生物多样性保护的技术措施

工业人工林营造要因地制宜作好规划，适地适树，搞多树种造林，逐渐恢复自然界丰富多样的生态系统。经济林同样不能搞单一品种，经济建设的需求是多方面的，单一树种不能适应多方面的需要。

4.4.1　营造混交与景观镶嵌林分

4.4.1.1　营造混交林

混交林是由两个或两个以上树种组成的森林。按照惯例，除主要树种以外的其他混交树种，以株数、断面积或材积计，应不少于20%。与工业人工纯林相比，混交林可以形成层次多或冠层厚的林分结构，不仅提高了林分的物种丰富度，也相应地增加了林分的结构多样性，为有不同生境要求的物种提供了更加丰富的生存环境，有利于生物多样性的提高，对于提高防护效能和稳定性也具有重要作用。

常见的混交林包括以下类型。

1）乔木混交类型：即两个以上的乔木树种混交。①阳性树种与阳性树种混交（如油松和栎类）时，种间矛盾出现早且尖锐，竞争进程发展迅速。这种林分的种间矛盾较难调节。②阴性树种与阴性树种混交（如云杉与冷杉）时，种间矛盾出现晚且较缓和，树种间的有利作用持续时间较长。此种人工林，只是到了生长发育后期，矛盾才有所激化，但林分比较稳定，种间关系较易调节。③阳性树种与阴性树种混交（如落叶松与云杉），树种关系介于上述两者之间，相当长的一段时间内有利作用是主要的。当主要树种与次要树种混交时，多构成复层林，主要树种居于上层，次要树种居于下层。这种混交类型的种间矛盾比较缓和，林分生产率较高、防护效能较好、稳定性较强。次要树种多为耐阴的中等乔木（如椴、槭、鹅耳枥等），一般不会对主要树种构成严重威胁，即使在种间矛盾尖锐时，也比较容易调节。

2）乔、灌木混交类型：即主要树种与灌木混交。这种混交类型种间矛盾比较缓和，林分稳定。混交初期灌木可以为乔木树种创造侧方庇阴，护土并改良土壤。林分郁闭后，因在林冠下光线不足，灌木趋于衰老，便逐渐死亡。但当郁闭的林分树冠疏开时，灌木又会在林内出现。在一些混交林中，灌木死亡，可以为乔木树种腾出较大的营养空间，起到调节林分密度的作用。当主要树种与灌木发生尖锐矛盾时，调节容易，可将灌木地上部分刈除，使之重新萌发。

3）综合混交类型：即主要树种、次要树种和灌木混交。综合混交类型兼有上述混交类型的特点，但混交林的物种搭配不是随机的，而是必须精心设计以便实现林分的稳定和高产。树种的选择和使用的数量要考虑经济、技术与未来市场需求等要素。混交树种所占的比例，应以有利于主要树种生长为原则，宜依树种、混交类型及立地条件而有所不同。竞争力强的树种，混交比例不宜过大，以免压抑主要树种；反之，则可适当增大比例。立地条件优越的地方，混交树种所占的比例宜小，其中伴生树种应比灌木多；立地条件恶劣的地方，可以不用或少用伴生树种，而适当增大灌木的比例。一般在造林初期，伴生树种或灌木应占全林株数的 25% ~ 50%。

混交方法有如下几种：①株间混交，又称行内混交。指两个以上树种在行内彼此隔株或隔数株进行混交。②行间混交，又称隔行混交。指两个以上树种彼此隔行进行混交。③带状混交。指一个树种连续种植三行以上构成一条带，再与另一个树种构成的带依次配置的混交方法。④块状混交，又称团状混交。指把一个树种栽植成规则的或不规则的块状，与另一个树种的块状地依次配置进行混交的方法。

4.4.1.2　其他形成混交与景观镶嵌林分的方法

1）引导纯林成为混交林：营林过程中保留纯林中其他树种的天然更新以增加多样性；非均衡间伐以产生空间异质性；保留林分中的枯死立木、倒木和其他采伐剩余物。

2）稀植造林：采用低密度造林，可以延长林冠封闭的时间，为更多原生境下层乡土物种的生存、定居创造条件；可以降低管理成本，同时增加林分的物种多样性。

3）景观嵌套造林：合理配置景观中不同林龄、不同树种的人工林斑块，提高景观多样性水平。

4）管理特殊立地：对于在高生物多样性地域造林，或原生境中含有稀有、濒危物种的人工林，应施以特殊的管理，以适应这些物种的生存。

5）延长轮伐期：可以降低人为干扰的频度，有利于提高土壤生物量，增加以死树、枯落物为生的微生物的多样性。

4.4.2　重视阔叶树造林和造林区及其周边天然阔叶林的保护

4.4.2.1　阔叶林具有不可替代的生态功能

天然阔叶林是陆地生态系统中最基础、最稳定、物种最丰富的组成部分，具有最完备的涵养水源、保持水土、净化空气等生态功能，并具有人工林不可替代的生态和社会效益。阔叶林的多样性能够增加病虫害的天敌；阔叶树能构成天然的防火隔离带；阔叶树的枯落物多、易腐烂，能够改善立地条件，减轻洪涝灾害的影响。很多地区由于天然阔叶林遭到砍伐，造成洪涝灾害频繁发生，足以说明其重要性（沈根度，1998）。在我国，南方地区天然阔叶林的存在具有特殊的意义。首先表现在生态方面。从全球范围来看，南、北回归线一带大多为沙漠，只有我国南方例外，有亚热带常绿阔叶林分布，其地位十分明显（黄清麟和李元红，2000a，2000b）。这片仅存的天然阔叶林能较好地维护区域内的生态平衡，是我国亚热带生物多样性保护的主体。其次，在区域经济社会发展方面，南方天然阔叶林也具有十分重要和不可替代的作用。长期的试验研究表明，在闽北地区，利用人工促进天然更新可以成功地培育短伐期阔叶林，轮伐期为 10～20 年，单位面积生长量要比一般杉木和马尾松高得多。同时，阔叶树的木材价值有时高过针叶树，如自 2005 年以来，日本的木材市场中，北海道产的硕桦木材的单价是杉木等针叶树木材的几倍。

4.4.2.2 阔叶树造林及天然阔叶林保护技术

（1）阔叶树造林

选择具有速生、丰产、优质、抗逆性强和适应性好等综合优良特性或品质的阔叶树种（最好为高品质的乡土树种），或者是当地主要栽培种和已推广的阔叶树种，将其作为培育工业大径材的主要树种，可以有效维护和保育生物多样性。北方可选择除杨树以外的重要用材树种，如黄菠萝、水曲柳、核桃楸、蒙古栎、紫椴和五角枫等。南方可选择除桉树以外的鹅掌楸、米槠、乳源木莲、闽粤栲、厚朴和细柄阿丁枫等。

（2）保护天然阔叶林

天然阔叶林资源具有人工难以培育的特点，是一种极为宝贵的、失而不可复得的自然财富。人工林营造过程中应尽量避免砍掉天然阔叶林，可以使保留下来的造林地区的天然阔叶林，与马尾松、杉木和毛竹等人工林进行团块交错，这样不仅可以形成多样的景观配置，也有利于减少病虫害和火灾的大发生。天然阔叶林在主林层形成之后，可以进行适当的人为抚育，以增加其生产价值。

在对天然阔叶林进行长期监测的基础上，根据其稳定生长量和林分面积，进行可持续密度范围内的大树抽采，不仅能够生产高价值的木材，还可以形成林窗，促进天然更新，丰富林分的物种多样性。

4.4.3 保留或建立有利于野生动物迁移和植物基因交流的生物廊道

生境破碎化对野生动物的灭绝具有重要的影响。所谓的生境破碎化是指一个大面积连续的生境变成很多总面积较小的小斑块，斑块之间被与过去不同的背景基质所隔离。包围着生境片断的景观，对原有生境的物种并不适合，物种不易扩散。残存的斑块可以看做"生境的岛屿"。例如，人工林环境与天然林的背景基质差异明显，被人工林分割的天然林，可以看做是一种自然生态系统的破碎化。生境破碎化在减小了野生动物栖息地面积的同时，增加了生存于这类栖息地的动物种群的隔离，限制了种群的个体与基因的交换，降低了物种的遗传多样性，威胁着种群的生存力。此外，生境破碎化造成的边缘生境面积的增加将严重威胁那些生存于大面积连续生境内部的物种的生存。生境破碎化改变了原来生境能够提供的食物的质和量，并通过改变温度与湿度来改变微气候，同时也改变了隐蔽物的效能和物种间的联系，因此增加了捕食率和种间竞争，放大了人类的影响。另外，生境破碎显著地增加了边缘与内部生境间的相关性，使小生境在面临外来物种和当地有害物种侵入时的脆弱性增加。生境破碎化有两个原因会引起物种灭绝：一是缩小了的生境总面积会影响种群的大小和灭绝的速率；二是在不连续的片断中，残存面积的再分配影响物种散布和迁移的速率。因此，在生境破坏后，生境岛屿化对物种灭绝有着重要影响。

生境破碎化的后果是生境异质性的消失。看上去一致的大面积生境，如森林或草地，实际上是由不同生境镶嵌而成的。斑块状分布的物种或仅利用小生境的物种在这种情况下更为脆弱。有些物种在其生活周期中需要较多的生境，破碎化的生境使它们在生境之间的移动受到阻碍，从而影响了这些物种的存活（Meffe and Carroll，1997）。

植物的基因交流需要通道，杂交也有距离的极限。生境破碎化阻碍了物种在生境斑块间的扩散，阻断了物种的基因交流，增加了物种局部灭绝的风险，是生物多样性丧失的主要原因之一。通过建立生物廊道能够将当地的小种群连接起来，增加种群间的基因交流，降低种群的灭绝风险。通过生物廊道的恢复和建设，可加强自然生态系统之间的连接与沟通，保护和恢复野生动物迁移活动、野生植物种子扩散等的自由通畅，保证生态系统之间物种和基因的交流，达到保护和恢复生物多样性的目的。

在人工林造林和管理过程中，应尽量保留一定面积的原生植被作为生物廊道。如果在原生植被已经完全消失的地段营造人工林，则要尽量增加林下植被、保留丰富的林下乡土物种层，这样可以为野生动物提供各种食物源。同时通过控制人工林的密度，促进林下灌木、草本植物的生长，形成林下高低错落的植物组成，提供隐蔽场所。

4.4.4　营造林作业不对周边的生物多样性及其栖息地造成威胁

造林作业应尽量减少对原生性植被的破坏，珍稀濒危物种应就地保留，且保留一定的原生性生存空间。尤其是山区营造人工林，整地造林时注意保护冲沟、山脊部位的天然阔叶树和杂灌木，保护溪、泉、河流等自然湿地，这样可以保护有特殊生境要求的野生物种；保留疏林、沟谷中的阔叶树及灌草植被，以利于生物多样性的保护和恢复。山区造林还应尽量采取坑穴造林，不炼山，避免大面积整地；可以进行斑块状造林、镶嵌式造林等，给物种保留一定的生存空间。在营林的过程中，尽量采取人工劈草清杂的林地清理方式，使林下保留一定的覆盖物，可以将林地清理中的水土流失影响降低。

尽量减少人工林经营过程中修建作业道路的挖掘面积。修建道路的过程应尽量减少对周边植被的破坏，尤其是原生植被。遇到重要保护物种应该避让或者进行移植。同时道路两旁要设置生物缓冲带，减少施工对栖息地的直接影响，并为野生动物迁徙提供走廊。

4.4.5　开展适宜的狩猎、采集和诱捕活动

在林区开展适宜的狩猎、采集和诱捕活动，是一种重要的森林游憩和经济活动。但是如果失去节制，则会损害生物多样性。在没有法规规定可以进行狩猎、采集和诱捕的情况下，林业部门一般选择不开展上述活动。但是，在那些依靠狩猎、采集和诱捕为生的社区，如果单方面采取禁止措施可能会对当地社区产生负面的社会影响。为了促进社区发展和保护生物多样性，采取相应的替代措施（如开展生态旅游、促进就业）是必需的也是可能的。

4.4.6 严格控制和监测外来物种的引进或入侵

4.4.6.1 外来物种入侵的过程

Williamson（1996）提出了"十分之一法则"，把外来物种入侵的各个环节，划分为三次转移。第一次转移是从进口到引入，称为逃逸；第二次转移是从引入到建立种群，称为建群；第三次转移是从建群到变成经济上有负作用的生物。每次转移成功的概率大约为10%。总体而言，一个外来物种的成功入侵是一个小概率事件。

1）外来物种的引入：指外来物种通过自然或人为的途径引入到新的区域。外来物种跨越地理屏障到达新的区域的过程中，社会和经济因素起着越来越重要的作用。

2）外来物种的定居与建群：这个阶段是外来物种入侵的"瓶颈"时期。外来物种的大多数个体因为恶劣的气候、天敌的捕食或者寄生等不利条件而定居失败，即使有少量个体成功地进行了繁殖、建立了小种群，这个小种群仍然面临着较大的生存危机。

3）外来物种的时滞阶段：在外来物种入侵过程中通常会出现时滞阶段，即种群从建立到扩散、暴发往往需要经历一段时期。

4）外来物种的扩散与暴发：外来物种并非建立了种群，就可以形成入侵种。外来物种的扩散和暴发与该物种的繁殖能力、扩散的方式和能力、种群参数（如自然死亡率和自然出生率）及人为因素有关。

4.4.6.2 外来入侵种的影响

外来物种侵入新的区域后，破坏了其与原产地生态环境之间的关系，并与新栖息地的环境和生物建立新的关系。它们能逃避原产地的捕食和竞争，通过自身生物潜力的发挥建立新的种群，而且能很快适应新的生境并迅速繁殖，竞争和抢夺其他物种的养分与生存空间，造成其他乡土物种的减少和灭绝，改变原有的生物地理分布和自然生态系统的结构与功能，导致原有的生态平衡失调，影响甚至严重破坏入侵地区的生物多样性结构，对当地的生态环境、经济与人类健康产生危害，给社会经济带来不良影响。

（1）对物种多样性的影响

外来物种入侵会降低物种多样性，使依赖于当地多样物种生存的其他物种因没有适宜的栖息环境而消亡。外来入侵种也可以分泌、释放化学物质，抑制其他物种的生长。

（2）对遗传多样性的影响

外来入侵种与乡土物种之间的杂交和基因渗入能给乡土物种带来破坏性的后果，甚至导致乡土物种的灭绝。随着生境破碎化，残存的次生植被常被入侵种分割、包围和渗透，使乡土生物种群进一步破碎化，还可以造成一些物种的近亲繁殖和遗传漂变。

入侵种与乡土物种的基因交流可能导致乡土物种的遗传侵蚀。杂交也是造成外来物种入侵的原因。杂交造成乡土物种遗传基因被入侵种"稀释"或遗传同化，并且使乡土物种可能变得对入侵更加敏感而易于受到进一步的入侵，导致乡土群落内部遗传多样性的丧失。

（3）对生态系统的影响

外来入侵种常常会对当地生态系统的结构和功能产生影响。大量繁殖的外来物种往往会削弱生态系统的功能，使生态系统的生产效率下降、抵抗自然灾害和其他干扰的能力下降、生态环境质量恶化。外来入侵种还能强烈影响土壤的含水量，从而改变群落景观水平的水分平衡。一些外来入侵种使得群落的结构，甚至使森林的层片结构受到破坏，削弱生态系统的水源涵养和保持水土功能。

（4）对景观的影响

外来物种入侵还会改变整个景观的格局，从而降低游憩场所的质量、美学价值和生态旅游区的环境质量。外来入侵种往往通过对景观的自然性和完整性的破坏，在入侵地形成以外来物种为优势的单一群落，造成相对均一、单调的景观，进而给旅游业带来损失。外来入侵种的大量泛滥也会对交通航运业等产生严重影响。

4.4.6.3 控制人工林营造过程中外来物种的引入

选用乡土树种，是控制外来物种入侵的最有效途径。应严格种苗优选和检疫制度，各造林单位应建立区域性外来物种入侵的风险评价系统，列出主要威胁入侵种名录，建立分类档案。尤其在播种造林过程中，要控制种子的纯度，严防外来物种的种子趁机侵入。针对外来的病虫害，要加强人工林经营者的现场识别能力训练，多掌握入侵种的遗传特性、繁殖和扩散能力及其生物学特征及对生态环境的影响等相关知识，通过严密的跟踪监测，在小范围、小规模时就彻底根除，防止大暴发。具体的控制方法包括：①物理防治法。对于数量比较少的外来入侵种可以采用人工拔除方法，对大面积蔓延的外来入侵种则需要利用专门设计制造的机械设备进行防治。②化学防治法。即利用除草剂、激素和生长调节剂等化学试剂防止外来入侵种蔓延。③生物防治法。利用生物与其天敌间的捕食关系，从外来有害生物的原产地安全引进食性专一的天敌，将有害生物的种群密度控制在生态和经济危害水平之下，恢复原有的生态平衡。

4.4.7　营造近自然的人工林

"近自然的人工林"是指一种模拟本土原生的森林群落中的树种成分与结构，进行人工重组的森林系统（盛炜彤，1995）。其可尽量避免森林质量下降问题，同时，不同类型的乡土树种和森林群落具有不同的生态学特性，能为野生动物的生存提供各自所需的功能，同时提高相应的生物多样性。将人工林向近自然改造，是关系我国现代林业可持续发展的一个重大课题。

以生物多样性为主导功能的"近自然的人工林"的营造要求如下。

1）保留人工林中的乡土乔木和灌木树种或死树。如保留乡土开花物种和结果物种，吸引以花蜜为食和以果实为食的动物与昆虫。

2）营造不同树种或不同年龄的混交林，以维持人工林内生境的多样性。

3）正确的造林景观设计。在人工林区域内保留一定面积的乡土森林、农田、草地等，并使之与这些保留下来的乡土生态系统形成景观结构合理的镶嵌体，以维持人工林内生境的多样性。如在昆士兰，每营造 $4000hm^2$ 人工林就需保留 $500hm^2$ 乡土森林，而每块乡土森林的面积不小于 $200hm^2$（Wormald，1992）。

4）间伐。适度的间伐可促进乡土植物种在下层定居，同时有利于利用下层的动物种的生存。

第5章 化学制剂和生物制剂的施用

5.1 工业人工林化学试剂的施用

5.1.1 减少化学制剂施用对生态环境造成的负面影响

5.1.1.1 工业人工林经营中的常见化学制剂

工业人工林经营过程中的常见化学制剂主要有化肥和化学农药两大类。

化肥，是化学肥料的简称，指用化学和（或）物理方法制成的含有一种或几种作物生长需要的营养元素的肥料。只含有一种可标明含量的营养元素的化肥称为单元肥料，如氮肥、磷肥、钾肥以及次要常量元素肥料和微量元素肥料。含有N、P、K三种营养元素中的两种或三种且可标明其含量的化肥，称为复合肥料或混合肥料。

化学农药，指能防治植物病虫害、消灭杂草和调节植物生长的化学药剂。目前世界上生产的农药品种已达千余种，农林业上常用的有两百多种。按其主要用途可分为杀虫、杀菌、除草、杀螨、杀鼠以及植物生长调节剂和土壤处理剂等。

化学制剂的使用通常贯穿工业人工林经营的全过程，使用量大的主要涉及育苗、定植、抚育管理等几个阶段（图5-1）。

使用阶段	使用的化学制剂类型
育苗	表面消毒剂、除草剂、杀菌剂、杀虫剂、灭鼠药(富含淀粉和油脂的种子，鼠害尤为严重，如针叶树种)、化肥等
定植	土壤消毒剂、化肥(改良土壤肥性)等
抚育管理	除草剂、杀菌剂、杀虫剂、化肥(如纸浆桉树林经营大量使用化肥)等

图5-1 工业人工林经营过程中化学制剂的使用阶段

案例 5-1　思茅松工业人工林经营过程中化学制剂的使用

思茅松是云南特有的优良材脂两用树种，思茅松工业人工林是云南营造的主要工业人工林类型。探究其目前较为成熟的经营过程，化学制剂的使用同样不可避免。

思茅松苗床需用多菌灵与退菌特（比例为1:2）的混合粉剂配制成0.5%的水溶液喷洒床面进行土壤消毒。粉剂用量约 8g/m²。苗床土壤消毒在播种前一周进行。种子用2%的 $KMnO_4$ 溶液浸泡 0.5 h 进行消毒处理，滤出未干前拌以粉剂鼠药的防止鼠害。

播种前将营养袋浇透，将处理后的种子均匀地点播于营养袋中，每袋播种 4~5 粒，再覆土 0.5~1cm。思茅松容器苗出苗后易染立枯病和猝倒病，需每隔 5~7d 喷洒 1 次 1:1:100 的波尔多液，也可用多菌灵或克菌丹等药品交替施用防治。除草对于思茅松保苗很重要，在遵守除早、除小、除了的原则下，为了避免践踏苗木，通常使用化学除草剂除草。

定植的思茅松在幼树期每株施用氮肥 100 g、磷肥 50 g、钾肥 50 g，在离树干基部 50 cm 处采用半月状沟施，施肥时应注意把 3 种肥料混合均匀，且于雨季开始初期施用，以避免旱季温度过高导致肥害。

思茅松幼树易遭松梢螟（*Dioryctria splendidella*）危害，严重时新梢蛀空死亡。如发现有松梢螟危害新梢，要及时进行防治，一般用氧化乐果加敌敌畏喷雾，发生期每10d 1 次，连喷 2~3 次；或用涕威灭施于树的根部土壤中，每株施药 15~20 g，3~4 年生每株施 30 g，5 年生以上每株施药 50 g。此外，松毛虫（*Dendrolimus* spp.）也是危害思茅松的主要害虫，一般用胃毒剂，熏杀或触杀就能达到良好的效果。

5.1.1.2　化肥施用对生态环境造成的负面影响

化肥的施用在提高了生产力的同时，也给环境带来诸多负面效应，主要涉及土壤、水、大气等环境因子。

(1) 化肥对土壤的负面影响

1）导致土壤物理性退化。表现为土壤结构变差、容重增加、孔隙度减少、土壤板结，单独施用更为明显。

可溶性化肥施入土壤，会使土壤出现一价阳离子积聚的"微区"，如 NH_4^+、K^+ 浓度很高，会导致其附近的土壤中大量置换出二价阳离子（如 Ca^{2+}、Mg^{2+}），二价阳离子很容易随水流失，使土壤结构受到破坏，造成土壤板结，耕层变浅。盆栽试验表明，施 750mg NH_4^+-N，Ca^{2+} 淋失 450mg；施 350mg NH_4^+-N，Ca^{2+} 损失 170mg（毛艳玲，2000；黄成敏，2000）。

2）促进土壤酸化。长期施用化肥会加速土壤酸化，土壤酸化是世界范围内土壤退化的一个主要表现形式。

a）硝化作用导致土壤酸化。氮肥在土壤中发生硝化作用产生硝酸盐（金岚，2001），同时形成大量 H^+，导致土壤酸化（肖军等，2005）。在少耕和免耕措施下，氮肥能使表层 2cm 左右土壤严重酸化，并破坏表土渗透性（李海云和王秀峰，2004）。

硝化作用的反应如下。

铵氮转变成亚硝酸盐：$2NH_4^+ + 3O_2 \rightarrow 2NO_2 + 2H_2O + 4H^+$；

亚硝酸盐转变成硝酸盐：$2NO_2^- + O_2 \rightarrow 2NO_3^-$。

b）生理酸性肥料的施用导致土壤酸化。当 $Ca_3(PO_4)_2$、$(NH_4)_2SO_4$、NH_4Cl 等化肥的有效养分离子被植物吸收后，土壤中 H^+ 增多，导致土壤酸化。在江西红壤丘陵所做的试验中，NH_4Cl 和 $(NH_4)_2SO_4$ 分别以相当于 60kg/hm^2 的数量施用，2 年后表土 pH 值从 5.0 分别降至 4.3 和 4.7（肖军等，2005）。对不同阴离子化肥对设施土壤理化性状的影响进行研究，结果表明，与对照相比，NO_3^-、SO_4^{2-} 和 Cl^- 阴离子肥均使土壤电导率升高、pH 值降低，且施肥水平越高则升（或降）幅越大，对土壤的影响为 $Cl^- > SO_4^{2-} > NO_3^-$。

3）破坏土壤肥力。施用化肥可能会使土壤有机质上升速度减缓甚至下降，部分养分的含量相对较低或养分间不平衡，不利于土壤肥力的发展。

化肥不平衡施用会引起土壤其他养分的耗竭，从而降低土壤的肥力（张坚，1999）。单施化肥处理会使土壤腐殖质能量水平降低，分子缩合程度和芳构化度增大，"老化"作用增强（吕家珑等，2001）。长期施用含 Cl 化肥尤其是高 Cl 化肥后，由于 Cl^- 在淋失过程中加剧了某些伴随离子的淋失，导致土壤中某些养分的供应能力降低（邹长明和高菊生，2004）。

4）施用化肥导致土壤微生物活性下降，有益微生物数量甚至微生物总量减少。

随化肥进入土壤中的 Cd、Pb、Cr、Ni 等重金属污染物会对固氮生物结瘤及固氮酶活性产生影响。Pb^{2+} 的浓度为 $100g/m^3$ 时，会抑制固氮酶 40% 的活性，Cd^{2+} 浓度为 $10g/m^3$、As 等元素浓度为 $100g/m^3$ 时会产生 100% 的抑制（曹志洪，1994）。过量氮肥可使土壤理化性质变劣，促进产生植物毒素的真菌发育，如绳状青霉的存在就与施用氮肥相一致。施用单一氮肥还可削弱初生根和次生根的生长，使土壤中病原菌的数目增多、生活能力增强（杨人卫和杨建华，2003）。

5）增加土壤重金属和有毒元素，对土壤产生相应的污染。

长期持续施用磷肥可引起重金属元素污染（黄成敏，2000）。磷肥生产的最主要原料是磷矿石，磷矿石含 Cd $5 \sim 100mg/kg$，大部分或全部 Cd 都进入肥料之中。$Ca_3(PO_4)_2$ 化肥中所含的重金属元素还有 Cr、Co、Cu、Pb、Ni、V、Mg、U、Ra。研究表明，如果长期过量施用磷肥，Cd 在土壤耕层中的积累量会比一般土壤高 5 倍、10 倍甚至数十倍。此外，磷肥还可导致土壤环境的氟污染。

（2）化肥对水体的负面影响

1）地表水——富营养化。不合理使用化肥常导致水体的污染、水体质量严重恶化，其主要后果是水体的富营养化。

化肥大量集中施用后，不能为土壤胶体吸附或作物不能及时吸收的可溶性养分会导致地表水污染。N、P、K 等营养物质随径流大量进入湖泊、河口和海湾等水体，会引起藻类及其他浮游生物迅速繁殖，水体溶解氧下降，水质恶化，鱼类及其他生物大量死亡，所形成的厌氧性环境使好氧性生物逐渐减少甚至消失，厌氧性生物大量增加，改变水体生物种群，从而破坏了水环境，也使地表水体资源严重受损。据研究报道，氮肥的利用率为 30% ~ 50%，其中淋溶损失约占 10%，地面径流冲刷和随水流失约占 15%，流失的氮进入地下水和部分地表水，会污染水源，造成水体富营养化（杨人卫和杨建华，2003）。

2）地下水——硝酸盐、亚硝酸盐及磷酸盐含量增高。施于土壤中的化肥，发生解离形成阳离子和阴离子，一般生成的阴离子为硝酸盐、亚硝酸盐、磷酸盐等，这些阴离子因受带负电荷的土壤胶体和腐殖质的排斥作用而易向下淋失进入地下水，导致地下水中硝酸盐、亚硝酸盐及磷酸盐含量增高。$NO_3^- \text{-}N$、$NO_2^- \text{-}N$ 的含量过高会对人畜造成直接危害，使人类发生病变，严重影响身体健康。世界卫生组织（WHO）要求饮用水中 $NO_3^- \text{-}N$ 的最大允许浓度为 10mg/L（我国为

20mg/L）。但近年来，我国不少地区地下水中的 $NO_3^- $-N 水平有明显上升趋势。

（3）化肥对大气的负面影响

化肥的不合理施用还会造成对大气的污染。氮素化肥浅施、撒施或施后不镇压，往往会造成 NH_3 逸失，进入大气，造成污染。NO_3^- -N 在通气不良的情况下进行反硝化作用，会生成气态氮（NO、N_2O、N_2）而逸入大气，造成污染。CO_2 气肥的不正确使用，也会增加大气中 CO_2 的含量，进一步增强温室效应。

5.1.1.3　化学农药施用对环境的负面影响

化学农药按其主要用途可分为杀虫、杀菌、除草、杀螨、杀鼠以及植物生长调节剂和土壤处理剂等。根据加工剂型可分为粉剂、可湿性粉剂、可溶性粉剂、乳剂、乳油、浓乳剂、乳膏、糊剂、胶体剂、熏烟剂、熏蒸剂、烟雾剂、油剂、颗粒剂、微粒剂等。

化学农药在防治植物病虫害、消灭杂草和调节植物生长的同时，也给环境带来了不同程度的负面影响。

（1）有毒的属性决定了其对环境的污染

化学农药是为了控制、消灭对农、林、牧业等构成危害的生物或病毒而发明、生产、使用的，有毒是化学农药的基本属性（钟善锦和黄懂宁，1998）。

农药对害虫有杀伤作用，同时对害虫的"天敌"及传粉昆虫等益虫益鸟也有毒害作用（张小平，2003）。农药的滥用，会引起次要害虫大发生。不合理地使用某种农药防治一种害虫，则一种害虫被制约，但可使另一些潜伏性或间歇性的害虫上升为主要害虫。长期施用同类型农药，会使害虫产生抗药性，因而增加了农药的用量和防治的次数，同时大大增加了防治的费用和成本，对环境的污染随之加重，造成恶性循环。有些化学农药本身或与其他物种反应后具有"三致"（致癌、致畸、致突变）作用，一旦进入动植物及人体内，就会对其产生危害（张小平，2003）。

（2）扩散、残留、富集是化学农药不可避免的环境行为，会造成农药污染环境问题

农药在使用过程中可通过各种途径挥发、扩散、迁移而转入大气、水体、土壤和生物体内，可以从一种环境介质扩散到另一种环境介质，并且可通过食物链影响到距离农药使用地点甚远的地区的人和其他动物。由于化学结构稳定、自然降解缓慢等方面的原因，化学农药会以各种形式残留于植物体和其他环境要素中，特别是一些持久性残留品种即使禁用后经过漫长时间也难以消失。有残留，也就有了生物富集问题。农药残留于农产品会影响人体健康，而残留对某些病虫来说，可以使它具有抗药性，从而增加了人类与这些有害生物进行斗争的难度。

5.1.1.4　最大限度减少化学制剂施用

化学制剂在工业人工林经营过程中发挥了重要作用的同时，也给生态环境带来诸多的负面影响，因此，需控制化学制剂的使用，最大限度减少化学制剂施用给生态环境造成的负面影响。做到能不使用尽量不用，不可避免使用时，能少用尽量少用，且做到科学合理使用化学制剂。

科学合理使用化学制剂的要求如下。

1）化学制剂的选择。市场上的化学制剂品种繁多，质量参差不齐，使用对象也有很大差异，需根据目的选择化学制剂，做到对症用药，避免盲目用药。

2）化学制剂使用适期。任何一种化学制剂，无论是化学农药，还是化肥，都有它的防治使用适期，要根据具体情况确定，不能盲目用药，使用过早或过晚都不能达到理想的效果，只有正确选择适期才能达到最理想的效果。

3）化学制剂的配置。化学制剂通常需要进行配置后使用，以农药为例，其配置虽然不难，却经常会由于粗心或操作不当出现一些问题，应引起重视。一要准确称量药量和对水量；二要先对成母液再进行稀释；三要注意人员及环境安全。

4）化学制剂施用技术。科学的施用技术是效果的保障，只有严格按照操作规程使用药剂，才能达到理想的效果。

施用化肥时，有机肥与化肥配合施用、平衡施肥、合理科学有效施肥、提高化肥利用率等能改善土壤肥力现状，同时防止发生新的土壤退化现象。全层施与穴施、底施、表施等施用方法比较，能使化肥在土壤中分布更均匀，溶质势增强更快，植株更易吸收（杨金楼和奚振邦，2000）。

施用农药时，一要选择适宜的器械，如喷杀菌剂要选择雾滴较小的喷头；喷杀虫剂可选稍大的喷头；喷除草剂最好选用扇形喷头。二要看天气施药，尽量选择晴天无风条件下作业；有露水不能喷药；高温烈日下不能喷药。三要根据不同的对象采取相应的施药技术，如防治病害时，由于病菌一般在作物叶片的背面，施药时一定要将叶片背面喷施均匀；蚜虫一般发生在嫩梢上，喷药就要求具有针对性。四要注意周围作物，避免产生药害。

5）废物处理。施农药后，剩余的药液及洗刷喷雾器用的废水应妥善处理，不能随意乱倒，要注意对环境的保护。

5.1.2 禁用某些化学制剂

某些化学制剂毒性太强，对环境的负面效应过大，而替代制剂又大量出现，根据林业可持续发展的要求，在工业人工林经营过程中，该类化学制剂必须禁止使用。

5.1.2.1 禁用世界卫生组织ⅠA、ⅠB类清单中所列的物质

ⅠA类化学品（56种）被归为极度危险化学品；ⅠB类化学品（80种）被归为高度危险化学品（表5-1）。

两类化学品具有较强的危害性，应该被禁止使用，许多国家也已相继禁止使用这些化学品。

案例5-2 除草醚：ⅠA类极度危险化学品

用途：为醚类选择性触杀型除草剂。可除治一年生杂草，对多年生杂草只能抑制，不能致死。毒杀部位是芽。对一年生杂草的种子胚芽、幼芽、幼苗均有很好的杀灭效果。可防除稗草、马齿苋、马唐草、三棱草、灰灰菜、野苋、蓼、碱草、牛毛草、鸭舌草、节节草、狗尾草等。

特性：具有较强的毒性（在黑暗条件下无毒力，见阳光才产生毒力），而且药效随温度波动较大（温度在20℃以下时施药效果差，在20℃以上时，随温度升高药效提高。需根据温度变化调节用药量，气温在20℃以下时适当增加亩施药量，气温较高时，宜适当降低亩施药量）。用药量不易掌握，易被土壤吸附富集。近年来国外权威机构研究表明，除草醚对试验动物具有致癌、致畸、致突变作用。

禁用情况：多数国家已禁止生产、使用。我国于2001年12月31日停止销售和使用除草醚，撤销除草醚农药登记证。

表 5-1　世界卫生组织 I A、I B 类化学品

I A 类化学品——极度危险		I B 类化学品——高度危险	
八甲磷	甲基一六零五	胺丙畏	氟乙酰胺	杀扑磷
倍硫磷	硫环磷 I	氨黄磷，伐灭磷	庚烯磷	杀鼠磷
苯硫磷	硫磷嗪，治线磷	安妥（杀鼠剂）	甲胺磷	杀鼠灵，华法令
苯线磷	硫特普，治螟磷	艾氏剂	甲基谷硫磷	杀线威
丙烯醛	六氯苯	百治磷	甲基乙拌磷，二甲硫	砷酸钙
草不绿	氯甲磷	倍硫磷	吸磷	砷酸铅
虫螨磷	氯鼠酮	比猫灵，氯杀鼠灵	甲基一零五九	双（三丁基锡）氧
除草醚	氯化汞，升汞	丙硫克百威	碱性甲基绿（杀虫	化物
醋酸苯汞	棉安磷，磷胺	丙虫磷	剂）	硝本苯酚
地安磷	M74	草氨酰，氨基乙二酰	久效磷	特乐酚
地虫磷	绵枣儿糖苷，海葱	敌敌畏	克瘟散	五氯苯酚
敌虫畏	糖苷	涤灭砜威	磷化锌	亚砷酸钠
敌菌丹	灭克磷	地乐酚，二硝丁酚	硫酸铊	蚜灭多
敌　鼠	氰化钙	地乐酚	氯唑磷	烟碱，尼古丁
毒虫畏	噻鼠灵	地乐酚东	氯氰戊菊酯	氧化汞
对硫磷，硝苯硫磷酯	三氧化二砷	地乐酯	马钱子碱，士的宁	氧化乐果
对溴磷，溴苯磷	绳毒磷，蝇毒	敌瘟磷	灭多虫	叶蚜磷
二噻磷	速灭磷，磷君	狄氏剂，氧桥氯甲	灭害威（杀虫剂）	乙基安定磷
二溴氯丙烷	鼠得克	桥萘	灭蚜磷	乙基谷硫磷
放线菌酮	特丁磷	敌杀磷，二嗪磷	内吸磷	乙基虫螨磷
发硫磷	硫　丹	敌蝇威	七氟菊酯	乙基溴硫磷
丰索磷	特普，焦磷酸四乙酯	丁酮砜威	氰化钠	异狄氏剂
氟代乙酸钠，1080	涕天威（内级杀虫	丁烯磷	三唑磷	异噁唑磷
氟鼠灵	杀螨剂）	丁苯硫磷	三唑磷胺，威菌磷	异砜磷
红海葱	田乐磷-O 和-S	二噁磷，敌杀磷	三硫磷	异柳磷
甲拌磷	溴敌隆	二硝酚	3-氯-1，2-丙二醇	ζ-氯氰菊酯
甲氟，四甲氟	溴苯磷	伐虫脒，抗螨脒	三正丁基锡氧化物	
甲基对硫磷	乙拌磷	砜吸磷	烯丙醇	
甲基一零五九	乙酸苯汞	呋线威	杀稻瘟菌素	

案例 5-3　敌敌畏：I B 类高度危险化学品

属性：有机磷农药，为广谱、高效、速效杀虫、杀螨剂。对咀嚼口器和刺吸口器害虫均有良好的防治效果（农业部农药检定所，1989）。

杀虫机理：具有触杀、胃毒和熏蒸作用。

特点：①敌敌畏施用历史悠久，施用量大、面广，对环境的各种负面影响显著。②对高等动物毒性中等，挥发性强，易于通过呼吸道或皮肤进入高等动物体内，尤其以禽类、鱼类和蜜蜂对敌敌畏最为敏感。亚急性毒性实验结果表明，在安全浓度下，敌敌畏污染仍可抑制中国林蛙蝌蚪的生长发育，敌敌畏的使用危害生态环境。③英国杀虫剂监管委员会的报告指出，含有俗称敌敌畏的各类杀虫剂的使用可能导致癌症以及干扰人体的神经系统。

禁用情况：英国环境、食品及农村事务部于 2002 年停止出售 50 种含有敌敌畏的杀虫药。中国未禁用。

5.1.2.2 禁用碳氢氯化物杀虫剂

碳氢氯化物杀虫剂，又称有机氯杀虫剂，是一类含 Cl 元素的碳氢化合物。如滴滴涕（DDT）、六六六、毒杀芬、灭蚁灵、氯丹等。该类杀虫剂具有毒性强、难降解、易富集的特点，对环境和人类具有较大的危害性，是《关于持久性有机污染物的斯德哥尔摩公约》规定限期淘汰的持久性有机污染物。

目前，六六六、DDT、氯丹、灭蚁灵及六氯苯已在我国全面禁用。

案例5-4 DDT：有机氯杀虫剂

DDT 为有机氯农药，具有高效、低成本、杀虫谱广、使用方便等特点，曾经是世界上产量最高、使用量最大的农药。DDT 是一种典型的持久性有机污染物，由于其具有环境持久性和生物累积性，并且容易随食物链发生富集放大，因此备受环境科学界的广泛关注。

中国从 1983 年起禁止使用 DDT，20 多年后的今天，在环境中仍然存在一定浓度的 DDT。2006 年北京郊区农田表层土壤中仍有不同程度 DDT 被检出。虽然土壤中 DDT 的风险较低，但从食物链角度的风险评价结果来看，土壤中的 DDT 仍有一定的风险（李娟娟等，2008）。2003 年对太湖水环境 DDT 污染状况的调查表明，太湖水体的 DDT 含量为 $0.20 \sim 9.30 \mu g/L$，底泥 DDT 含量为 $0.20 \sim 8.80 \mu g/kg$。DDT 对太湖底栖生物、浮游生物和鱼类的危害是长期的。此外，DDT 具有强生物累积性，鱼类富集 DDT 的倍数可达 6000 ~ 20 000 倍（赵肖等，2008）。

5.1.2.3 禁用法律法规和国际公约规定禁止使用的化学制剂

某些化学制剂具有毒性强、难降解、破坏环境的特点。中国从社会发展的需求以及保护人民生活健康、维护生态平衡的角度出发，从国家层面通过立法、制定法规和积极参与国际公约的形式禁止某些化学制剂的使用。

案例5-5　毒鼠强

《危险化学品安全管理条例》第十三条规定："禁止用剧毒化学品生产灭鼠药以及其他可能进入人民日常生活的化学产品和日用化学品。"

鼠害是工业人工林经营过程中常见的一种危害，尤其是在针叶树种良种生产与育苗环节最为常见，危害也较为显著。

工业人工林经营过程中在选择避免鼠害或者灭鼠的时候，应该遵守国家法律法规，禁止使用剧毒鼠药（如毒鼠强）来灭鼠。

特性：①毒鼠强有类似金刚石的立体结构，除了磺酰胺官能团外，没有其他活性基团，具有很好的化学稳定性，在稀酸和碱水中也不水解。其饱和水溶液放置5个月，仍可保持稳定的生物学活性。无论在鼠类体内还是在自然界，都难分解失效，毒力多年不减，造成长期污染（冯书涛，2005）。②在植物体内毒作用可长期残留，被动物摄取后可以原毒物形式滞留在体内或排泄，从而导致二次中毒现象。③毒鼠强对所有温血动物都有剧毒，毒性为氟乙酰胺剧毒灭鼠药的3~30倍，相当于氰化钾的100倍，砒霜的400倍，对人的致死剂量为6~12mg，摄入剂量大者可于数分钟内因呼吸麻痹而死亡。1kg毒鼠强可毒死20万人。

事例：1952年发现，在毒鼠强处理过的土壤中生长的冷杉，4年后结的种籽仍能毒死野兔。鼠类专家汪诚信曾目睹了毒鼠强强大的破坏力。污染了谷粒的小剂量毒鼠强毒死了觅食的麻雀，随后3只猪因误食了中毒死亡在猪槽里的麻雀，也随即中毒死亡。猪的主人深埋死猪时，却舍不得猪身上的猪皮，就将猪皮剥下来晒在屋顶，结果，猪皮上的碎肉屑又毒死了主人家的一群鸡。

禁用情况：我国有关部门已于1991年发文确定毒鼠强属禁用品。

5.1.3 有限度地使用低毒、高效、残留期短的化学品

5.1.3.1 低毒、高效、残留期短的化学品的含义

低毒、高效、残留期短的化学品是相对于高毒、低效、残留期长的传统化学品而言的。随着科学技术的不断发展，低毒、高效、残留期短的化学品的内涵将不断改变，最大限度地降低对环境的负面影响是该类化学品追求的环境目标。

5.1.3.2 林业常用农药发展状况

低毒、高效、残留期短的化学品在林业上主要涉及农药类化学品。因传统农药对环境的负面影响显著而持久，许多低毒、高效、残留期短的化学品不断出现，替代传统的高毒、低效、残留期长的农药。

为了减少高毒农药带来的危害，近年，国家禁止或限制生产、使用部分高毒、高残留农药，其中有机氯类农药已被逐渐淘汰，有机磷类农药的使用范围也逐渐缩小。如 DDT、氯丹、灭蚁灵及六氯苯等有机氯杀虫剂已禁止在中华人民共和国境内生产、流通、使用和进出口，甲胺磷等 5 种高毒杀虫剂已经被勒令全面退市。同时国家鼓励积极研制和开发高效、低毒、安全的农药。

传统农药有效剂量很小，在实际使用过程中需多次施用，这不仅使用药量成倍增加，而且更易造成大面积污染。释放数量可控、释放时间可控和释放空间可控是化学农药研究与推广的重要方向。

5.1.3.3 林业化学制剂使用的不可避免性

1）森林虫害暴发的规律。虫害暴发是多方面因素共同作用的结果，包括气候、环境、害虫本身的生长规律等因素。气候反常，环境干燥，常常缩短害虫的生活周期，使得短期内害虫按照逻辑斯谛（Logistic）曲线大量繁殖，森林虫害大暴发。

2）森林虫害的发现具有滞后性。通常人们发现森林虫害的时候已经处于虫害繁殖的快速增长期，处于逻辑斯谛曲线的急剧增长期。

3）生物防治等手段的滞后性。生物防治的防治机理决定了其运用于日常管理的效果较好，但是虫害大暴发时不能取得控制虫害的显著效果。

4）只有使用化学杀虫剂才能在短期内控制住害虫的数量，减少对森林的破坏。如 20 世纪 80 年代以来，我国利用蝗虫微孢子虫、绿僵菌、人工招引粉红掠鸟、牧鸡牧鸭治蝗等生物防治措施，取得了很好的蝗虫防治效益，但是在蝗虫发生密度高、危害极为严重的地区因应急防治的需要仍以化学防治为主（徐秀霞和张生合，2005）。

5.1.3.4　使用高效、低毒、安全化学品的条件

新农药虽然高效、低毒，但使用不当也会中毒。因此，应尽量不使用农药等化学品，如果十分必要，在经过相关部门批准后，应优先使用低毒、高效、残留期短的化学品，并且需要有限度地使用。

（1）十分必要的情况

十分必要的情况包括但不限于以下几种。

1）育种过程：大规模鼠害发生，不使用灭鼠药则育苗面临失败；幼苗大规模发生病害，不使用杀菌剂，树苗将大规模死亡；苗圃地，杂草丛生，人工无法清除。

2）抚育管理期：幼树期发生大规模的虫害；受气候等不可控因素影响，大规模的虫害发生，生物等治理方法无效。

3）造林地立地条件差，必须使用化学制剂改造土壤。

（2）需经过相关部门批准的情况

需经过相关部门批准的情况包括但不限于以下几种。

1）育苗地的位置，如有国家重点保护的野生动物，或为重点保护动物的取食点，应该征得野生动物保护管理部门的同意而使用灭鼠药。

2）育苗或造林地位于水源地上游，或者位于水源地保护区，需要征得水政和环保部门的同意而使用农药、灭鼠药以及化肥（《水污染防治法》）。

3）使用航空器施药时，应征得林业、民航、环保、气象等部门管理部门同意（《森林病虫害防治条例》）。

5.1.4 妥善处理化学制剂的容器和废弃物

化学制剂在使用后，其容器和废弃物的处理是一个十分棘手的问题，也是其环境危害容易被忽视的重要环节。化学制剂容器、废弃物的危害性并不亚于化学制剂本身，但由于常常被忽视，其实际的危害性常常大于化学制剂本身。

例如，废弃的农药塑料（玻璃）包装物内有残留农药，在酷热条件下和夏季极易自然挥发或经雨水冲刷渗入地下，由于有些农药的毒性十分稳定，可以几年甚至十几年存在于土壤之中不消失，这样就会导致农药污染大气、污染水质、污染土壤、污染河流，成为毒害人类、污染环境的无形杀手。同时农药包装中那些含高分子树脂的塑料袋，在自然环境下不易降解，可残留 200～700 年，给土壤环境造成了化学污染残留（韩雪和殷丽娟，2008）。

5.1.4.1 工业人工林化学制剂废弃物类型

（1）化学农药废弃物

化学农药废弃物的主要组成如下（农业部农药检定所，1993）。

1）由于储藏时间过长或受环境条件的影响，变质、失效的农药；

2）在非施用场所溢漏的农药及用于处理溢漏农药的材料；

3）农药废包装物，施药后剩余的药液；

4）农药污染物及清洗处理物；

5）过量使用的农药（常常被忽视）。

过量施用农药会导致农田生态系统生物种类减少以及土壤动物新陈代谢和孵化能力降低，如可致土壤中的蚯蚓大量死亡，并导致土壤中农药残留量及衍生物增加；抑制土壤微生物活动，影响土壤养分正常循环和作物对养分的吸收；残留在土壤中的农药及其降解衍生物，经渗透及雨水冲刷可造成环境中有机污染物不断增加，进入地表水和地下水系统后，极易造成水体和土壤污染。

（2）化肥废弃物

化肥废弃物主要包括两类。

1）变质、过期化肥；

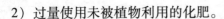

2）过量使用未被植物利用的化肥。

案例 5-6　危害举例

A：全世界每年施入土壤中的 P 有 1/2 以上随水土流入水体，从而导致江河湖泊富营养化。我国 131 个主要湖泊中有 67 个出现富营养化，其中面源负荷所占比例较大（吕晓男等，2005）。

B：我国每年有 1800t 化肥流入水体环境，过量施用化学肥料不仅造成肥料浪费、土壤酸化和次生盐渍化，且使蔬菜 NO_3^- 含量提高，并引起地下水 NO_3^- 的污染（吕晓男等，2005）。

5.1.4.2　化学制剂的容器和废弃物的妥善处理

在工业人工林经营过程中，化学制剂的容器和废弃物，应在林地以外的区域采用符合环境保护要求的方法妥善处理。

妥善处理应具备以下几个特征。

1）符合相关法律法规。如《固体废物污染环境防治法》、《废弃危险化学品污染环境防治办法》、《危险废物经营许可证管理办法》等。

2）安全处理，将危害降为最低。如不能在对人、畜、作物和水源有害的地方清理化学制剂废弃物。

3）具备相关的设备、经过培训的人员、应急措施。

案例 5-7　农药废弃物的妥善处理

目前，农药废弃物已列入《国家危险废物名录》，属于危险废物。

根据《固体废物污染环境防治法》、《废弃危险化学品污染环境防治办法》、《危险废物经营许可证管理办法》等法律规定，产生废弃危险化学品的单位必须委托持有《危险废物经营许可证》的单位处置废弃危险化学品，并负责处置费用，严禁随意弃置或委托无资质单位处置废弃危险化学品。

农药废弃物的安全处理方法如下。

1）变质、失效、淘汰的农药应予销毁。高毒农药一般先经化学处理，而后在具有防渗结构的沟槽中掩埋，要求远离住宅区和水源，并设立"有毒"

标志；低、中毒农药应掩埋于远离住宅区和水源的深坑中；凡是焚烧、销毁的农药应在专门的炉中进行处理。

2）农药发生溢漏的污染区要有专人负责，以防儿童或动物靠近或接触。对于固态农药，要用干砂或土掩盖并清扫于安全地方或施用区；对于液态农药，用锯末、干土或粒状吸附物清理。如属高毒农药且量大时应按照高毒农药处理方式进行；要注意不允许清洗后的水倒入下水道、水沟或池塘等。

3）农药废包装物，包括盛农药的瓶、桶、罐、袋等，严禁作为他用，不能丢放，要妥善处理。金属罐和桶，要清洗，爆坏，然后埋掉，且土坑中容器的顶层要距地面50cm；玻璃容器要打碎并埋起来；杀虫剂的包装纸板要焚烧；除草剂的包装纸板要埋掉；塑料容器要清洗、穿透并焚烧。焚烧时不要站在火焰产生的烟雾中。如果是不能马上处理的容器，则应洗净放在安全的地方（农业部农药检定所，1993）。

最后应指出，对于大量农药废弃物的处理方法、处理场所应征得劳动、环保部门同意，并报上级主管部门备案。

5.1.5 安全使用化学品

当工业人工林经营过程中不可避免地要求使用化学品时，需要做到安全使用，具体要求如下。

(1) 符合环境安全法规

化学药品的使用要符合《环境保护法》、《大气污染防治法》、《固体废物污染环境防治法》、《危险化学品安全管理条例》、《森林病虫害防治条例》等法律法规对化学品使用的要求（表5-2）。

(2) 作业员工应进行过培训，具备使用、储存和处理化学药品的相关知识与技能

作业人员应该知道化学品的理化性质、保存方法、使用方法，包括使用条件、天气要求、使用方式、时间要求、事故应急处理办法、废弃物处理办法等。

表5-2 安全使用化学品可能涉及的部分法律法规

名　称	条　款	内　容
环境保护法	第二十四条	产生环境污染和其他公害的单位，必须把环境保护工作纳入计划，建立环境保护责任制度；采取有效措施，防治在生产建设或者其他活动中产生的废气、废水、废渣、粉尘、恶臭气体、放射性物质以及噪声、振动、电磁波辐射等对环境的污染和危害
	第三十三条	生产、储存、运输、销售、使用有毒化学物品和含有放射性物质的物品，必须遵守国家有关规定，防止污染环境
水污染防治法	第二十九条	禁止向水体排放油类、酸液、碱液或者剧毒废液。禁止在水体清洗装储过油类或者有毒污染物的车辆和容器
	第四十七条	使用农药，应当符合国家有关农药安全使用的规定和标准。运输、存储农药和处置过期失效农药，应当加强管理，防止造成水污染
	第四十八条	县级以上地方人民政府农业主管部门和其他有关部门，应当采取措施，指导农业生产者科学、合理地施用化肥和农药，控制化肥和农药的过量使用，防止造成水污染
	第六十三条	国务院和省、自治区、直辖市人民政府根据水环境保护的需要，可以规定在饮用水水源保护区内，采取禁止或者限制使用含磷洗涤剂、化肥、农药以及限制种植养殖等措施
水污染防治法实施细则	第三十三条	禁止在生活饮用水地下水源保护区内使用剧毒和高残留农药；利用储水层孔隙、裂隙、溶洞及废弃矿坑储存石油、放射性物质、有毒化学品、农药等
固体废物污染环境防治法	第十七条	收集、储存、运输、利用、处置固体废物的单位和个人，必须采取防扬散、防流失、防渗漏或者其他防止污染环境的措施；不得擅自倾倒、堆放、丢弃、遗撒固体废物。禁止任何单位或者个人向江河、湖泊、运河、渠道、水库及其最高水位线以下的滩地和岸坡等法律、法规规定禁止倾倒、堆放废弃物的地点倾倒、堆放固体废物
	第五十五条	产生危险废物的单位，必须按照国家有关规定处置危险废物，不得擅自倾倒、堆放

案例5-8　除草剂草甘膦的使用

1）使用合法性：法律法规允许使用。

2）属性：有机磷类除草剂，低毒。

3）剂型：10%、20%水剂，30%可湿性粉剂。

4）注意事项：①对多年生恶性杂草，两次施药，才能达到理想防治效果。②在药液中加适量柴油或洗衣粉，可提高药效。③晴天、高温用药效果好，喷药后4~6h内遇雨应补喷。④草甘膦具有酸性，储存与使用时应尽量用塑料容器。⑤喷药器具要反复清洗干净。

5.2　工业人工林生物制剂的施用

5.2.1　生物制剂的含义

生物制剂指通过生物技术获得的具有某种特殊功效的制剂。林业上使用的生物制剂主要包括生物肥料和生物农药两大类。

5.2.2　生物农药

生物农药指利用生物活体或其代谢产物对害虫、病菌、杂草、线虫、鼠类等有害生物进行防治的一类农药制剂，或者是通过仿生合成的具有特异作用的农药制剂。按照其成分和来源可分为：微生物活体农药、微生物代谢产物农药、植物源农药、动物源农药。

生物农药的优点如下。

1）选择性强，保护天敌，对人畜安全；

2）易分解，对生态环境影响小；

3）害虫不易产生抗药性；

4）可以诱发害虫流行病。

案例5-9　印楝素生物制剂

来源：印楝，为植物源杀虫剂。

特点：成分复杂，至少有10种以上杀虫活性成分，有利于延迟害虫抗性的产生。具广谱杀虫性，可有效防治草原、农林、卫生、仓储等方面的多种主要害虫。作用机制特殊，主要作用于昆虫的内分泌系统，使害虫不能合成完成其生长发育所必需的激素，从而抑制生长发育，使昆虫的神经系统、消化系统、呼吸系统、免疫系统、生殖系统和遗传特质受损而不能完成正常的生理功能而死亡。其杀虫机理多样，包括触杀、拒食、忌避、破坏代谢平衡、抑制生长发育及不育等。对天敌干扰少，对人、畜、作物环境安全，在自然环境中易降解、无残留、不易产生抗药性，是当前优选且行之有效的植物源生物农药。

运用：用0.3%印楝素作为植物源杀虫剂，在新疆、内蒙古、青海、河北等省（自治区）对多种草原蝗虫进行防治试验，结果表明，用其防治草原蝗虫不仅效果明显，而且对人、畜安全，对非靶标动物干扰小，以每公顷用药量150ml兑水定容，不论采用常量还是超低量喷雾，其防治效果均可达到各省（自治区）常用化学药品最适剂量的同等效果，可以在北方草原蝗虫防治中推广应用（徐秀霞和张生合，2005；阿不都外力等，2007）。

案例5-10　美国白蛾防治

防治害虫：美国白蛾。主要危害农村四旁、城镇园林及公路、铁路两翼绿化用阔叶树木。

生物制剂：美国白蛾核型多角体病毒和苏云金杆菌。

生物防治效果：防治效果均达到74%以上。

化学防治效果：持续效果差，环境污染严重，常发生人畜中毒（肖放等，2005）。

案例 5-11　西伯利亚松毛虫防治

防治害虫：西伯利亚松毛虫。主要危害落叶松，是世界性森林食叶害虫之一。

生物制剂：灭幼脲Ⅲ号，又称昆虫几丁质合成酶抑制剂。为新型、高效、安全的杀虫剂，对多种鳞翅目害虫有特效。

生物制剂作用机理：具有抗蜕皮激素的生物活性，通过干扰昆虫蜕皮生理过程，使昆虫在蜕皮变态过程中新表皮不能形成而导致死亡。

生物防治效果：种群密度控制在允许水平以下。

化学防治效果：短期内降低了虫口密度，3～4 年内种群数量急剧增长，再次暴发成灾，形成了恶性循环（杜文胜等，2007）。

案例 5-12　马尾松毛虫防治

防治害虫：马尾松毛虫。

生物制剂：森阿维（经微生物发酵提取的抗生素类杀虫剂）、维松令（生物提取物与昆虫生长发育抑制剂复配的特效杀虫剂）。

生物制剂使用方法：喷烟。

生物制剂防治效果：96h 后平均虫口减退率分别可达 99.8%、100%（叶萌等，2002）。

5.2.3　生物肥料

狭义的生物肥料，指微生物（细菌）肥料，简称菌肥，又称微生物接种剂。是施入土壤后，或能固定空气中的氮素，或能活化土壤中的养分、改善植物的营养环境，或能在微生物的生命活动过程中产生活性物质、刺激植物生长的特定微生物制品。

广义的生物肥料，泛指利用生物技术制造的、对作物具有特定肥效（或既有肥效又有刺激作用）的生物制剂，其有效成分可以是特定的活生物体、生物体的代谢物或基质的转化物等，这种生物体既可以是微生物，也可以是动、植物组织和细胞。

案例5-13　菌根生物制剂

作用机理：促进植物体中供养体系的形成和完善，从而提高植物存活、生长的能力。

特点：高效、低耗、不污染环境，一次使用可使植物体终生受益，可提高植株成活保存率，促进生长，维护地力。

主要作用：①提高植物根系吸收水、肥的能力；②提高植物对土壤中的矿物质和有机质的分解和利用，起到自肥作用；③分泌生长激素和生长调节素，促进植物生长；④增强植物的抗逆性；⑤提高植物抗病性；⑥改良土壤，提高土壤可持续性生产力。

用途：恶劣环境（沙化土地、矿山、工业污染区、荒山荒地及其他植被恢复困难的地区）的植被恢复；天然林和经过森林火灾后的林地的人工更新；常规育苗和营造速生丰产林，适用于我国主要用材林、生态林树种的育苗和造林；防治立枯病、猝倒病及根腐病等根部病害。

案例5-14　生物制剂Pt3（3号菌剂）的运用

采用Pt菌剂、ABT生根粉、HRC吸水剂和GGR6植物生长调节剂等生物制剂处理樟子松苗木发现，Pt3、ABT生根粉和HRC吸水剂可显著提高樟子松苗木的成活率，Pt3、ABT生根粉处理可显著促进苗木细根的生长，Pt3可显著提高苗木叶片叶绿素含量和光合速率及水分利用效率等生理指标，而苗木生长量的增加和生理活动的增强最终提高了樟子松沙地造林成活率（唐凤德等，2009）。

5.2.4　生物制剂可能存在的负面影响

从目前的各种研究看，林业上常用的生物制剂所展现的是诸多的优点和极少的负面效应，但是从林业生态系统的稳定性和完整性看，任何改变生物群落结构、消长物种数量、引入外来物种的行为均是对原有生态系统的人为干扰，均可视为破坏生态系统的行为，都可能具有潜在的生态风险和负面效应。

工业人工林在使用生物农药进行病虫害防治时，可能存在以下潜在的负面影响。

1）生物农药的安全性是相对的，一般对人、畜及各种有益生物比较安全，但并不能说对环境绝对安全。

2）许多生物农药直接利用生物活体，如细菌、真菌、线虫、病毒及拮抗微生物等，此类生物活体可能存在未知的环境风险。

5.2.5　限制和监督生物制剂的施用

鉴于生物制剂可能存在的负面影响，工业人工林经营过程中涉及生物制剂使用时，需要按照以下要求严格操作。

1）使用符合国家法律和国际公约相关条款规定；

2）严格限制和监督生物制剂的使用；

3）生物制剂使用前要进行安全性（如对环境、天敌的影响等）检测；

4）使用生物制剂时要严格按照要求操作。

第 **6** 章 森林防火

6.1 森林防火的概念及内涵

　　森林中的可燃物（有机物）在一定温度条件下与空气中的氧气（O_2）快速结合，能放热和发光的化学反应称为森林燃烧。森林通过燃烧将由光合作用（同化作用）储存的能量快速释放，并产生大量的烟尘、水汽、灰分、木炭、二氧化碳以及其他化学物质。森林燃烧必须具备三要素，即可燃物、助燃物（氧气）和一定的温度，三者缺一不可。从防火角度看，只要破坏了其中之一就可起到灭火的作用。

　　森林中所有有机物均属于可燃物，如树叶、树枝、树干、树根、枯枝落叶、林下草本植物、苔藓、地衣、腐殖质、泥炭等。其中枯草、枯枝落叶等最易燃烧，也最危险，又称引火物（亦叫易燃物或细小可燃物）。

　　空气中约含 21% 的氧气，氧气是森林燃烧过程中不可缺少的要素之一。通常，燃烧 1kg 木材约需消耗 3.2~4.0 m^3 的空气，亦即需要纯氧 0.6~0.8 m^3（林其钊和舒立福，2003）。常温下，氧化反应非常缓慢。燃烧时，高温使氧气快速活化，活化氧很容易与可燃物结合，发生氧化反应。因此，在燃烧过程中，必须有足够的氧气。研究证明，空气中氧的含量减少到 14%~18% 时，燃烧就会停止。

　　森林燃烧需要有一定的温度。一定的温度不仅能促使氧变为活化氧，而且能使可燃物热解生成可燃性气体进行燃烧。当外界对可燃物进行加温时，开始温度上升缓慢，大量水汽蒸发，达到可燃性气体挥发而出现冒烟现象时的温度，称为引火点。随后，可燃物升温加快，释放出大量可燃性气体，达到开始着火的温度，称为燃点。各种可燃物的燃点差异很大，一般干枯杂草的燃点为 150~200℃，木材燃点为 250~300℃，要达到这样高的温度，需要有外界火源。一旦可燃物达到燃点，就不再需要外界火源，依靠自身释放的热量就可以使燃烧持续。

　　火源是发生森林火灾的必要条件。当森林中存在一定量的可燃物，并且具备引起森林燃烧的天气条件时，森林能否着火，关键取决于火源。通常情况下，引起森林火灾发生的火源，主要来自森林外界，由于可燃物本身温度升高达到燃点而引起自燃（如泥炭自燃）的情况是十分罕见的。因此，严格控制火源是减少森林火灾发生的重要措施。

　　火与人类文明的进步息息相关，火既有有利的一面，也有不利的一面。在许多国家，随着人口的增加，人为火源增加，导致火灾数量越来越多。当前，温室效应和全球气温升高引起人们对森林火灾更多的关注，也促使人们重新认识森林火灾，从而采取有效的防范措施。

6.2　森林防火历史与研究

6.2.1　森林防火发展历史

　　人们对林火的认识经历了曲折漫长的过程，大致可划分为以下几个阶段：粗放用火、森林防火、防用结合、现代化林火管理。世界各国森林防火工作大体可划分为 4 个发展时期：用火阶段、防火阶段、火管理阶段和现代火管理阶段（Amiro et al.，2001a；Andrews and Rothermel，1982）。

6.2.1.1　用火阶段

　　从有人类历史开始到 18 世纪末，属于用火阶段。在这一漫长的历史进程中，人类基本上处于原始用火阶段。距今 300 万年前，地球上开始出现人类，火促进了人类的文明和进步。当人类在 3 万 ~4 万年前发明了钻木取火之后，就开始了粗放用火经营和开发森林的活动，如袭击野兽、火攻围猎、防御野兽袭击、烧烤食物、发展原始的农业（如刀耕火种）等。

　　此阶段的特点是用火粗放、火烧森林面积大、森林火灾持续时间长。因为当时地球上的人口不多，大多为人烟稀少的地方，所以火灾的影响较小。

6.2.1.2　防火阶段

　　从 18 世纪末到 20 世纪 60 年代，属于防火阶段。此阶段地球上人口逐渐增多，出现了森林工业。新兴的资本主义工业革命开始对森林进行大规模的开发，把大量的人为火源引入森林，导致世界各地森林大火不断。19 世纪初，世界各国连续发生特大森林火灾，如美国在 19 世纪 30 年代前每年烧毁的森林面积高达 1000 万~2000 万 hm^2，50 年代为 400 万~500 万 hm^2。这些森林火灾不仅烧毁了大面积森林，同时烧毁了林内城镇、乡、村和林区加工厂，大火危及林区人民的生命和财产安全，引起了人们对森林火灾的重视。19 世纪末 20 世纪初，开始在林区开展森林防火工作，但此时的防火工作是建立在"林火有害"的基础上，所以千方百计地防止和控制火的发生，属于单纯的森林防火阶段。这一时期，美国、加拿大、原苏联等发达国家，由于需要依靠森林提供资金和原料，所以保护现有的森林资源就成为其森林经营中的头等大事，他们在林业局或森林采运公司设立保护处（科），总管滥砍、盗伐、防火和虫害防治等一揽子行政性的工作，同时还成立了专门的研究机构，从事森林防火的专题研究。

森林防火阶段的特点，突出一个"防"字。其基本的理念是：火是森林最凶恶的大敌；只要杜绝火源，就可以避免林火发生。在防火季节，防火人员几乎谈"火"色变，一切措施和行动都以消除火灾为前提。

6.2.1.3　火管理阶段

20 世纪 60 年代，发达国家的森林防火进入了新阶段——林火管理时期。美国于 1966 年，把《森林防火要点》更名为《林火管理》，使森林防火工作有了一个时代的转折，世界主要林业国家均按照"林火管理"观念对待林火（寇文正，1993；田晓瑞等，1999）。此时，人们对林火的认识水平提高，意识到林火具有二重性，既有有害的一面也有有利的一面。各国逐渐从单纯的防火阶段转入林火管理阶段，即把防火工作分配到土地管理、牧场、农场和林业部门，护林防火逐渐成为一项专业工作。美国林学家戴维斯在 1959 年撰写的《林火的控制和利用》一书中，首先应用"林火"一词。"林火"指林地上自由蔓延的火，它包括"森林火灾"和"营林用火"，"林火"这一名词被越来越多的人所接受。这个时期，人类在防火的同时，开始尝试用火，通过"计划烧除"来减少林地可燃物的积累，降低森林燃烧性，改善林地卫生，促进植物生长、发育和更新，并取得了成功。

这一阶段的特点是，在火灾发生之前，采用营林用火的办法或称以火防火的方法达到保障森林安全的目的，把火看成一个生态因子，火成为最廉价的森林经营工具之一。

6.2.1.4 现代火管理阶段

20 世纪 80 年代以来，全球森林火灾有上升趋势，有多次特大森林火灾发生，许多国家把森林防火工作提到林业工作的重要议事日程上，可以说，这是当前世界森林防火的共同趋势。随着遥感、航天、气象和电子计算机等高新技术被引用到林火管理中，森林防火工作就进入到现代火管理阶段。

这个阶段的突出特点是防火设备现代化、林火机具现代化和研究手段现代化。

6.2.2 森林防火研究

6.2.2.1 森林可燃物

森林可燃物是森林燃烧环的主要组成部分，是森林燃烧的物质基础及林火传播的主要因素，它的性质、大小、分布和数量配置等，对林火的发生、发展、控制及扑救均有显著影响，因此，森林可燃物研究是一切防火研究的基础。研究结果表明，树冠每增加 $1m^3$，森林凋落物（易燃可燃物）大约增加 1kg（Pardini et al.，1993）。

我国在此方面研究尚不够深入，多数仅限于定性研究。郑焕能等（1988）认为，森林特性直接影响着可燃物的性质，森林组成影响林下死/活地被物的数量和组成；郁闭度除影响可燃物的数量外，还影响其含水量。郑焕能等（1993）对樟子松、红松、落叶松等针叶林内可燃物发热量和林火强度进行测定后，划分了不同针叶林可燃物的危险性，提出影响可燃物数量和能量分布的主要因素是地形、年龄、林分、可燃物的含水量。

森林可燃物直接影响森林火灾的发生、发展，因此森林可燃物研究可作为林火的发生及火行为预测的依据，我国研究工作应借鉴国外先进的研究方法，对各种不同林分的可燃物进行系统研究，建立数学模型，以便掌握可燃物的变化规律，指导防火工作。

6.2.2.2 天气条件

天气条件和林内小气候直接影响着林火的发生与蔓延。对于森林防火研究，特别是火情预测预报工作，天气条件与林火关系是主要的环节之一（宋志杰，1991）。加拿大国家林务局和安大略省资源部研究发现，"高压脊崩溃"这一特殊天气现象常引起高温、低湿、大风天气，为火灾发生提供了条件，往往是森林火灾发生的前兆。森林火灾的发生往往与特殊的天气条件相结合，因此，加拿大在编制林火战略计划时采用插入技术，把林火天气指数系统（FWI）与森林火情预报系统（FBP）相连接，对森林潜在火险进行空间立体评估，并应用电子计算机模拟森林火灾，以达到防火目的。杜秀文和李茹秀（1988）对几种森林类型可燃物的含水率与气象因子的关系进行了多元回归，建立了数学模型，并分别建立了柞木林、落叶松林、樟子松林的回归方程，为防火期内预测不同类型林内可燃物含水率、火险等级等提供了理论依据。贾松青等（1987）分析了控制我国天气系统的气团活动规律，研究了我国森林火灾发生的季节性规律。周代华（1997）对凉山州森林火险与气象条件的相关性进行了分析，并对该地区的火险进行了分级。杨美和和高颖仪（1992）研究了贴地层湍流系数与林火的关系，研究表明：湍流系数大的年份（日期或地区），气候干旱，着火危险大，火灾多；湍流系数小的年份，气候偏湿，着火危险度小，火灾少。刘兴周（1992）的研究则表明，长期干旱是森林地下火发生的必要条件之一。

6.2.2.3 林火预测预报

林火预测预报指在综合研究影响森林火灾发生的各种因素的基础上，对某地区、某林分发生森林火灾的可能性进行预测，以指导防火工作。精确的林火预报既可减少火灾发生的次数，又可对已发生的林火进行及时扑救，减小火灾的损失，还可根据火情合理安排工作，减少扑火工作的盲目性。因此，世界各国对林火预测预报工作都很重视。

研究表明，逻辑斯谛方程可用于预测每日人为林火发生的次数。加拿大据此编制了 FBP89 火情预测软件，该软件可根据地形、风速、风向、可燃物状况等条件，对林火发生进行预测，还可根据变化的火势参数模拟分析 16 种可燃物类型在 1 小时后的火灾蔓延情况及火情趋势。原苏联研究出了判断火险期危险程度的方法。日本绘制了火险天气图，从中得到了基于天气要素演变过程与森林火灾发生的相关规律。李世达等（1989）通过研究，提出了人为火发生的预报方法。郑焕能等（1988）研究了大兴安岭东部林区火灾发生的规律，并绘制了森林火灾发生图及各种主要火源分布图，其可作为该林区火险预报和林火发生预报的主要参考资料。

基于准确的林火预测预报，可正确合理地指导防火工作，做到防患于未然。因此，我们应加强这方面的研究，借鉴加拿大等国的先进经验，应用电子计算机系统和有关的气象、地形资料，对森林火灾的发生、蔓延趋势作出准确的预报。

6.2.2.4 火生态的研究

可燃物的大量积累是森林火灾发生的物质基础，遵循自然规律，合理调节林内可燃物载量水平，降低森林火险等级，可避免森林火灾的发生或降低森林火灾的危害水平。计划烧除是以森林生态学和物候学为理论基础，通过选择最佳点火时机，用低强度的火烧除林内积累的大部分枯落物，降低森林火险等级，并获得多种效益的一种营林手段。

Wood（1972）认为，在导致大火灾发生的诸因子中，仅可燃物的危险性可加以调控。Lunsford 等（1989）发现，计划烧除不仅减少了火灾发生的危险，而且促进了林下更新，有利于动物栖息。Smith 等（2000）在对火烧除花旗松林疏伐后剩余物的研究中发现：计划烧除后，有 5% 的细小可燃物被烧掉，半腐层烧至 40% 以下，有 2/3 胸径小于 10.1cm 的树被烧死，火烧产生的高温减小了甲虫在 7~8 月的危害。Richter 等（1982）对美国南部大西洋和墨西哥湾海滨进行的定期计划烧除结果表明：计划烧除对土壤养分循环和水文的影响很有限。我国科研工作者在东北林区所做的大量实验表明，物候点火法是一种安全性高的点火法，点火间隔以 20m 为界，小于 20m 的低强度火烧对胸径 6~7cm 以上的林木没有烧伤；低强度的计划烧除也不会增加地表径流，且能增加养分、延长生长期，利于林木生长。

6.2.2.5 森林防火设施

科学的理论只有与先进的工具设备相配合，才能达到防止森林火灾的目的，因此，防火设施的研究也是森林防火研究不可忽视的一环。

英国用直升机投掷具有相当大冲击速的水炸弹来扑灭林火。我国在应用化学药剂防火方面也做了大量研究工作。我国还不断引进国外先进的灭火除草药剂，并在灭火弹方面进行了研究。有些国家已运用飞机、雷达、气象地球卫星等手段来监测、管理火。加拿大从 20 世纪 60 年代开始应用模拟火灾模式分析研究防止火灾，法国研制成火灾监测仪，我国黑龙江省森林保护研究所正在研制一种快速测定余火所在位置的仪器。我国还在防火工具方面进行了不少研究，但水平较低。为有效地防止火灾，今后应引进一些先进的防火和灭火设备与药具（舒立福和田晓瑞，1998a）。

6.2.2.6　林火扑救

林火扑救以火行为为依据，根据具体火情组织扑救工作。原苏联根据火天气状况和风速得出了普遍而有代表性的各种可燃物类型火灾蔓延速度；英国提出了计算火焰长度和强度的方法；美国农业部林务局开发出一种 FIRECAST 林火评估软件（Cohen，1986），对火线强度、火焰长度、防火带边长和面积等六个方面参数进行评估。王正非（1983）应用线性方程确定林火强度，他认为林火强度与林火蔓延速度成正比，蔓延速度又和风速、可燃物含水率相关。郑焕能等（1988）在对几种林火强度计算方法进行分析后认为，林火扑救时最好采用潜在火线强度计算方法，该方法根据可燃物重量、火蔓延速度、发热量和含水量估算林火强度；并提出了火场参数的估计方法，为指挥扑火提供了重要依据。

扑火力量组织方法直接影响扑火效率，但到目前为止，还未发现有较好的组织方法，仅原苏联进行了简单的探索。扑火力量组织要根据火场面积、扑火的复杂性及扑火小组的机械化程度而变化，在选择何种扑火工具和方法时需综合考虑火场种类、火线强度、扑火方法、交通状况等。我国今后应把林火扑救作为一个重要课题来研究，以寻找一条合理组织林火扑救的途径。

6.2.2.7　火灾损失评估

森林火灾造成的损失是多方面的，包括经济损失、生态效益及社会效益损失。森林火灾造成的经济损失应是林木现有价值减去失火后林木可利用部分扣除采伐运输成本后的林木价值。杨美和和阚术坤（1993）认为，森林火灾的直接损失应包括林木损失、扑火费用、林副产品损失及其他因森林火灾造成的损失等，这里不包含生态效益、社会效益的损失，也不包含森林的前期投入和后续效益损失。森林火灾造成的生态效益、社会效益损失有待研究。

森林火灾极大地破坏了森林生态环境，大量烟雾进入大气，阻止阳光直射和反射，减少昼夜温差，推迟降雨季，减少降雨量，延长和加重了干旱期，破坏土壤透水性，使土壤保水能力下降。火灾后，森林地被物被烧除，易造成水土流失和洪涝灾害，降低对干旱的抗性。研究发现，火灾对河流水质影响不大，但对水文、河流水量及水流周期都有一定影响，并能改变养分状态，引起淋溶损失，另外森林火灾产生的烟雾对植物有毒害作用。

森林火灾烧毁森林，使大面积的林地裸露，易引起水土流失、土地沙漠化。为了保持土地资源的生产力，应在火烧迹地上恢复森林。1987 年大兴安岭特大火灾造成 101 万 hm^2 的火烧迹地，为尽快在火烧迹地上恢复森林，周以良等（1989）提出应按照生物群落学特性，依森林的组成、分布、生长和更新规律加速恢复火烧迹地。

6.2.2.8　生物防火

营造生物防火林带不仅投入劳力少、节省资金、充分利用地力、变消费性生产为生产性生产，又可防止水土流失、改善生态环境、保护景观。文定元（1995）研究发现，木荷和杨梅具有良好的防火性能，经济效益也较大，可大力推广为防火林带树种。目前，我国南方已营造了大量生物防火林带，华北、东北地区耐火树种的选择及防火林带的营造是今后的努力方向。

6.3　森林防火条例和应急预案

我国颁布了《森林法》、《森林防火条例》等法律法规，各地制定了相应规章制度，不断加大对非法用火以及火灾案件的打击力度，保证了森林防火工作的有序开展。特别是 2009 年 1 月 1 日起新修订的《森林防火条例》的实施，对规范森林防火工作、促进森林防火事业健康发展、保护森林资源和人民生命财产安全、维护林区和谐稳定、推进生态文明和现代林业建设具有非常重要的意义。

6.3.1　森林防火条例

经 2008 年 11 月 19 日国务院第 36 次常务会议修订通过，2008 年 12 月 1 日，温家宝总理签署国务院令公布了修订后的《森林防火条例》，条例自 2009 年 1 月 1 日起施行。其主要内容包括：①规定了森林防火期，在森林防火期内，禁止在林区野外用火；②在林区要设置防火设施；③发生森林火灾，必须立即组织当地军民和有关部门扑救；④因扑救森林火灾负伤、致残、牺牲的，按规定给予医疗和抚恤。

《森林防火条例》共有 6 章 56 条。《森林防火条例》体现了以人为本、依法治火的理念和原则，进一步完善了森林防火责任制、各项管理制度和措施，健全了森林防火组织，其宗旨是着力提高森林火灾预防和扑救能力，确保国家和人民群众生命财产安全和生态安全。

6.3.2　森林防火应急预案

森林火灾是一种突发性强、危险性大、处置困难的自然灾害。制定"国家处置重、特大森林火灾应急预案"、规范组织指挥程序、落实好各项扑火准备和制定科学的扑救措施，是确保做好森林火灾扑救工作的重要保障。

通过制定"应急预案"可进一步明确在应急处置重、特大森林火灾时各有关职能部门的职责和理顺相关部门相互协作配合的关系，规范应急处置的程序，落实各项应急处置的措施，确保国家在处置重、特大森林火灾时反应及时、决策科学正确、准备充分、措施有力。

一般来说，"应急预案"由以下 7 个部分组成。

1）总则：主要是明确在执行"应急预案"时应遵循的原则事项。

2）指挥体系及职责任务：明确了谁是执行"应急预案"的主体和应承担的责任。

3）预警监测机制：根据森林火灾的特点，使应急处置具有超前准备的意识。

4）火灾扑救："应急预案"的核心内容，明确了从启动预案、规范化操作到应急期结束全部过程中的具体要求。

5）后期处置：规定了有关应急期结束后的工作事项。

6）综合保障：进一步明确确保顺利实施"应急预案"需要重点落实的保障事项。

7）附则：说明有关事项。

6.4　森林防火措施

6.4.1　组织机构

森林防火工作实行各级人民政府行政领导负责制。各级政府和有关工业人工林部门都应建立健全森林防火组织，切实加强对森林防火工作的统一领导，开展森林火灾综合防治，牢记"隐患险于明火、防范胜于救灾、责任重于泰山"，积极贯彻"预防为主、积极消灭"的森林防火方针。

根据《森林防火条例》，省、县级森林防火组织负责本地区工业人工林的护林防火工作，监督检查基层单位落实防火组织和防火措施，制定森林防火应急预案。

6.4.2 宣传教育

在我国，99%的森林火灾是由人为火源引起的，其中绝大多数是用火不慎所致。因此，广泛开展森林防火宣传教育、增强群众的防火意识，是做好工业人工林防火工作的重要措施。宣传教育工作要做到经常、细致、普遍，使得家喻户晓、人人皆知。新进入林区的单位和个人、林区分散住户更是宣传教育的重点。森林防火宣传教育内容很多，主要包括森林防火工作的重要性、森林火灾的危害性、危险性；关于森林防火方面的各项方针、政策与法律、法规及其他乡规民约；森林防火工作中涌现出来的先进人物、先进单位、先进经验；森林火灾肇事的典型案例；森林防火的科学知识等。

应通过防火期内开展宣传月及宣传周活动、举行各种会议和集会、开展森林防火知识竞赛和有奖征文活动、编印各种宣传材料、建立永久性宣传标志、利用现代传播媒介，使工业人工林防火宣传教育工作经常化。

6.4.3 工作制度

森林防火不仅要宣传教育，要有组织保证，而且还要依法治火。通过健全法制，建立并完善各项规章制度，做到有法可依、有章可循，强化对森林防火工作的管理。工业人工林区有关组织、单位应根据森林防火相关法律法规，制定适合本区域的各种防火制度。

防火制度包括行政领导负责制、入山管理制度、用火管理制度、防火乡规民约、火情报告制度、巡护瞭望制度、联防制度、奖惩制度等。根据《森林法》规定，对森林防火有功单位和个人要及时予以表彰奖励；对违反森林防火规定或引起火灾的肇事者，要及时查清处理，予以严惩；对严重的森林火灾案件要追究领导责任。

6.4.4 火源管理

控制人为火源是森林防火十分重要的工作。对火源的管理和控制，应采取科学手段和一切有效措施。科学管理火源主要有以下几种方法。

6.4.4.1 绘制火源分布图

火源分布图应依据该林区 10 年或 20 年森林火灾资料，分别以林业局、林场或一定面积的工业人工林地为单位绘制。按照不同火源种类，计算单位面积火源平均出现次数，然后按次数多少划分不同火源出现的等级。火源出现等级可用不同颜色来表示：一级为红色；二级为浅红色；三级为淡黄色；四级为黄色；五级为绿色。也可按月份来划分，绘制更详细的火源分布图，而且要有一定数量的火源资料。采用相同办法也可以绘制林火发生图。从火源分布图与林火发生图上，可以一目了然地掌握火源范围和林火发生的地理分布，以此为依据采取相应措施，可有效管理和控制林火发生。

6.4.4.2 确定火源管理区

根据居民分布、人口密度、人类活动等特点，进一步划分火源管理区。火源管理区可作为火源管理的基本单位，同时也可作为森林防火、灭火的管理单位。火源管理区的划分应考虑以下四方面问题：①火源种类和火源数量；②交通状况、地形复杂程度；③村屯、居民点分布特点；④可燃物的类型及其燃烧性。

6.4.4.3 火源管理

目标管理是一种现代经济管理行之有效的方法，在火源管理中应用此法，效果明显。经过深入调查，先制定火源控制的总目标（如要求某工业人工林区火源总次数下降多少），分别制定不同火源管理区、不同火源种类的林火发生次数控制目标，然后依据不同的管理目标，制定相应管理措施，使各级管理人员明确目标和责任，通过制定各自的管理计划，采取得力措施，有条不紊地实现火源管理及森林防火的总目标。

6.4.5　林火阻隔设施

林火阻隔是指利用人为和自然的障碍物，对林火进行阻隔，达到林火控制的目的。人为障碍物有防火掩护区、生土带、防火沟、防火线、道路、农田等。自然障碍物有河流、湖泊、池塘、水库、沼泽、岩石区、河滩或难燃的森林等。林火阻隔系统要连接成网络，形成封闭的隔离区。阻隔网络所形成的网格面积的确定，以在最不利和最危险的气象条件下容许火灾蔓延的面积为限度。人工林、风景区、森林公园或自然保护区的森林，阻隔网格面积应小些；远山次生林、原始林的网格面积可适当大些。

6.4.5.1　防火线

在一定线路上，人工清除一定宽度的乔灌木和杂草，形成阻止林火蔓延的地带，称防火线。林缘防火线是在森林与农田、草原、居民点等的交界处开设的防火线，以防止火灾相互蔓延，其宽度应根据当地地形、植被和气候等条件而定，南方一般为 10～15m，北方一般为 15～25m。在居民点、贮木场、重要设施、仓库周围等开设防火线，是为了防止家火与草原火或森林火互相蔓延，其宽度为 50～100m。营造工业人工林时要预留防火线，或营造防火林带，防火主线宽度为 15 m，副线宽度为 10m 左右。

防火线的开设必须充分考虑现有道路、河流、湖泊、茶果园、天然或人工障碍物的分布状况，尽量利用这些有利条件节省投资。防火线的开设方法，主要有机耕法、割打法、化学除草法、火烧法。

6.4.5.2　生土带和防火沟

生土带是经过翻耕的土壤带，通常设在价值较高的森林地段，以及林区汽车库、工房、集材场、烧炭场周围，一般宽度为 2m 以上，杂草高而茂密的地段可适当加宽。用手工、机械、爆炸、喷洒化学药剂、火烧等方法清除一切植物，暴露表层土壤的地带，主要用来防止地表火的蔓延。它是防火线的组成部分，也可以单独设置。生土带上也可种植耐火植物（如马铃薯、常绿植物等），既可防火，也能发挥地力，减少水土流失。

防火沟是为了阻隔地下火而开设的，它也能防止弱度地表火传播，一般仅在有泥炭层的地段内开设。沟面宽 1m，沟底宽 0.3m。其深度取决于泥炭层的厚度，应超过泥炭层的厚度，最好是低于地下水位或矿质层 0.25～0.5m。

6.4.5.3　生物防火措施

生物防火措施是指利用绿色植物（包括乔木、灌木、草本及栽培植物），通过营林、造林、补植及栽培等经营措施，减少林内可燃物积累，改变火环境，增加林分自身的难燃性和抗火性，以达到阻隔或抑制林火蔓延的目的。生产上经常采用的生物防火措施，包括营造防火林带和改造现有林分等。

防火林带因设置的位置不同，可分为不同类型，相应的规格要求也不一样，其类型和规格有：林缘防火林带 20～30m，林内防火林带 20～30m，道路两侧防火林带 10～20m。

防火林带的树种选择是防火林带建设成败的关键。防火林带树种必须是抗火性强、适应本地生长的树种，其条件是：枝叶茂密、含水量大、耐火性强、含油脂少、不易燃烧；生长迅速、郁闭快、适应性强、萌芽力强；下层林木应耐潮湿，与上层林木种间关系相互适应。

我国植被丰富，北方工业人工林区可供选择的树种有水曲柳、核桃楸、黄波罗、柳树、榆树、槭树、稠李、落叶松等。南方工业人工林区可供选择的树种有木荷、冬青、山白果、火力楠、大叶相思、交让木、珊瑚树、苦槠、米槠、构树、青栲、红楠、红椎、红花油茶、桤木、杨梅、青冈栎、竹柏等。

防火林带的营造应与造林设计、造林施工同步或在造林前进行。防火林带营造前应清理林地，视造林地条件决定清理方式和方法，杂草繁茂的造林地应先全面劈山清杂、挖除茅草，或采用火烧方法清理，如需采用堆烧则应严防跑火。

改造现有林为防火林带，就是在易燃针叶林四周或两侧，利用难燃抗火植物或树种，辅以人工改造措施（如清理、补植补播、抚育、除杂、保护等），使之成为防火林带，以提高绿色防火的功效。

工业人工林区中，有的山脚田边已开垦种植果树、经济林木，有些经济林果木本身抗火性强（如油茶、茶树、棕榈等）。经济林果木地块尚未衔接的，应开垦种植果树或丛生竹类，以使其连接成带。山麓人工针叶林，特别是杉松中、幼林，火灾危险性比较大的，应通过抚育间伐，清除林内危险可燃物，并在林下套种较耐阴难燃的阔叶树（如火力楠、竹柏、杨梅、深山含笑等）或比较抗火的灌木、草本植物（如儿茶、茶树、砂仁等）。山脚田边，是初发火源密集分布地段，但火强度小，一般灌木、草本耐火植物能够阻隔林火蔓延，可作为林火蔓延缓冲带。

6.4.6　林火监测技术

在林火监测方面，目前主要采用的方式是地面巡护、瞭望台瞭望和空中巡护。但是，在大面积工业人工林区域内，只靠巡护员监测火情是很不够的；瞭望台瞭望又受到很多条件的限制；采用飞机巡逻的空中巡护方式不仅耗资大，速度也不是最快的。随着科学技术的发展，高科技不断被应用到林火监测中。近几年来，新的林火监测技术发展迅速，主要表现在利用人造地球卫星遥感装置发现和监视森林火灾。

6.4.6.1　瞭望台

瞭望台大多设于人烟稠密、交通方便的地区。应用最佳方案筹设地面瞭望台网，考虑地形、交通、生活和森林分布状况，尽可能以少量的瞭望台满足视野的覆盖，消灭盲区。根据可瞭望到的范围划出责任区，而在不及之处由飞机巡逻监测。过去瞭望台采用木结构，现在大多已采用金属结构。

6.4.6.2　地面红外探火

地面红外探火通常是把红外线探测器放置在瞭望台制高点上，向四周探测，并确定林火的发生位置。这种林火监测方法大大减轻了瞭望员的工作强度，它不仅能及时准确地发现林火及火灾分布范围，还能识别林火蔓延的速度，而且可以配合自动摄像机拍下火场实况。红外线探测器不仅可以被安装在瞭望台上监测火情，还可以用于监测余火。

6.4.6.3　地面电视探火

电视探火仪是利用电视技术监测林火位置的一种专用仪器。把专用的电视摄像机安装在瞭望台或制高点上对四周景物进行摄像，并与地面监控中心联网，随时可以把拍摄到的火情传递到监控中心的电视屏上。

6.4.6.4　航空监测

林火监测不断应用新技术和新方法，到20世纪80年代采用了航空监测与地面瞭望台网相结合的方式。航空监测在偏远地区和瞭望台间隔区一般都用飞机巡逻来发现火情。巡逻飞机大多数为轻型飞机，装有无线电收发报机、空对地广播器和空中摄影装置等；有的还载有扑火员和工具，以便发现小火时可立即扑灭。航空监测护林是一项经费支出庞大的措施。

6.4.6.5 卫星监测技术

利用卫星发现和监视林火是一种新的林火监测方法。这种方法速度快、监测面积大，可随时掌握林火发展动态、准确确定火场边界、精确测得森林火灾面积等。其具体做法是在卫星上安装一种灵敏度极高的火灾天气自然观察仪，用来测定风向、风速、温度、空气湿度以及土壤含水量等方面的数据，并把收集到的资料传送给监测站，监测站将资料传送给电子计算机中心进行加工，最后用电话等通信方式通知近期有火险的地区。卫星在几万至上千万公里的高空，给监测大面积森林火灾提供了可能性。在林火监测系统中建立卫星林火监测系统，必将提高林火监测的准确率，进而减少森林火灾，尤其是避免森林大火灾的发生。

6.4.7 林火扑救技术

由于林火的特点，人类在大面积森林火灾面前显得力不从心。单靠人力灭火是十分困难的，所以，需把高科技应用到森林消防战斗中去，集空、地扑火力量于一体，建立装备完善、训练有素的专业扑火队，才有可能在扑火中发挥显著作用。扑灭森林火灾的基本原理，就是破坏它的燃烧条件，不让可燃物、氧气和火源结合在一起，只要消除其中的任何一个，燃烧就会停止。

扑灭森林火灾有两种方式：直接灭火方式和间接灭火方式。直接灭火方式就是扑火队员用灭火工具直接扑灭森林火灾，这一方式适用于中、弱度地表火。间接灭火方式，就是当发生树冠火和高强度地表火时，人无法直接灭火，这时，必须创造和利用一定的条件，达到灭火的目的。

6.4.7.1 地面扑火

地面扑火工具包括消防水车，开沟联合机，专用于开设防火线的拖拉机、扑火工具（如斧子、长柄锹、油锯、扫把、镰刀、点火器、引火索、背负式喷雾器等）。

6.4.7.2　化学灭火

使用化学灭火剂扑灭林火是加拿大、日本、美国等通用的灭火技术。目前，国外使用的灭火材料有水、短效阻火剂和长效阻火剂。短效阻火剂是在水中加入膨润土、藻朊酸钠等增稠剂，使水变厚，喷洒在可燃物上，使水蒸发缓慢，但干燥后就会失去阻燃效果。短效阻火剂相当于几倍水的作用，而成本稍高于水，适用于直接灭火和开辟防火线等。长效阻火剂是在水中加入化学药剂，一般100L水中加入11～20kg的长效阻火药剂，混合成液状，水只起载体作用，因药效持久，干燥后仍具有阻火能力。它的长处是阻火效果好，可长期储存，适于开辟阻火带或直接灭火，灭火效果相当于10倍水；其缺点是要混合基质，而且成本较高。

6.4.7.3　空中灭火

由于森林面积大，地面灭火受到一定的限制。因此，可把航空技术视为森林防火灭火的重要手段。从20世纪50年代开展航空护林至今，航空护林防火灭火取得了迅速的发展。其工具为包括侦察机、直升机、重型洒水机在内的各种类型的飞机。在运送灭火队员方面，普遍采用直升机。灭火飞机按其载量可分为轻、中、重三种类型。

6.4.8　扑火队伍与培训

要高效快速地扑灭林火，除了要拥有先进的设备和技术，还要拥有一支装备精良、技术过硬的扑火队伍，因此世界各国都非常重视扑火人员的素质培训。各类营造工业人工林的实体，应根据县防火组织的要求，组织和培训防火专业队伍，配备防火设施，建立防火预警系统，减免火灾损失。

6.5　森林防火存在的问题与展望

6.5.1　对特大森林火灾束手无策

世界各国对特大森林火灾几乎无能为力，说明对森林火灾的理论，特别是森林火灾的发生机制还没有完全搞清楚。林火属于木质纤维化学反应，它的基础理论包括燃烧理论、长链式连锁反应、能量平衡、化学动力等。因此，要重视林火基础理论和应用基础研究。林火机理涉及的学科种类很多，理论较高深，探测技术复杂。就燃烧理论而言，从热化学、化学热力学、反应动力学、链式反应动力学、传热传质到反应流体力学就研究了两三个世纪。应加强大火的理论和扑救技术的研究。

6.5.2　森林火灾受气候影响显著

世界环境正在恶化，"温室效应"、"厄尔尼诺"（El Niño）等使得地球气温逐年升高，气候异常，增加了森林发生火灾的危险性。

"温室效应"是指大气中二氧化碳的含量急剧增加，它和其他的气体如甲烷类、二氧化氮等一道加厚了地球表面大气中的保温层，阻止了地表热量的有效散发，使地球大气层增温。据美国国家气象研究中心大气环流模拟预测，到 2050年，大气中二氧化碳的含量将达到工业化前的两倍。北半球平均气温将升高 $2 \sim 4℃$，北纬 $50° \sim 60°$ 之间年平均气温将上升 $6 \sim 10℃$。全球气温上升的同时，全球的降雨量虽增加不明显，但降水极不均匀，旱涝现象明显，干旱期会引发大量森林火灾。

"厄尔尼诺"是指东南太平洋的海水与它上面空气层相互作用失去平衡而产生的一种气候现象。通常从当年 12 月开始至次年 $3 \sim 4$ 月，海水温度升高，进入盛期，5 月后，海水温度很快降低，到 $8 \sim 9$ 月出现最低值。如果有些年份在 $3 \sim 4$ 月海水温度大幅度升高，5 月仍继续升高，海面上气压比正常年份偏低，持续时间达一年多，这时就发生了"厄尔尼诺"事件。"厄尔尼诺"事件发生的年份，海水温度比常年偏高 $3 \sim 6℃$，它对全球大气环流和气候异常有重要的影响，具有极大破坏作用。

6.5.3　林火科学研究不断深入

目前在林火研究中，已广泛采用遥感、信息、模型和计算机等技术。火源、火环境和可燃物组成了燃烧环网。森林防火，首先要控制火源。对此，当前各国主要是采用生物防火技术（如营造防火林带和适当的森林计划烧除技术），来有效地防止人为火源引发火灾；同时，加强对天然火源的监测，及时地控制森林火灾。其次，人们通过生物技术改善火环境，利用混交林或防火林带降低森林的火险。再次，人们对林火行为进行了深入的研究，针对不同的可燃物类型建立了火烧模型，采取营林措施或计划烧除来控制森林可燃物的量，把森林火险降低到最低程度。

6.5.4 森林火灾预防与监控新技术

目前，森林火灾预防与监控的方法主要有地面巡护、瞭望台监测、航空巡护和卫星遥感监测。随着视频技术、红外技术、GIS 与 GPS 技术、无线通信技术等高科技的发展，近几年国内外的林火监测都逐步引进了这些新技术，也已经取得了一些成果。如德国的 Fire-Watch System 森林火灾自动预警系统可利用数码摄像技术即时识别与定位森林火灾；美国的智能微尘监测网络通过直升机飞播温度传感器来了解火灾情况；德国发明的防火机器昆虫可通过红外线和生物传感技术监视森林里的温度来判断是否发生火灾；葡萄牙的"F3"森林火灾探测系统则是在探测到烟雾后对大气进行化学分析然后发出警报（白帆等，2008）。随着科学技术的发展，森林防火工作正日益走向智能化、系统化、综合化。

第 *7* 章　有害生物防治

7.1　有害生物防治的基本概念

7.1.1　基本概念

有害生物——又简称病虫害。通常是指在一定条件下，某些生物或者与人类竞争食物或空间，或者传播病原体，或者以其他方式威胁人类的健康、舒适和安宁等，这类生物统称为有害生物。它是一个相对的概念，如在荒野里的野草只是景观的一部分，通常不被视为有害生物，但出现在农田，就成了有害生物。

工业人工林有害生物——指出现在工业人工林里的有害生物，即那些对工业人工林的生长、发育、树木健康及其产量和质量等造成危害的各种有害生物，主要包括各种有害的昆虫、病原物、小型啮齿动物（鼠、兔）以及杂草等。

有害生物防治——指采取一切可能的技术、经济、行政或法律等手段，预防有害生物的发生，消灭或控制已经成灾的有害生物，以达到保护受危害对象，进而保护人的利益的目的。有害生物防治措施可分为主要针对有害生物本身的措施、主要针对受害对象的措施以及主要针对成灾环境的措施三类，在实践中往往多种措施协同运用，以获得最佳的防治效果。

7.1.2　林业有害生物防治策略与方针

1966 年，联合国粮食及农业组织（FAO）、国际生物防治组织（IOBC）在罗马联合召开的会议上正式提出了有害生物综合管理（integrated pest management，简称 IPM）策略，它按照有害生物的种群动态及与之相关的环境关系，尽可能协调地运用适宜的技术和方法，把有害生物种群控制在经济损失水平之下。

我国已故著名生态学家马世骏（1976）将 IPM 策略解释为："综合防治是从

生物与环境的整体观念出发，本着预防为主的指导思想，和安全、有效、经济、简易的原则，因地、因时制宜，合理运用农业的、化学的、生物的、物理的方法，以及其他有效的生态学手段，把有害生物控制在不足危害的水平，以达到保证人畜健康和增加生产的目的。"

而后随着形势的发展，IPM 的内涵不断丰富。2004 年，国家林业局提出了新时期林业有害生物防治工作的新思路，将防治工作方针调整为"预防为主、科学防控、依法治理、促进健康"。具体是：突出预防为主，实现由重除治向重预防的战略性转移；实行科学防控，把握规律，以科学的方法指导实践；推进依法治理，健全法律法规，严格行政执法；促进森林健康，落实森林保健措施，实现可持续控制。

7.1.3　林业有害生物防治措施

1）化学防治。即使用化学农药来杀灭或控制有害生物的一种方法。它的特点是见效快、效率高、受区域范围限制小，尤其对于一些大面积、突发性的病虫灾害往往在短期内就能迅速控制。但其缺点也显而易见：易污染环境，易杀伤天敌，长期使用可产生抗药性。随着人类对环境质量的要求越来越高，化学防治方法的使用会越来越慎重，重点是在药剂种类选择、改进施药方法、减少施药次数方面。在特定情况下，它仍是不可替代的有害生物防治方法。

2）生物防治。即利用生物或其代谢物质来控制有害生物的一种方法。它的优点在于一般不会对人、畜和植物等产生危害，选择性强，不污染空气、水和土壤，不会产生抗性。生物防治主要包括微生物防治、寄生性天敌防治、捕食性天敌防治和昆虫信息素防治四类。尽管生物防治具有以上不可替代的优点，但由于起效较慢，在高密度下不能起到迅速压低有害生物数量的目标，此外，它的技术要求较高，受环境条件制约较大，因此，在工业人工林有害生物防治工作中，它在多数情况下要与其他防治方法配合，才能获得最佳效果。

3）物理防治。即利用一些器械或物理因素（光、热、电、风或放射线等）来防治有害生物的方法。一般包括高温处理法、捕杀法、阻隔法、诱杀法等。这种方法是最古老的方法，有时简便易行，尤其适合小面积的庭院树木或珍稀的古树古木。它的缺点是费时费力。特别是随着经济的发展，人工成本越来越高，这一缺点就显得更加突出。

4）林业技术措施防治。即根据林业有害生物发生条件与林木栽培管理措施之间的相互关系，结合整个森林培育过程中各方面的具体措施，有目的地创造有利于林木生长发育而不利于病虫害发生的生态环境，以达到直接或间接抑制病虫害的目的。这是以有害生物防治为目的的贯穿于林业生产全过程的一项技术措施，有长期控制有害生物的预防效果，但也有局限性，一旦有害生物大发生，必须辅以其他防治手段。

　　5）林业植物检疫。即以法规为依据，设立专门机构，通过法律、行政和技术的手段，对生物和流通中的某些感染特定有害生物的森林植物与森林植物产品采取禁运及限制措施，以防止这些有害生物的人为传播，保证国家林业生产安全。其特点是从宏观整体上预防有害生物（尤其是本区域范围未有分布的有害生物）的传入、定殖与扩展。由于它具有法律强制性，又称为林业有害生物的"法规防治"。

7.2　生物灾害的发生程度及成灾标准

7.2.1　人工林有害生物灾害

　　由于人工林中的病原微生物和有害昆虫、鼠、兔类种群及有害植物的流行或猖獗危害，使林木减产，造成经济损失或降低森林在陆地生态系统中的地位和作用的现象，称为人工林有害生物灾害。

7.2.2　发生程度

　　人工林有害生物灾害发生程度，指林业有害生物在林间自然状态下实际或预测发生的数量多少。统计单位有条/株、虫情级、有虫株率、头/$10cm^2$、条/50cm 标准枝、粒/株、个/m 标准枝、活虫/株、条/百叶、头/m^2、盖度等。

7.2.3　危害程度

　　人工林有害生物灾害危害程度，指林业有害生物对其寄主植物（林木）所造成的实际或预测危害大小。统计单位有枝梢被害率、感病指数、感病株率、受害株率等。

7.2.4 林业生物灾害的成灾标准

按照林业行业标准《林业有害生物发生及成灾标准》（LY/T 1681—2006）的有关规定，林业生物灾害的成灾标准因其有害生物是否为检疫性有害生物而有所不同：①对于检疫性有害生物，在未发生区新发现或已发生区的新造林地发生为成灾。在已发生区检疫性有害生物造成寄主植物死亡为成灾。未造成寄主植物死亡的按非检疫性有害生物成灾指标相应降低 10 个百分点界定成灾标准（达到检疫性有害生物成灾标准的整个小班面积均计入成灾面积）。②对于非检疫性有害生物，区分为叶部病虫害（又分常绿和落叶两类）、枝干病虫害、种实病虫害、鼠兔害、有害植物、其他非检疫性林业有害生物、发生在经济林和行道树及景观林的非检疫性林业有害生物等情况分别进行界定，所采用的成灾指标也各不相同，如失叶率、感病指数、死亡率等。详细规定可参阅上述标准。

7.3 工业人工林有害生物防治

为了促进我国工业人工林的健康发展，必须做好工业人工林有害生物防治工作，同时注意对人工林生态环境的保护，有效规避有害生物及其防治过程对生态环境的损害，提高我国工业人工林可持续经营水平。结合前面已经介绍的林业有害生物防治的策略和方法，为了做好工业人工林有害生物的防治工作，需要做好以下几方面的工作。

7.3.1 造林区林业有害生物的预测和预报

参照《林业有害生物发生及成灾标准》（LY/T 1681—2006），森林病虫害防治机构应开展造林区林业有害生物的预测和预报，评估潜在的林业有害生物的影响，制定相应的防治计划。

林业有害生物的预测预报是指根据有害生物的生物学特性与环境之间的相互影响，估计有害生物种群未来的发展趋势，及时通报有关部门做好防治准备的一项基础工作。它包括发生期预测、发生量预测、发生范围预测和危害程度预测等。只有做好这项工作，工业人工林经营者才能有针对性地采取预防或控制措施，或聘请专业防治人员从事防治工作。

一般而言，营造工业人工林的企业或个人缺乏林业有害生物的防治经验，这就要求当地的森林病虫害防治机构积极行动起来，主动为企业提供服务，做好预测预报工作。

7.3.2　建立工业人工林有害生物立体监测预警体系

地方各级监测预报机构，特别是县级机构要做好造林区有害生物的预报、通报、警报工作，积极发挥基层护林队伍在有害生物监测工作中的作用，引导公众参与有害生物监测和举报，建立和完善有奖举报等激励机制。

我国当前的森林病虫害监测预警体系包括国家、省级、市级和县级四级测报点。建立稳定的标准测报点，提高有害生物调查的准确性，在自然状况下取得第一手的有害生物发生和消长资料，排除人为因素影响，对准确预警十分重要。

一般情况下，工业人工林的经营面积不会超出县域范围，因而其林业有害生物监测体系多半是由基层的县级测报点负责，发现疫情后逐级上报。县级林业有害生物监测的技术力量与上级监测机构相比往往比较薄弱，因此，加强监测部门与工业人工林经营单位或个人之间的沟通就十分必要。条件允许时，经营者本身也可担任林业有害生物的兼职测报员，与主管部门共同做好测报工作。

7.3.3　通过营林措施提高工业人工林对有害生物的抵抗能力

造林时种子和苗木的选择标准应参照《造林技术规程》（GB/T 15776—2006），严禁使用带有病虫害的种苗，应加强对幼林和中龄林的抚育管理，及时清理受有害生物严重侵染的林木和火烧迹地过火林木。

在育苗、造林、营林、采伐等工业人工林经营的各个环节，都应重视有害生物的问题，把有害生物防治工作真正纳入整个工业人工林经营过程，应特别注意在经营活动中要采用良种壮苗、保证适地适树、适时抚育间伐、保证林地卫生等。

7.3.4　严格执行植物检疫制度

应严格执行植物检疫制度，建立外来林业有害生物风险评估体系，开展风险分析。

工业人工林是一个人为营造的森林生态系统，其抵御外来病虫害的能力比较弱，因而做好检疫工作极为重要。检疫通常分为出入境检疫和国内检疫两类。

出入境检疫是指禁止危险性病虫害等随着林木及其产品由国外传入或由国内输出。一般是在口岸、海港、机场等场所设立检疫机构，对进出口货物、旅客所携带的植物或植物产品、邮件等进行检查。根据我国的检疫法规，凡是植物或植物产品，必须由输出国的权威机构按照我国的技术和法律要求出具相关证书，在抵达我国境内后由我国的出入境检验检疫机构进行查验，合格后方可放行，不合格的依法处理。对从国外引进的可能携带危险性病虫害的种子、苗木和其他繁殖材料，都必须隔离试种。国外引种检疫由省级林业植物检疫机构审批。

国内检疫，即把在国内局部地区发生的危险性病虫害或杂草等封锁，使之不能扩散到无病区，并尽可能在疫区将其灭杀。一旦危险性病、虫或杂草等森林有害生物传入非疫区，应立即采取措施控制其向外蔓延，在可能的条件下将其彻底消灭。国内检疫由林业植物检疫机构实施。

各级林业有害生物防治检疫机构应该建立针对本区域的外来林业有害生物风险评估体系，开展风险分析，对潜在的外来有害生物及早进行预警和防范。

7.3.5　严格防范人工林林木引种的有害生物风险

林木引种是指引进驯化外来树种，选择优良者加以繁殖推广的工作，它必须按《林木引种》（GB/T 14175—1993）的有关规定进行。该标准规定了林木引种驯化的基本原则、程序和主要技术要求，适用于造林绿化树种的引种驯化。观赏树种与珍稀濒危树种的引种驯化可参照使用。在工业人工林营造中，林木引种几乎是不可避免的，因此要及时进行外来树种引进所带来的有害生物入侵风险的评估。

外来树种又称引种树种，将树种引到自然分布区外栽植，在引入地区称为外来树种；乡土树种是指自然分布区内的原有树种。国外引种材料要按《进出境动植物检疫法》进行检疫，防止将危险性病、虫、杂草带入。

因特殊需要经有关部门批准引进禁止引入的材料或从疫区引种，要集中隔离种植，在确认无危险性病虫害时，方可进一步开展引种试验。如发现带入新的危险性的病原、虫害与杂草，应立即按有关规定进行防疫处理。国内引种要按照种子检疫制度做好检疫工作，严防带入检疫对象。

7.3.6　做好工业人工林突发林业有害生物事件处置工作

负责工业人工林管理的林业主管部门，应组织和培训病虫害防治专业队伍，配备相关设施，根据《突发林业有害生物事件处置办法》建立林业有害生物应急机制和预警系统，减少病虫害的损失。

突发林业有害生物事件是指发生暴发性、危险性或者大面积的林业有害生物危害事件，包括：林业有害生物直接危及人类健康的，从国（境）外新传入林业有害生物的，新发生林业检疫性有害生物疫情的，林业非检疫性有害生物导致叶部受害连片成灾面积 1 万 hm^2 以上、枝干受害连片成灾面积 0.1 万 hm^2 以上的。

突发林业有害生物事件分为一级和二级。一级包括突发直接危及人类健康、从国（境）外新传入的林业有害生物，以及首次在省、自治区、直辖市范围内发生的林业检疫性有害生物危害事件；二级则是指除一级突发林业有害生物事件以外的其他突发林业有害生物事件。

工业人工林的经营者发现有疑似突发林业有害生物事件等异常情况的，应当向县级以上人民政府林业主管部门反映，并可及时采取适当的应急措施。

7.3.7　建立工业人工林有害生物防控体系

应综合运用生物防治措施（如采取保护、繁殖、移放、引进等措施，增加林内有益生物的种类和数量，用昆虫引诱剂诱杀有害生物等）、营林技术措施、无公害化学防治措施、物理防治措施等，加强对人工林有害生物的控制，使其保持在不成灾的水平。

林业有害生物防治工作的专业性决定了组织和培训专业防治队伍的重要性。目前，在国家、省和市三级，林业有害生物防治队伍建设比较健全，人员素质也比较高，配备的设施也比较先进。但对于工业人工林有害生物防治工作来说，大多数情况下要由县级甚至乡镇一级的防治队伍来承担，而目前这一层级的队伍建设还不尽如人意。在国家公共投入短时间内不可能大幅度提高的情况下，应积极鼓励、引导和支持不同所有制形式的专业防治机构（如各类防治公司、专业防治队等）提供专业防治或技术咨询服务，做好防控工作。

7.3.8 建立工业人工林有害生物防治的责任制度

应实行工业人工林经营单位和个人主要负责林业有害生物防治的责任制度，相应的林业有害生物防治机构提供必要的技术服务和指导。

工业人工林经营单位或个人要对施业区内的林业有害生物防治和治理负首要责任。这是因为，林业有害生物防治工作具有典型的外部性特征，它绝不是某个企业或某个人的单独责任；相反，由于林业有害生物发生是不分界限的，它在某一工业人工林区域暴发成灾以后，还可能会向外扩散，进而对其他的工业人工林区域或其他类型的森林产生危害。由于工业人工林的经营单位或个人往往不具备专业的林业有害生物防治知识和技能，当地的林业有害生物防治机构要提供必要的技术服务和技术指导。

7.4 重要工业人工林有害生物及其防治

7.4.1 桉树人工林主要有害生物

7.4.1.1 桉树枝瘿姬小蜂

桉树枝瘿姬小蜂（*Leptocybe invasa*）属膜翅目姬小蜂科，2000 年在中东和地中海地区首次被发现。目前在我国广西、海南、广东有分布。

雌成虫体长 1.10 ~ 1.50mm。体黑色，有金属光泽。每年发生 2 ~ 3 代，孤雌生殖，有世代重叠现象。多数以成虫在寄主虫瘿内方式越冬，也可以幼虫和成虫态越冬。

害虫繁殖扩散能力强，受侵害林分 100% 的林木受害。易感桉树无性系受害后在叶脉、叶柄、嫩梢、嫩枝均可形成虫瘿，枝叶生长扭曲、畸形，新梢、新叶细小，主梢不明显，树冠成丛枝状，生长缓慢。害虫可连续为害，严重削弱树势，并导致部分枝梢枯死。受害 1 ~ 2 年生幼林，新梢不能正常生长，基本不能成林。受害林木生长变形，严重影响林木质量。

防治方法：①加强检疫。对疫区桉树苗木实施封锁，不准销往非疫区；未受害苗只能在疫区内流通调剂。②药剂防治。未发现有受害苗的苗圃，其苗木在造林前应于当年 3 ~ 4 月喷施 2 次（每隔 10 ~ 15d 喷 1 次）内吸性杀虫剂。营造速生丰产桉树林应于每个种植坑内与复合肥基肥一起拌放 10 ~ 15g 丙硫克百威或丁硫克百威，以增强苗木和幼树的抗虫性，并可兼治其他地下害虫。③营林措施。靠近疫区周边的非疫区不应培育和营造特别感虫的桉树品系；在疫区和非疫区提倡种植抗虫、耐虫树种，提倡造林树种及品系多样化，以抑制该害虫的扩散蔓延。

7.4.1.2　青枯极毛杆菌

青枯极毛杆菌（*Pseudomonas solanacearum*）是导致桉树青枯病（*Ralstonia solanacearum*）的病原，该病是我国华南地区严重危害桉树的细菌性枯萎病。主要危害巨桉、尾叶桉、赤桉及其杂交品种。易在苗圃幼苗及 1 ~ 2 年生幼林中发生，3 年生以上的幼树一般很少发病。幼苗发病初期一般产生萎蔫，随后出现叶枯，幼苗迅速枯死，病株根部出现坏死，呈水渍状，有臭味，横切后出现乳黄色溢脓。幼树感病后叶片萎蔫、失绿、不脱落，茎、枝、干表面出现褐色或黑褐色条斑，木质部渐变成黑褐色，根部腐烂，皮层剥落，表面有乳黄色或浅白色的菌脓产生。发病时间多在 4 ~ 11 月，高温多雨季节为发病高峰期。

防治方法：① 培育无病苗木，选用高产抗病无性系。不选用前作为易感病桉树品系的地作为苗圃地或取基质。对出圃的桉苗严格把关和检疫，可以有效地阻止青枯病的远距离传播和病害的蔓延。②生物防治。如利用假单胞杆菌防治桉树青枯病，利用菌根防治桉树青枯病等。③化学防治。青枯病的化学防治可根据不同的环境条件，选择土壤消毒、灌根处理和喷施处理等不同的施药方法。通常灌根处理的防治效果最好。灌根处理常用的药剂有 72% 农用链霉素可湿性粉剂、53.8% 可杀得、86.2% 氧化亚铜可湿性粉剂、25% 青枯灵可湿性粉剂、络氨铜、绿得保等。灌根处理的施药量一般为每株 500ml 适当浓度的药液，每隔 7 ~ 10d 施 1 次，连续 2 ~ 3 次，可收到很好的防治效果。土壤消毒常用的药剂有福尔马林溶液、20% 石灰水、石灰粉、漂白粉、灭菌灵、溴甲烷、高锰酸钾、碳酸氢铵等。这些药剂可明显限制青枯菌在土壤中的繁殖量，减少发病率，对青枯病的防治和蔓延的控制都有一定效果。

7.4.2　马尾松为代表的南方松类人工林主要有害生物

7.4.2.1　马尾松毛虫

马尾松毛虫（*Dendrolimus punctatus*），是危害马尾松、湿地松、黄山松等松树的食叶性害虫。因其为常见种，此处略去形态描述。

主要以幼虫取食松树针叶为害。松树被害后，轻者造成材积生长下降、松脂减产、种子产量降低，重者针叶被吃光，松树生长极度衰弱，并会导致一些蛀干害虫大发生。因其具毒毛，人体接触易引起皮肤痒、皮炎、关节肿痛，严重时会致残等。

防治措施：①改善松林环境。采用混交造林、适地适树、选育抗虫树种、封山育林、及时抚育等措施。②天敌昆虫的保护与利用。已知天敌昆虫达数百种。此外，还可采用鸟类（如灰喜鹊）的招引与保护，甚至人工扩繁利用。③病原微生物的应用。利用白僵菌、苏云金杆菌、松毛虫质型多角体病毒、粉拟青霉等。④物理方法。如灯光诱杀成虫、人工摘卵、捕虫、采茧等。⑤化学防治。如地面或航空喷洒药剂。

7.4.2.2　松墨天牛

松墨天牛（*Monochamus alternatus*）又称松褐天牛、松天牛，是松树蛀干性害虫，是松材线虫病的主要传播媒介。主要危害衰弱木、濒死木和松材线虫病危害木，致使松树枯死。因其为常见种，此处略去形态描述。

成虫取食松树枝梢嫩皮补充营养，传播松材线虫病。幼虫 1 龄时在松树皮层蛀食，2 龄后在木质部危害。

松墨天牛在我国大部分地区为 1 年 1 代，5～6 月发生；华南、广东地区以 2 代为主。刚羽化出木的天牛有向上爬行或短暂飞翔及假死的习性。雌虫交尾后 5～6天开始产卵，一般 1 个刻槽内产卵 1 粒。

防治方法：详细方法可参照《松褐天牛防治技术规范》（LY/T 1866—2009）。简单介绍如下：①营林措施。营造混交林，提高林分的稳定性；加强林地管理，对风折木、衰弱木和枯立木及时伐除，并补植，保持林木合理密度。②应用引诱剂。此法防治松墨天牛效果明显，宜选用漏斗型诱捕器，悬挂于距地面约 1.3m 处，主要设在林内空气较为流通的地方，相隔距离 100～150m，每隔 7d 换 1 次引诱剂。③化学防治。在松墨天牛成虫期，对树干、冠部喷洒绿色威雷（触破式微胶囊剂）或新型氯代烟碱类化合物——噻虫啉；松墨天牛幼龄幼虫期，对地面树干喷洒虫线清乳油。对有特殊意义的名松古树和需要保护的松树，于松墨天牛羽化期，在树干基部打孔注入虫线清 400mL/m³，或注入线虫清 1∶1 乳剂 400mL/m³ 进行保护。④ 生物防治。利用球孢白僵菌无纺布菌条防治，结合松墨天牛引诱剂协同使用效果更好。也可通过保护和应用花绒寄甲（*Dastarcus helophoroides*）防治松墨天牛幼虫，或应用肿腿蜂防治松墨天牛幼龄幼虫。

7.4.2.3　萧氏松茎象

萧氏松茎象（*Hylobitelus xiaoi*）是我国近年来危害严重的接近高度危险性的林木蛀干害虫，主要危害湿地松、火炬松等国外松，以及马尾松、黄山松和华山松。

成虫体长 14～17.5mm，暗黑色；鞘翅上的毛状鳞片形成两行斑点。幼虫体白色略黄，体柔软弯曲呈"C"形，节间多皱褶。

幼虫主要蛀食主干基部皮层，在皮下与木质部之间绕树干形成扁圆形螺纹状或不规则蛀道。树木受害后，轻则大量流脂，重则树木成片枯死。国外松受害最重，死亡率高，马尾松受害较轻，死亡率低。

该虫 2 年 1 代，以成虫和幼虫越冬，少数以蛹越冬。一般成虫 3 月中下旬出羽化孔活动，4 月开始产卵，幼虫翌年 3 月中旬复苏，8 月开始化蛹，9 月开始羽化。成虫活动主要是爬行，飞翔力弱，具假死性。蛹主要分布在树干基部。

防治方法：①捕杀成虫和幼虫。萧氏松茎象成虫羽化出土后，大部分时间都在寄主根际周围活动，可在成虫外出活动时人工捕杀成虫；在幼虫蛀食危害期，可采用小刀等工具剥开虫道或流脂团，顺虫道捉杀幼虫、蛹或成虫，可有效降低该虫种群密度，控制其扩散蔓延。②树干打孔注药。选择有新鲜流脂的虫道孔口，用撬刀剖开，用注射器向虫道内注药，用泥土或松脂封闭注射孔。每年 3～10 月，用 16% 的虫线清乳油或 1.8% 阿维菌素乳油（3mL/孔）从幼虫排泄孔注药。③检疫处理。对带虫原木进行剥皮处理，剥下的树皮烧毁、深埋或用 2.5% 溴氰菊酯乳油 1500 倍液喷洒毒杀，或用磷化铝片剂熏蒸处理，无条件处理的严禁调运。

7.4.2.4　纵坑切梢小蠹

纵坑切梢小蠹（*Tomicus piniperda*）是一种严重危害松科植物的蛀干害虫。成虫体长 3.4～5mm。头、前胸背板黑色，鞘翅红褐至黑褐色，有强光泽。

该虫 1 年 1 代，分两个危害时期。在云南，12 月至次年 5 月为蛀干危害期（在形成层蛀坑繁殖完成世代），6～11 月为枝梢危害期（新羽化成虫蛀入枝梢补充营养，成虫可危害多个枝梢），枝梢危害期影响树木生长，蛀干危害期致使树木死亡。

防治方法：①清理蠹害木。在每年 3～4 月蛀干期间，清理未羽化出新成虫的蠹害木。②剪除被害枝梢。在每年 6～9 月害虫梢转梢期间，剪除被害新梢，可消灭梢转梢危害的新成虫。③药剂防治。在小蠹虫新成虫羽化高峰期 5～6 月及梢转梢危害期 7～10 月，在林间喷洒吡虫啉、阿维菌素、2.5% 溴氰菊酯等无公害药剂，以杀灭林间成虫。④生物防治。在每年 7～10 月高温、高湿的梢转梢危害期，每亩施用 1kg 白僵菌粉剂或粉拟青霉菌粉剂防治成虫。⑤饵木诱杀。在成虫扬飞蛀干前期，即每年 11～12 月，砍伐衰弱松树，单层或多层放置于林间通风条件较好的空地、林缘或稀疏林分中，可在蛀干期诱集大量成虫。协同使用聚集信息素效果更好。

7.4.2.5　松材线虫

松材线虫病（*Bursaphelenchus xylophilus*）又称松树萎蔫病、松树枯萎病、松材线虫萎蔫病，是能够致使松树快速枯萎死亡、连片松林毁灭的危险性病害，为世界重要植物检疫对象。寄生植物有黑松、马尾松、加勒比松、赤松等。

松材线虫主要通过传媒昆虫（松墨天牛等）传播，它们从传媒昆虫补充营养的伤口侵染松树。感病松树的外部症状是针叶陆续变为黄褐色乃至红褐色，最后整株枯死，病死树的木质部往往因蓝变菌的侵染而呈现蓝灰色。

防治方法：①加强检疫。及时全面清除病株并采取彻底灭杀松材线虫和松墨天牛的处理措施，消灭侵染源。清除疫木时要特别注意，疫木枝干和树桩必须一同清理下山。未经除害处理的疫木严禁加工利用和调出疫区。②防治松材线虫。使用 16% 虫线清乳油制剂，按 2∶1（制剂注药）浓度注药防治松材线虫，连续注药两次可防止其发生和流行。③控制林间媒介昆虫松墨天牛。可参考松墨天牛防治部分。

7.4.2.6　松色二胞菌

松树枯梢病（*Sphaeropsis sapinea*）的病原是松色二胞菌（*Diplodia pinea*），该病是我国南方湿地松、火炬松、马尾松等树种的重要病害，有梢枯、溃疡斑和枯针三种类型。病菌能直接侵入无伤松树的幼树或嫩梢组织；老树发病后形成梢枯或溃疡斑，被害部常流溢松脂，边材发生蓝变，并在死亡组织表面，产生病菌的分生孢子器。树木的机械伤口或松梢虫害处是病菌入侵的门户，凡由于土壤瘠薄、虫害、林分低洼积水等原因所导致的树木生长不良，都能促使该病发生。

防治方法：①及时清除病枝、病叶，保持林内通风透光，降低湿度。对生长停滞的成熟林，应进行主伐更新。②生物防治。可用绿木霉进行防治，在造林时施用松树优良外生菌根胶丸菌剂及保水剂可显著提高抗病效果。③化学防治。幼林和成熟林常用的药剂为 50% 多菌灵 1000 倍液、75% 百菌清 1000 倍液和 65% 代森锌 500 倍液喷雾，或采用 6.5% 百菌清油剂、多菌灵和甲基托布津烟剂防治。

7.4.3　杉木人工林主要有害生物

7.4.3.1　杉肤小蠹

杉肤小蠹（*Phloeosinus sinensis*）是危害杉木的主要钻蛀性害虫之一。

成虫体长 3.0~3.8mm，椭圆形，深褐色或深棕褐色。危害杉木树干。该虫孔道多在韧皮部，穿透形成层到达边材，常使杉树分泌白色胶状汁液，严重危害时树皮表面密布白色滴状凝脂，影响杉树侧枝新梢生长。在钻蛀孔外，常堆积着木屑。越冬后的成虫多在树干下部形成危害，而当年新羽化出的成虫多在树干上部形成危害，从而形成了季节不同，在树干上的垂直分布也有不同的特点。边材上母坑道为一纵坑，母坑道长度与侵害密度成正比，最长达 50mm，最短只有 8mm。

防治方法：①加强杉木林的后期管理，改善林内卫生状况，提高杉木的抗虫能力。对已成熟的杉木林，适时进行合理间伐，增强树势。②禁止在杉木林内及其附近长期堆放伐倒木，并注意及时清除林内采伐残余物。③在杉木林内发现受害的零枯株，应及时间伐并运出林区进行处理，防止扩散蔓延。④根据杉肤小蠹喜在伐倒木上产卵的习性，每年可在 4~6 月上旬，在林间适当放置若干伐倒木作为诱饵，诱集成虫产卵，然后分别于 5 月中旬和 7 月下旬收回饵木运出林区处理。

7.4.3.2　杉木假单胞杆菌

杉木假单胞杆菌（*Pseudomonas cunninghamiae*）主要危害杉木针叶和嫩梢，在杉木栽培区均有分布。在新针叶上，开始时生成针头状小褐点，周围有淡黄色晕圈，而后病斑扩大成圆形或不规则形，中心常破裂，周围呈淡黄色水渍状，再进一步，针叶成段变褐，两端有黄褐色晕圈。嫩枝上病斑呈梭形，晕圈不明显，病斑相连后，嫩梢变褐枯死。病菌在活针叶的病斑内越冬，次年细菌从病斑处溢出，由雨水传播，从伤口和气孔侵入，潜育期为 5～8d。4 月下旬开始发生，6 月为发病高峰期，7 月以后基本停止，秋季又继续发展，但比春季轻。由于杉木枝叶交错，能相互刺伤，故林缘、道旁和风口处容易造成伤口，病害常较严重。多雨年份的 5～6 月和 9～10 月有利于病害流行。

防治方法：营造杉木、檫木、麻栎、枫香、马尾松针阔叶混交林，可降低病害发生；发病初期喷洒 1000 单位的盐酸四环素或土霉素液防治；或使用 70% 代森锰锌 500 倍液、70% 百菌清 600 倍液，也可选用 1000 万单位硫酸链霉素可湿性粉剂 500 倍液喷雾防治。

7.4.4　竹林主要有害生物

7.4.4.1　黄脊竹蝗

黄脊竹蝗（*Ceracris kiangsu*），简称竹蝗，除危害竹子外，还可危害水稻、棕榈等。

成虫绿色，体长约 33mm，由头顶至前胸背板中央有一显著的黄色纵纹。该虫大发生时将竹叶全部食光，新竹被害一次就枯死，壮竹受害一次虽不致死，但 2～3 年内不发新笋。该虫 1 年发生 1 代，以卵在土表下 1～3cm 深处越冬，次年 4～5 月越冬卵孵化，6 月中旬到 7 月上旬开始羽化为成虫，7 月下旬至 8 月下旬为产卵期。竹蝗大多集中产卵，跳蝻出土 24h 后大多可上竹取食竹叶。

防治方法：①人工挖卵。竹蝗产卵集中，可于 11 月进行挖掘挖除。②竹腔注射。跳蝻出土 10d 内，于早上露水未干前用敌百虫粉喷撒，每公顷用药 20～

30kg。或跳蝻孵化出土时，对产卵地每竹基部节间进行竹腔注射杀虫双 20mL 原药操作，其防治竹蝗的药效期长达 40～60d，可保证彻底杀灭产卵地上整个出土期出土的跳蝻。③在跳蝗上竹时，对密度较大的竹林，用 3% 敌百虫粉 20～30kg 喷撒；或在露水干后用 50% 马拉硫磷 800～1000 倍液喷雾；也可用杀虫净油剂进行超低容量喷雾；也可以进行烟雾剂防治。④人工诱杀。6月中旬至 8月上旬，天气晴好时，将人粪尿与杀虫双按 18∶1 的比例兑制成诱杀剂，将稻草扎成小草把，浸入药内 12h，在竹蝗下竹处成散点状放置，或者直接用容器（如劈开的竹筒）装入诱杀剂放在竹蝗下竹的林内，不仅效果好，而且诱蝗时间长。诱杀剂放置点密度依据虫口密度确定，一般每亩放 10～40 个竹筒。

7.4.4.2　竹织叶野螟

竹织叶野螟（*Algedonia coclesalis*），又称竹螟，是对毛竹极具威胁的食叶害虫。

成虫体长 9～13mm，翅展 22～26mm，黄或黄褐色。幼虫 16～25mm，橙黄色，体上各毛片褐色或黑色。

受此虫害后，竹叶被食殆尽的竹林似同火烧，如遇干旱，竹林成片枯死，冬季大量新竹死亡。此虫每年发生 1～4 代，以 1 代危害为主，均以老熟幼虫在土茧中越冬；其生长发育极不一致，虫态交错和世代重叠现象十分明显。7月上中旬幼虫老熟，入土结茧。翌年 5月上旬开始化蛹，5月下旬成虫羽化。

防治方法：①化学防治。喷洒 50% 杀螟松乳油 800～1000 倍液毒杀成虫；在低龄幼虫期用 20% 吡虫啉或 40% 氧化乐果原液（1～1.5mL/株）注入竹腔防治；或进行药液竹秆注射，使用 40% 氧化乐果乳油，每株毛竹注射 1～2mL；密度较大的竹林可用 1% 速灭灵烟雾剂进行喷烟雾。②出笋大年的秋、冬季挖山垦覆，可以减少越冬茧数。③在 5月底或成虫期设黑光灯诱杀。④生物防治。如在产卵期每亩释放 10～15 万头赤眼蜂。

7.4.4.3　暗孢节菱孢

暗孢节菱孢（*Arthrinium phaeospermum*）主要发生在当年生毛竹的竹笋期。病原菌以菌丝或孢子的形态在病竹、枯立竹、病株残体及土壤内潜伏越冬，成为次年初次侵染的来源；风、随风的雨和雨水反溅是孢子传播的主要途径。受害的典型症状是竹笋生长至 1.5m 高时，在竹节茎部第三节出现黑色至黄褐色的点状、条状或块状病斑，并迅速扩展，最后导致整株枯死。此病害对竹林生长和下年度的出笋会造成重大影响。低温多雨的气候条件有利于病害的发生和发展，处于山岙地势低、地下水位高、排水不良的竹林受害重。

防治方法：①加强营林措施。位于平地、低洼处的竹林要开沟排水，使竹鞭处于通气的条件下。②清除病株及消毒。及时清理病竹、病竹竹蔸和竹笋箨等病株残体，林外集中烧毁；4月底当笋高1.5m时，及时剥除笋箨，在竹秆基部表面喷洒甲基托布津等杀菌剂，每3~4d一次，连喷3~4次。③土壤消毒。在2月底至3月上旬出笋前，在林内撒施生石灰120斤[①]/亩，并浅翻一遍。

7.4.5　杨树人工林主要有害生物

7.4.5.1　光肩星天牛

光肩星天牛（*Anoplophora glabripennis*）寄主广泛，危害榆、杨、柳、槭、白桦、桑、梨、山楂、樱桃、李、梅等树种，地域分布广。

雌成虫体长22~35mm，雄成虫体长20~29mm。体漆黑色，带紫铜色光泽。鞘翅基部光滑，无瘤状颗粒，鞘翅上有大小不等的黄白色绒毛斑。

该虫1年1代或2年1代，卵、幼虫、蛹均能越冬。5月下旬开始化蛹，6月上旬成虫开始羽化，7月上旬进入羽化盛期，8月羽化成虫减少。

幼虫蛀食树干，危害轻的降低木材质量，严重的能引起树木枯梢和风折。成虫咬食叶柄或当年生枝树皮。雌虫产卵于刻槽中，每个刻槽内产卵1粒；初孵化幼虫先在树皮和木质部之间取食，25~30d后开始蛀入木质部，并且向上方蛀食。

防治方法：光肩星天牛的防治要在加强虫情监测、严把检疫关的基础上，以营林措施为主、药剂防治为辅，协调运用物理、生物等措施，降低被害株率和虫口密度，进而逐步压缩发生面积和范围。①化学防治。土壤施药、树干钻孔注射药液、药剂喷洒诱杀、用涂白剂涂白树干。②物理防治。适时杀卵和低龄幼虫、人工捕杀成虫、及时修剪病虫干枝、种植糖槭等诱饵树诱杀、营造混交林。③生物防治。大面积林区、成片林地均可放飞管氏肿腿蜂。

---

① 1斤=0.5kg。

7.4.5.2　云斑天牛

云斑天牛（*Batocera horsfieldi*），危害杨、柳、核桃、白蜡、泡桐等，地域分布广。

成虫体长 32～65mm，体黑褐至黑色，密被灰白色至灰褐色绒毛。鞘翅上具不规则的白色或浅黄色绒毛组成的云片状斑纹，一般列成 2～3 纵行。

2 年 1 代或 2～3 年 1 代，以幼虫在蛀道内或成虫在蛹室内越冬。不同地区，生活史差异较大。以陕西商洛地区为例，5 月下旬为成虫出孔期，7～8 月产卵，幼虫在木质部越冬；第二年幼虫在木质部危害至 10 月开始越冬，老熟幼虫在虫道顶做蛹室化蛹，9 月羽化为成虫，留在蛹室越冬；第三年 5 月下旬陆续羽化钻出树干。成虫出孔后喜啃食当年生野蔷薇、梨、山核桃等的新枝嫩皮、叶柄及果柄以补充营养。刻槽呈圆形、椭圆形、倒"丁"字形或不规则，通常每个刻槽内产卵 1 粒。

防治方法：①加强监测和检疫工作，严格执行检疫制度，对苗木、木材的外调强化检疫力度，并及时清除虫害木。对伐除的虫害木采取劈剥、粉碎或烧毁等措施进行严格处理，或用磷化铝药剂密闭处理。②化学防治。对成虫期天牛可在树干喷药。"绿色威雷"触破式微胶囊剂，在天牛踩触时立即破裂，可有效杀死成虫，是防治天牛成虫较为理想的农药。还可运用磷化铝片剂、磷化锌毒签堵孔，注射器推注久效磷乳油等方法对已侵入树干的天牛幼虫进行防治和消除。③物理防治。在白天云斑天牛补充营养和晚间到虫源地杨树干上活动期间，可捕捉到大量正在交尾、刻槽或寻找配偶的成虫。用卵石或铁锤敲击刻槽可砸死卵。④生物防治。线虫制剂，特别是花绒寄甲在云斑天牛生物防治中应用相对较多，是目前所发现的控制大型天牛的最好的天敌。

7.4.5.3　桑天牛

桑天牛（*Apriona germari*）危害杨、柳、榆、桑科植物、苹果、樱桃和梨等。分布广泛。

成虫体长 34～46mm，体和鞘翅黑色，被黄褐色短毛。头顶隆起，中央有 1 条纵沟；鞘翅基部密生颗粒状小黑点。老熟时长 45～60mm。

一般 1～2 年 1 代，以卵或幼虫越冬。不同地区，不同寄主，各虫态历期有所差异。如在山西夏县，5 月下旬老熟幼虫开始化蛹，6 月中旬始见成虫羽化，成虫羽化盛期主要集中在6月下旬至7月初。

雌虫于"U"字形刻槽产卵，每个刻槽产1粒，产卵后分泌白胶状黏液封闭槽口。

初孵幼虫钻蛀进枝干木质部向下蛀食，逐渐深入心材，如植株矮小，下蛀可达根际。幼虫在蛀道内，每隔一定距离即向外咬一圆形排粪孔，粪便即由虫孔向外排出，孔间距离自上而下逐渐增大。幼虫老熟后，即沿蛀道上移超过1~3个排泄孔，先咬出羽化孔的雏形，然后向外达树皮边缘。桑树和构树等桑科植物是成虫羽化后补充营养的主要树种。

防治方法：主要通过营林措施，例如严格苗木检疫、营造混交林、加强杨树抚育管理、选用抗虫害较强的杨树品种造林等方法进行防治。另外还可运用化学防治、物理防治和生物防治的方法加强对桑天牛的防治。

7.4.5.4　青杨枝天牛

青杨枝天牛（*Saperda populnea*），也称青杨天牛、青杨楔天牛。危害多种杨树，分布广泛。

成虫体窄长，基色黑，密被淡黄色绒毛并混有黑灰色长竖毛，体长9~14mm，体宽2.5~3.5mm。前胸背板中区两侧各有一条淡黄或金黄色纵条纹。每个鞘翅有4个或5个黄色绒毛圆斑。

此虫危害苗木和幼树的主梢，在苗圃和幼林中易造成重大损失。每年发生1代，以老熟幼虫在虫瘿内越冬。在北京地区，此虫于3月下旬开始化蛹，4月中旬出现成虫，5月上旬在2、3年生幼树主干或大树侧枝上作刻槽产卵，刻槽呈马蹄形；初孵幼虫蛀食韧皮部，后逐渐蛀入枝干的髓心，被害部分组织增生肿大，形成直径15~20mm的椭圆形瘿瘤。

防治措施：①以生态系统稳定性、风险分散和抗性相对论为核心理论指导，以天牛的生物生态学特性为依据，及时监测虫情，以生态调控技术——多树种合理配置为根本措施，以低比例的天牛嗜食树种作为诱饵树来诱集天牛成虫，采取多种实用易行的防治措施杀灭所诱集的天牛，以高效持续化学控制技术和生物防治措施（如保护和招引啄木鸟，林内挂鸟箱5个/hm²；保护和利用花绒寄甲）为关键技术。②人工捕杀刚羽化的成虫。③在每年6~8月的产卵高峰期，在树干上喷洒辛硫磷200~300倍液，可有效地灭杀刚孵化的天牛幼虫。

7.4.5.5 杨扇舟蛾

杨扇舟蛾（*Clostera anachoreta*），主要危害杨、柳等树种，分布广泛。

成虫体长 13~20mm，翅展 28~42mm。虫体灰褐色。前翅有三条完整的灰白色横线，前翅顶角有一暗褐色扇形斑，斑下方有一黑色圆点。老熟幼虫体长 32~40mm，腹部第 1 节和第 8 节背面各有一个较大的红黑色肉瘤。

该虫在河南、河北地区 1 年 3~4 代，在安徽、陕西地区 1 年 4~5 代，在江西、湖南地区 1 年 5~6 代，以蛹越冬。在河北、河南中部地区，每年 3 月中旬越冬代成虫开始羽化、产卵，4 月下旬第 1 代幼虫开始孵出，5 月上旬为盛期。

幼虫取食叶片，1~2 龄幼虫仅啃食叶的下表皮，残留上表皮和叶脉；2 龄以后吐丝缀叶，形成大的虫苞，白天隐伏其中，夜晚取食；3 龄以后可将全叶食尽，仅剩叶柄。

防治方法：杨扇舟蛾主要危害杨树上层叶片，加上树体高大，因此，尽管化学喷雾的方法效果不错，见效也快，但防治时需用各种设备辅助喷药，如机械高压喷药、飞机高空喷药等，常造成农药浪费、环境污染等问题，防治费用相对较高。而利用天敌、生物菌剂、性信息素等手段进行防治，经济、环保、高效，应是今后发展的方向。而且，如果能将以上防治方法有效结合，将会产生更好的效果。

7.4.5.6 杨二尾舟蛾

杨二尾舟蛾（*Cerura menciana*），主要危害杨树与柳树，在东北、华北、华东地区及长江流域均有分布。

成虫体长 28~30mm，翅展 75~80mm，全体灰色。前后翅脉纹黑或褐色，具整齐的黑点和黑波纹。老熟幼虫体长 50mm，后胸背面有三角形直立肉瘤，1 对臀足退化成尾状，上有密生小刺，末端赤褐色。茧椭圆形，灰褐色，长 37mm，宽 22mm，紧贴于树干，色与树皮同，有保护色作用，不易辨。该虫在辽宁和宁夏地区 1 年 2 代，在西安地区 1 年 3 代，以蛹在茧内越冬。

防治方法：①营林措施。科学营造针阔混交林，合理选择培育抗性强的树种或品种，合理抚育。②生物防治。螳螂、蠼螋、纯兰蜻、细鄂姬蜂、天蛾小茧蜂、绒茧蜂、黑卵蜂以及多种鸟类可捕食幼虫和成虫。啄木鸟夏秋季取食杨二尾舟蛾的幼虫。③人工防治。在幼虫期对幼虫密集的区域采取人工摘卵、采茧、挖蛹和捕杀幼虫等措施，特别是破坏其卵的越冬场所，可消灭虫源，压低虫口密度。可以进行人工震落捕杀，以控制虫害蔓延。④灯光诱杀成虫。⑤药剂防治。药品主要选择高效、低毒、低残留、持效期长的药剂。在6月上旬至8月上旬幼虫危害期间，往地面和树叶基部进行喷雾。6月上中旬，向地面喷洒氯氰菊酯1∶1000倍液、50%氧化乐果1∶1000倍液，均可收到良好的杀虫效果。⑥加强森林植物检疫工作。强化检测和检疫监管手段，建立起规范化的检测、检疫体制和体系，完善引种检疫审批和监管制度，有效防范有害生物入侵。

7.4.5.7　杨雪毒蛾

杨雪毒蛾（*Stilpnotia candida*），危害多种杨树，分布广泛。

雌成虫体长19~23mm，雄成虫体长14~18mm。全身被白绒毛，稍有光泽。足黑色，胫、跗节具黑白相间的环纹。老熟幼虫体长30~50mm，黑褐色，背中线黑色，两侧为黄棕色，其下各有1条灰黑色纵带。体每节均有黑色或棕色毛瘤8个。

该虫在黑龙江地区1年1代，在辽宁、山西、河南、贵州地区均1年2代，以幼虫越冬。幼虫有强烈的避光性，尤以老龄幼虫更为明显，晚间上树取食，白天下树潜伏。蛹群集，往往数头由臀棘连在一起。成虫具较强的趋光性。

防治方法：杨雪毒蛾属夜间上树危害叶片的害虫，不易被发现，一旦发现已造成损失。所以，危害初期注意调查虫情状况十分重要，应做到及时发现、及时防治。此外，选择虫害危害初期，用各种农药喷打幼虫潜伏的残积物以消灭杨雪毒蛾幼虫，既省药省力，防治效果又十分理想，是防治杨雪毒蛾的最佳方法。

7.4.5.8　杨叶甲

杨叶甲（*Chrysomela populi*），又称白杨叶甲。危害多种杨树，在我国分布广泛。

成虫体长11mm左右，体呈长椭圆形，头和前胸蓝黑色或黑色，鞘翅红色或红褐色，具光泽。老熟幼虫，体躯白色略带有橘黄色光泽。头部黑色。前胸背板有"w"形黑纹，其他各节背面有黑点二列。第2、3节两侧各具一个黑色刺状突起，以下各节侧面于气门上、下线上亦分具同样黑色疣状突起。

该虫1年1~2代，以成虫在落叶层下或表土越冬。4~5月成虫开始活动，上树取食并交尾产卵。成虫蛰伏越夏，后又上树危害至10月中越冬。初孵幼虫密集取食卵壳，后群集危害树叶。成虫有假死性。

食叶害虫一般具有以下特点：分布广，种类多；幼虫有转移危害能力；成虫飞行能力强；繁殖率大；均为初期性害虫，其危害能引起树木枯死或生长衰弱，形成次期性害虫（小蠹虫、天牛等）寄居的有利条件。

食叶害虫的发生一般具有阶段性：①初始阶段。害虫种群处于增殖最有利状态的初始期。食料充足（质和量），物理环境因素适宜，天敌跟随现象尚不明显，林木受害不明显。②增殖阶段。种群达到猖獗的前期。种群数量显著增多，且继续上升，林木已显现被害征兆且有局部严重受害现象，害虫开始向四周扩散，受害面积扩大，天敌也相应增多。③猖獗阶段。是一个灾变过程，种群数量达到暴发式增长，林木遭受十分严重的损害。相继出现的是食料缺乏，幼虫被迫迁移造成大量死亡；或幼虫提前成熟致生殖力减退；天敌显著增多，起到明显的抑制作用。④衰退阶段。是上一阶段的必然结果。由于种群数量得到调整，天敌也随之他迁，或伴随害虫种群衰退而数量大减，这预示一次大发生过程基本结束。此外，食叶害虫的发生还具有周期性，即上述阶段性发生的过程，往往"重复"出现而呈现一定的周期性。

防治方法：要控制杨树食叶害虫，必须及时监测，了解害虫种群动态，将害虫种群控制在初始的低水平阶段（初始阶段、增殖阶段），以充分发挥森林生态系统的自控潜能，使害虫种群保持在相对稳定的状态。应遵循的基本原则是：科学合理的监测与预警是前提；营林措施、生物防治是基础；化学防治是应急措施。

7.4.5.9　杨树溃疡病原

杨树溃疡病的病原菌是处于寄生菌与腐生菌之间的中间类型，这类真菌习居于活立木的表皮或坏死组织中，当寄主受到环境影响而生长势弱时形成病状。杨树溃疡病有两种类型：大斑状溃疡病和水泡型溃疡病。

大斑状溃疡病（病原菌为 *Dothichiza populea*）主要危害苗木或幼树及大树枝条。发病初期，受害处树皮略发暗，呈水浸状，而后下陷形成不规则的近圆形或椭圆形斑块，黑褐色病斑会逐渐扩大，向左右和上下扩散，病斑多时互相连接在一起，当病斑形成环切时，会阻隔树液的流通造成病斑以上部分枯死。后期，病斑内树皮开裂，表面生有许多突起的小黑点，即病菌的分生孢子器。

水泡型溃疡病（病原菌为 *Botryosphaeria dothidea*）多发生在树干及粗枝上。3 月中下旬感病植株的干部出现褐色圆形或椭圆形病斑，呈水泡状，大小在 1 ～

1.5cm，质地松软，挤压时流出褐色液体，有臭味。5月中下旬水泡自行破裂，流出黏液，随后病斑下陷，呈深褐色，并快速扩展，皮层腐烂。4月上中旬病斑上散生许多小黑点，即病菌的分生孢子器。5月下旬病斑停止发展，在周围形成隆起的愈伤组织，中央开裂，形成典型的溃疡病症状。

防治方法：①加强苗圃地管理，培育无菌壮苗。特别是在选择种条时不能用发生过溃疡病的苗木。应加强苗木管理，培育壮苗。②选用抗病树种造林，适地适树。总体上看，白杨派和黑杨派树种大多数为抗病或较为抗病的树种，青杨派较易感病，黑杨派内的杂交种则多为感病树种。应加强抚育管护。对新造林和生长势弱的幼树，应增施肥料，适时松土、除草、灌水，增强树势，提高抗病能力。③化学防治。对新栽幼树和已发病的林木可采用50%甲基托布津200倍液，50%多菌灵、50%代森铵200倍液进行喷施，5~7d喷1次。也可用多菌灵或代森锰锌200~300倍液进行树干涂抹，效果更佳。

7.4.5.10 金黄壳囊孢菌

杨树腐烂病又称烂皮病，病原菌无性型为金黄壳囊孢菌（*Cytospora chrysosperma*）。此病危害杨树干枝，会引起皮层腐烂，导致造林失败和林木大量枯死。在我国山东、安徽、河北、河南、江苏等地普遍发生。除危害杨树外，也危害柳树、榆树、槐树等其他树种。

按照发病症状，可分为两种类型。

1）干腐型。主要发生于主干、大枝及分权处。发病初期呈暗褐色水渍病斑，略肿胀，皮层组织腐烂变软，以手压之有水渗出，后失水下陷，有时病部树皮龟裂，甚至变为丝状，病斑有明显的黑褐色边缘，无固定形状，病斑在粗皮树种上表现不明显。后期在病斑上长出许多黑色小突起，此即病菌分生孢子器。在条件适宜时，病斑扩展速度很快，纵向扩展比横向扩展速度快。当病斑包围树干一周时，其上部即枯死。

2）枯梢型。主要发生在苗木、幼树及大树枝条上。发病初期病斑呈暗灰色，病部迅速扩展，环绕树干一周后，上部枝条枯死。

病菌主要以子囊壳、菌丝体或分生孢子器形式在病部组织内越冬。来年春季平均气温在10~15℃，相对湿度为60%~85%时，子囊中子囊孢子成熟，借风雨传播，分生孢子从枝、干伤口侵入，半月后形成分生孢子器，产生分生孢子，同样借风雨传播，孢子萌发通过各种伤口侵入寄主组织，潜育期为6~10d。3月中下旬开始发病，4 月中下旬至 6 月上旬为发病盛期，7 月后病势渐缓，秋季又复发，10 月基本停止发展。杨树腐烂病菌是一种弱寄生菌，只能侵染生长不良、树势衰弱的苗木和林木，通过虫伤、冻伤、机械损伤等各种伤口侵入，一般生长健壮的树不易被侵染。

防治方法：①坚持适地适树的原则。选择适应性强、抗寒、耐干旱、耐盐碱、耐日灼、耐瘠薄的良种造林。改善立地条件，增强树势。②培育健壮苗木。苗木质量的好坏与杨树腐烂病的发生有直接关系，培养大苗、壮苗是预防杨树腐烂病发生的关键。③采取合理的造林技术。杨树腐烂病的发生与树皮含水量的多少有密切关系，树皮含水量低，有利于菌丝的生长。因此，造林要做到随起随栽，浇足底水，缩短返苗期，增强抗性。栽前用水浸泡，使苗吸足水分，栽后树干及时涂白，可有效减轻杨树腐烂病的发生。④加强营林抚育管理。幼林郁闭前加强松土锄草，促进林木正常生长；在干旱地区或干旱季节，及时进行灌溉，低洼盐碱地要排水排碱；修枝应掌握勤修、少修、弱修原则，伤口要平滑，并涂波尔多液等防腐剂进行保护；防护林及片林边、行道树病害较严重，每年冬春季节应将树干涂白，以防日灼伤害和人畜损伤。

7.4.6 落叶松工业人工林主要有害生物

7.4.6.1 落叶松毛虫

落叶松毛虫（*Dendrolimus superans* Butler），危害落叶松、红松、油松、樟子松、云杉、冷杉等。分布于东北、内蒙古、河北北部、北京、新疆北部等地区。

成虫体长 24～45mm，翅展 55～110mm。体色和花斑有灰白、灰褐、褐、赤黑褐色等。前翅外横线呈锯齿状，亚外缘线有 8 个黑斑排列成略似"3"形；中室白斑呈半月形。末龄幼虫体长 55～90mm，灰褐色，有黄斑，被银白色或金黄色毛；中、后胸背面有两条蓝黑色闪光毒毛；第 8 腹节背面有暗蓝色长毛束。

该虫大多数 1 年 1 代，少数 2 年 1 代。以 3～4 龄或 5～6 龄幼虫，在枯落物层越冬。第 2 年 4～5 月，越冬幼虫上树为害。6～7 月，老熟幼虫结茧化蛹，7～8 月羽化为成虫，7 月中下旬出现初孵幼虫，9 月末幼虫下树越冬。幼虫食料不足时，或被迫提早结茧化蛹，或纷纷下树向受害轻微林分转移。初孵幼虫具群集性，稍遇惊扰就吐丝下垂。成虫具强趋光性。

防治方法：可参阅马尾松毛虫的防治方法。

7.4.6.2 落叶松红腹叶蜂

落叶松红腹叶蜂（*Pristiphora erichsonii*），主要危害落叶松。雌成虫体长 8.5～10mm，头黑色。腹部第 2～5 节背板、第 6 节背板前缘呈橘黄色，第 1、6 节大部分和第 7～9 节背片呈黑色，第 3～7 节腹板中央呈橘黄色。老熟幼虫体长 15～16mm，黑褐色，腹足 8 对。

该虫一般 1 年 1 代，以老熟幼虫在落叶层下结茧化蛹越冬。翌年 5 月下旬开始化蛹，6 月羽化。成虫羽化后即可产卵。6 月中旬为孵化盛期，8 月上旬老熟幼虫全部下树越冬。初孵幼虫群集为害。

防治方法：加强落叶松林抚育管理，增强树势，使郁闭度保持在 0.7～0.8。松林面积不大时，捕杀成虫和幼虫，挖掘虫茧。也可在人工林内于秋季或早春 5 月以前，结合抚育，除草并将落叶集中烧毁；对初龄幼虫和成虫施放烟雾剂效果较好；还可保护或招引益鸟。

7.4.6.3 落叶松八齿小蠹

落叶松八齿小蠹（*Ips subelongatus* Motschulsky），主要危害落叶松属林木，松属与云杉属种类偶见危害。

成虫体长 4.4～6mm，翅盘两侧各有 4 个独立齿，第 1 齿细小，第 2 齿与第 3 齿间的距离最大。幼虫体长 4.2～6.5mm，体弯曲，乳白色。

1 年 1～3 代。以成虫在枯落物层、伐根及楞场原木皮下越冬。少数个体以幼虫、蛹在寄主树皮下越冬。在河北塞罕坝机械林场林区该虫 1 年 2 代。一般来说在立木上的坑道形状为向上一条，向下两条。立木树势越弱，倒木越新鲜，该虫越喜危害。

防治方法：营造和改造混交林，注意抚育间伐和林内卫生伐；设置饵木并及时处理；保护利用红胸郭公虫、金小蜂、茧蜂等天敌；利用聚集激素进行监测和诱杀。

7.4.6.4 云杉大墨天牛

云杉大墨天牛（*Monochamus urussovi* Fisher）危害松科的落叶松属、云杉属、松属和冷杉属林木。

成虫体长 21~33mm，黑色，带墨绿色或古铜色光泽。雄虫触角约为体长的 2~3.5 倍，雌虫触角比体稍长。鞘翅基部密布颗粒状刻点，并有稀疏的短绒毛，越向后，颗粒越平，毛越密，至末端完全被毛覆盖，呈土黄色（区别于云杉小墨天牛）；雌虫鞘翅中部有灰白色毛斑，聚集成 4 块（区别于云杉小墨天牛），但不规则。

该虫在东北小兴安岭地区 2 年 1 代，少数 1 年或 3 年 1 代，以幼虫或预蛹越冬。成虫取食嫩枝树皮补充营养，10~21d 后开始交尾、产卵。雌虫最喜欢在云杉伐倒木上产卵，其次是红松、臭冷杉和落叶松的风倒木、伐倒木以及衰弱木上。

防治方法：①加强林地管理，提高树势。②利用未剥皮原木、新伐倒木或风倒木在林内进行诱杀，诱杀后剥皮期应不迟于幼虫蛀入木质部的时间。③利用成虫有假死习性的特点，种群密度低时，或在小范围内，可采用人工震落捕杀。④注意保护利用天敌，如多种茧蜂、姬蜂和小蜂等。

7.4.6.5　日本落叶松球腔菌

落叶松早期落叶病又称落叶松叶斑病、褐斑病、落叶病。危害多种落叶松。此病先是在叶尖端或中部出现 2~3 个黄色小斑点，然后逐渐扩大为红褐色段斑，后在斑上出现小黑点，即病菌的性孢子器，严重时全叶变褐，似火烧状，到 8 月中下旬即大量落叶。若连续几年患病便严重影响树木生长，落地的针叶当年生长小黑点，即病菌的子囊腔。

此病是由日本落叶松球腔菌（*Mycosphaerella larici - leptolepis*）引起的。此菌只有性孢子和子囊孢子。落地病叶于翌年 5 月出现子囊壳，壳近球形，壳壁黑色；子囊为棒状或圆筒形，子囊孢子为双胞椭圆形；性孢子为单胞，无色，短杆状。病菌在当年病叶中进行有性配合形成双菌核菌丝，随病叶落地过冬，次年 6 月下旬至 7 月上旬子囊孢子放散达最高峰。子囊孢子落到落叶松叶上，萌发后由气孔侵入，数日后叶显病斑，逐渐变红褐色。气温在 20℃、空气湿度达 75% 以上时，有利于病菌侵染展叶后的落叶松，气温低、湿度大、降雨多的年份发病早而且重。林中小径木发病重，20 年生以上林龄病害轻，抚育的较未抚育的林木轻，混交林较纯林轻。

防治方法：①烟剂防治。在 6 月下旬至 7 月上旬使用百菌清烟剂，每公顷用

15kg，特别是在雨季子囊孢子集中放散时放烟效果更好。②有条件的地方可用50%代森铵 600 ~ 800 倍液或 36% 代森锰 200 ~ 300 倍液喷冠，效果较好。③选用抗病树种。兴安落叶松发病重，长白和朝鲜落叶松次之，日本落叶松较抗病。④适地适树，加强幼苗抚育，郁闭后及时修枝间伐营造针阔混交林，以减少病害的蔓延。

第 *8* 章 监测与评价

8.1 监测与评价方法概述

监测与评价的理论和方法于 1974 年正式提出，是首先引入联合国管理系统的一整套管理学理论和方法。监测与评价方法的核心是连续跟踪项目活动的投入、产生及其初步结果，以确定其是否按工作计划和整体设计进行管理；并对已完成的项目活动的相关性、效率、有效性、持续性及影响进行定期评估。目前，监测与评价方法已经被联合国所属机构、世界银行、亚洲开发银行等国际组织以及发达国家政府广泛应用于各个领域的管理实践中。尤其是在投资项目和决策与管理中，监测与评价方法已经成为一个必不可少的关键而有效的管理工具。

通过开展监测与评价活动，能够提高相关机构的决策与管理水平、增强各级执行部门人员的责任感、积累大量有价值的信息和经验并能促进相关机构的能力建设。

8.1.1 监测与评价体系的构成

一个完整而有效的监测与评价体系应由四个系统构成，即机构系统、制度系统、指标系统和方法系统。机构系统由要求开展监测与评价的管理部门或项目投资方、组织实施监测与评价的机构以及有资质或能力承担监测与评价业务的机构组成。制度系统是指导监测与评价运行的一系列规章制度，包括提出开展监测与评价要求的相关制度、规范监测与评价活动的标准和制度、监测与评价结果的报告制度以及公示制度等。指标系统是收集监测与评价数据和信息的定性或定量指标，一般包括监测与评价项目实施质量、实施效果与影响这两类指标。方法系统是针对监测与评价内容开展信息收集、数据处理和结果分析的一系列方法的集合。

8.1.2　监测与评价的目的和内容

开展监测与评价的目的和内容包括以下五个方面。

1）对项目的实施结果进行总体评级，可分为高度成功、成功、部分成功或不成功。

2）分析项目内、外作用因子的相关性。相关性分析主要针对以下三个方面展开：①在评估阶段和后评估阶段，预期成果在多大程度上与发展目标保持一致；②证明干预合理性的依据的说服力如何，分析是否存在缺陷，阻碍成果实现的因素是否得到充分考虑；③对于发现的问题，选择的设计和工具的针对性如何。

3）评价项目的实施效果，考察项目设计规定的成果是否已经实现或者有望实现。对成功、失败原因和最终成果进行阐述。根据设计和监测框架规定的目标，对实际取得的成果进行评述。对导致成果未能实现或成果超预期的主要因素进行评估。

4）分析各类项目资源的使用效率。效率分析主要是分析项目活动是否很好地利用了资源来实现成果。一般根据经济指标衡量，需要考察：①在多大程度上已经实现或有望实现高于资本机会成本的经济内部收益率；②是否以最低成本实现了经济效益。

5）考察项目成果运行的可持续性。这里的可持续性考察的是，人力资源、制度资源、资金资源和自然资源是否足以维持在经济寿命内取得的成果，是否存在需要管理或者能够管理的风险。

8.1.3　监测与评价的方法

目前，普遍采用的监测与评价方法有参与式监测与评价法、比较分析法、逻辑框架法、网络分析法和成功度评价法。

1）参与式监测与评价法。指项目受益人参与项目监测数据的收集、记录、整理和信息反馈的全过程，与项目管理者和决策者一起对项目实施的相关性、效率、效果、影响等进行评价。

2）比较分析法。可直观地描述项目活动所起的作用，明确地表达项目活动的效果，其操作简单，逻辑严密，是项目监测与评价中使用最广泛的方法。根据比较参照对象的不同，一般分为项目前后比较分析和有无项目比较分析。

3）逻辑框架法。将项目内部以及内部与环境之间的逻辑关系通过表格方式清晰地罗列出来，简便易行、科学有效。目前，这种方法已得到了包括世界银行在内的众多国际机构的认同和应用，其适用范围也从项目设计推广到了项目执行和监测与评价领域。

4）网络分析法。通过制订一个关于项目的网络图形或图表，来说明必须完成的工作和完成这些工作所必须遵从的顺序，同时还包括时间、费用、谁做什么、以什么方式做等有关项目信息，以便于项目管理人员确定完成项目的最短时间和最佳资源分配方案。

5）成功度评价法。是近年来国际机构在项目评价中广泛运用的一种方法。其目的在于对项目执行的表现、效果和影响进行综合定性评价，使人们从宏观上对项目的效果与效益有一个直观的和整体的认识。

8.2　监测与评价方法在我国林业项目管理中的应用

8.2.1　我国现有人工林生态环境管理监测与评价的现状分析

我国在林业发展项目中应用监测与评价方法始于 20 世纪 90 年代。在 1990 年启动的世界银行贷款项目"国家造林项目"（NAP）中，世界银行把监测与评价的方法运用到项目的设计、实施、竣工和评价等环节的管理中，监测与评价的内容包括了人工林生态环境管理规程、实施质量和效果的监测与评价。之后，在世界银行、亚洲开发银行、欧洲投资银行、欧盟、全球环境基金、联合国开发计划署和联合国粮食及农业组织等国际组织以及外国政府资助的我国林业发展项目中，普遍采用了监测与评价方法，使得监测与评价的理论和方法逐步被我国林业管理部门及项目实施机构所熟悉和掌握，并且已经被推广应用到国内投资的林业发展项目的管理中，从而增强了项目的管理水平，提高了项目的实施质量，增强了项目的综合效益。

我国现有的林业发展项目监测与评价体系仍在发展和健全过程中，目前状况如下。

（1）监测与评价的机构能力较弱

大多数林业项目的监测与评价任务是由项目管理机构自身承担或委托科研单位及专家个人承担，而不是由专门从事林业项目监测与评价任务的机构来承担。

（2）监测与评价制度不健全

对林业项目是否开展监测与评价、对哪些方面和内容进行何种程度的监测与评价完全由项目投资方或项目管理机构决定，没有做到林业项目监测与评价的制度化。

（3）监测与评价指标不系统

在大多数林业项目的监测与评价计划中，由于重视程度不够或经费不足，只是主要设立了比较全面的实施质量监测与评价指标，而缺少项目实施效果和影响的监测与评价指标，使得这些项目的监测与评价结果不够全面。

（4）监测与评价方法不够先进

大多数林业项目的监测与评价经费源于项目投资，并且仅占项目总投资额很小的一部分，致使林业项目的监测与评价经费有限，难以采用先进的监测装置和复杂的评价手段开展监测与评价工作，而主要采用成本较低的、简单粗放的方法开展监测与评价工作。

8.2.2 世界银行贷款造林项目的生态环境管理及其监测与评价

由于我国在以往的人工林建设项目中，没有统一的开展人工林生态环境管理的规定和技术标准，因而也就没有形成针对人工林生态环境管理的监测与评价体系。而我国由世界银行资助的人工林建设项目，制定了《环境保护规程》和《病虫害管理计划》；同时，也针对其中主要的生态环境管理措施开展了监测与评价。在世界银行资助项目的监测与评价体系中，各级项目管理机构按照世界银行要求的监测与评价制度、指标系统和监测与评价方法，制定了项目的监测与评价计划，开展了对项目实施质量和效果的监测与评价。作为监测与评价计划的一部分，生态环境管理的监测与评价主要是对《环境保护规程》和《病虫害管理计划》的实施质量及项目新造林的水土流失、土壤肥力和病虫害发生等的监测与评价。实践证明，在我国由世界银行资助的人工林建设项目中开展的监测与评价对生态环境管理措施的推广和应用、减少项目施工对环境产生的负面影响和促进环境保护目标的实现发挥了至关重要的作用。

由此可见，我们应从当前我国林业项目的监测与评价发展现状出发，设计科学可行的监测与评价体系，开展我国工业人工林生态环境管理实施质量和效果的监测与评价，使监测与评价工作发挥保障《工业人工林生态环境管理规程》（LY/T 1836—2009）（以下简称《规程》）的执行质量、检验《规程》中生态环境管理措施的有效性以及进一步改进和完善《规程》中的生态环境管理措施的作用。

8.3　工业人工林生态环境管理的机构与制度系统

8.3.1　监测与评价的机构系统

在工业人工林生态环境管理监测与评价体系的构建中，首先要明确其相关的机构系统构成。也就是要回答谁提出要求对工业人工林生态环境管理进行监测与评价，谁是实施监测与评价的主体，谁有资质或能力承担监测与评价业务等问题。这三方面的机构就组成了工业人工林生态环境管理监测与评价的机构系统。

8.3.1.1　监测与评价的决策机构

监测与评价的决策机构是指要求开展工业人工林生态环境管理监测与评价的管理者或投资者。

(1) 行政或业务主管部门

根据我国目前的行业分工，工业人工林建设中的环境管理问题归林业行业管理，同时又受环保部门监管。因此，应该由国家或地方的林业主管部门对执行《规程》提出要求，同时应当要求对其实施质量和效果进行监测与评价。

(2) 工业人工林建设项目投资方

对于集约经营人工林建设中的生态环境管理问题，世界银行、亚洲开发银行等国际金融组织以及我国中央和地方政府投资管理部门及各家银行都已非常重视，往往在对工业人工林建设项目的投资审批或投资条件中，相继要求建设单位开展工业人工林的生态环境管理监测与评价工作，并且要求在工业人工林建设总投资中拿出专门资金用于生态环境管理监测与评价活动。

8.3.1.2　组织开展监测与评价的机构

（1）项目建设单位

从以往的实践经验看，组织开展工业人工林生态环境管理活动以及对其进行监测与评价的机构往往就是工业人工林建设项目的实施单位。他们要按照林业主管部门或投资方的要求制定专门的生态环境管理计划，并在建设项目实施中予以执行，同时在项目实施的监测与评价计划中要包含生态环境管理的监测与评价内容，并且拿出专门资金用于开展监测与评价活动。

（2）独立开展监测与评价业务的机构

目前，我国在环境污染及其治理的监测与评价方面，已形成了由独立的环境监测与评价机构组织开展监测与评价工作的制度，这些独立机构有权将监测与评价结果直接上报主管部门或向社会公开发布。由于工业人工林建设中的环境问题日益受到社会公众和环境主管部门的重视，未来也将出现独立的监测与评价机构承担工业人工林生态环境管理监测与评价的业务。

8.3.1.3　有资质或能力承担监测与评价业务的机构

我国目前只对环境影响评价机构实行了资质管理，即有资质认定的机构才能承担环境影响评价业务。而对环境监测与评价机构未实行资质管理，通常是由高校、科研单位或工程设计单位承担环境监测与评价业务。同样，对森林生态环境管理的监测与评价也是由高校、科研单位或林业工程规划和设计单位完成的。因此，在目前的情况下，工业人工林生态环境管理的监测与评价应当委托具备从事森林生态环境管理监测与评价能力和经验的高校、科研单位或林业工程规划设计单位来承担，以取得科学、可靠的监测与评价数据和结果。

8.3.2　监测与评价的制度系统

构建工业人工林生态环境管理监测与评价体系的关键是制定一套严格的监测与评价制度，使工业人工林生态环境管理监测与评价活动在统一完善的规章制度下运行，从而排除各单位在是否开展及怎样开展工业人工林生态环境管理监测与评价方面的随意性和人为干扰。一般来讲，工业人工林生态环境管理监测与评价制度应包括以下四个方面。

8.3.2.1　监测与评价的决策制度

由于"监测与评价"是《规程》中的条目，对于国家和地方政府部门以及工业人工林建设项目投资方而言，把《规程》的执行和应用纳入行政管理或项目管理制度的同时，也就明确了对开展工业人工林生态环境管理监测与评价的要求。然而，需要在制度条款中明确指出监测与评价结果的应用要求。

8.3.2.2　规范监测与评价活动的制度

《规程》中规定了进行工业人工林生态环境管理的原则措施，而针对不同地区、不同树种和不同经营管理模式，所要求监测与评价的内容、指标和方法也有所不同。此外，对于同一地区、同一树种和同一经营模式的工业人工林的监测与评价，只有在监测与评价指标和方法相同时，才能得到一致的结果。所以，应逐步探索和制定适用于不同类型工业人工林生态环境管理监测与评价的统一内容、统一指标、统一方法和统一评级的规范，使工业人工林生态环境管理的监测与评价走上制度化、标准化的管理轨道。

8.3.2.3　监测与评价的报告制度

监测与评价报告是对工业人工林生态环境管理活动的实施质量及产生的效果和影响进行发布的报告。该报告不同于一般的观测和研究报告，在提交和对外公布方面要有审核与批准程序。因此，有必要建立工业人工林生态环境管理监测与评价报告制度，规定和明确监测与评价报告的构成、内容、报告周期以及审核发布程序等重要问题。

（1）实施质量的监测与评价报告

对工业人工林生态环境管理实施质量的监测与评价往往是与造林和人工林经营管理施工同步进行的，监测与评价的内容和指标都是用于考察各项生态环境管理措施的种类、与要求的吻合程度和达到标准的比例等，因此，应与项目实施进展报告相结合，通常以半年报告或年度报告的方式定期编写发布。

（2）实施效果和影响的监测与评价报告

对工业人工林生态环境管理实施效果和影响的监测与评价主要是考察工业人工林的造林和经营管理对当地生态环境产生的影响，同时也能够指示在采取了各种生态环境管理措施之后，工业人工林及当地生态系统的生态环境质量的变化与改善。这些变化往往要通过一年或数年才能表现出来，需要长期连续的监测。因此，监测与评价的结果应该以年报或几年报的形式进行报告。而且，生态环境管理实施效果和影响的监测与评价报告与工业人工林的实施进展报告无关。

（3）监测与评价报告的审核与发布制度

在开展工业人工林生态环境管理监测与评价的过程中，会涉及一些政府和公众关注的社会敏感问题，有时还会涉及一些资源数据的保密问题。因此，对工业人工林生态环境管理的监测与评价不同于一般的项目管理和科研活动，其监测与评价报告首先要承担单位签字（盖章）对报告负责，其次要经过组织实施监测与评价的机构审核把关后，才能报送有关政府主管部门和投资方。如果投资方是国际机构，监测与评价报告则应在经过政府主管部门审核同意后才能提交给投资方。

8.3.2.4　监测与评价结果的公示制度

建设单位对《规程》是否认真执行以及执行后的效果，应受到社会公众的监督。此外，工业人工林建设给当地生态环境带来的影响，是当地社区十分关心的问题。因此，工业人工林生态环境管理的监测与评价结果应当在去除保密信息后向社会公示。对于监测与评价结果的公示内容、公示方法、公示时间以及公示范围等问题，要在不断探索和总结经验后，逐步建立统一、完善的公示制度，由工业人工林生态环境管理监测与评价相关机构遵照执行。目前，我国由世界银行资助的人工林建设项目中的环境管理信息（包括环境影响评价报告、环境保护规程、病虫害管理计划等）在经有关部门审核批准后，在每个项目的省林业主管部门的门户网站和各项目的县（市、区）林业主管部门、县图书馆进行公示。

8.4　工业人工林生态环境管理监测与评价的内容、指标及方法

监测与评价的内容、指标和方法是工业人工林生态环境管理监测与评价体系

的核心。只有选择了针对性强且目的明确的监测与评价内容，具有可测定性和可获得性的监测与评价指标以及可靠且操作性强的监测与评价方法，才能使工业人工林生态环境管理的监测与评价沿着科学、健康的轨道展开，并取得预期结果，从而使工业人工林生态环境管理的监测与评价工作能够全面发挥推动《规程》实施、检验《规程》实施质量、评价《规程》实施效果以及改进和完善《规程》技术内容的重要作用。为此，本书在充分分析《规程》各项生态环境管理措施的基础上，选择了监测与评价生态环境管理实施质量和实施效果的两大类监测与评价内容和指标系统，针对各项监测与评价内容和指标，给出了数据或信息的收集、分析与评估方法，希望能满足工业人工林生态环境管理监测与评价的需要。

8.4.1 实施质量的监测与评价

根据《规程》中提出的各项工业人工林生态环境管理措施，选择了工业人工林建设中关于植被管护、水土保持、地力维护、生物多样性保护、化学和生物制剂施用、森林防火、有害生物防治等内容，对其执行效果进行监测和评价。

8.4.1.1 植被管护

(1) 监测与评价指标

监测与评价指标如表 8-1 所示。

表 8-1 植被管护的监测与评价指标

监测与评价指标	数据或信息收集方法
1. 营造工业人工林时，使用乡土树种造林小班的数量	1. 查看造林设计
2. 使用外来树种造林小班的数量；是否有许可证	2. 现场抽查
3. 新造林地单位面积保留山顶、山腰、山脚以及沟谷、急险陡坡的原有植被的类型	3. 查看档案
4. 县域内，针叶纯林占林地面积的比例	

(2) 评价要点

在营造工业人工林时，要优先选择适合本地发展的乡土树种，以增强工业人工林抵抗病虫害的能力，降低林木受病虫害威胁的风险。只有在外来树种的生长和抗性优于乡土树种时，才可选择外来树种。外来树种的使用要严格按照相关规定执行，外来树种引进时一定要配有"外来物种引入许可证"。新造林地保留山顶、山腰、山脚以及沟谷、急险陡坡的原有植被的面积不低于整个造林区面积的10%~15%。提倡营建混交林，控制单一树种或品种连片栽植的规模。在以针叶林为主的地区，以县为单位，阔叶林的比例不得低于20%。

8.4.1.2 水土保持

（1）监测与评价指标

监测与评价指标如表8-2所示。

表8-2 水土保持的监测与评价指标

监测与评价指标	数据或信息收集方法
1. 山地造林整地沿等高线开种植沟或穴占所有种植沟或穴的比例	1. 查看造林设计
2. 在15°以上坡地造林，采用全垦整地方式造林的小班数；占当年造林小班总数的比例	2. 现场抽查
3. 大于15°的坡地，坡面长度超过200m时，是否保留了植被带	3. 查看档案
4. 是否在25°以上的坡地上营造了短轮伐期工业人工林	
5. 工业人工林采伐和集材作业设计中，是否包含了对周边植被和土壤的有效保护措施	
6. 单位面积林地集材道的长度、集材方向是否顺坡、集材道是否切断溪流和水线	

（2）评价要点

山地造林时，必须沿等高线进行整地。全垦整地方式只允许用在平原和15°以下的缓坡地带；在15°~25°的山坡，全垦整地不得集中连片，但可采用局部全垦整地的方法。当坡面长度超过200m时，每隔100m应保留3m左右的植被带。25°以上的坡地不适宜营造短轮伐期工业人工林。工业人工林采伐和集材时，要采取必要的环境保护措施，以避免对周边植被和土壤的破坏。应控制集材道的数量，尽可能利用现有道路加以完善，尽量与乡村道路建设相结合。限制沿顺坡方向集材。设计集材线路时，要避免经过可能造成严重水土流失的地段，避免切断溪流和水线。

8.4.1.3　地力维护

（1）监测与评价指标

监测与评价指标如表 8-3 所示。

表 8-3　地力维护的监测与评价指标

监测与评价指标	数据或信息收集方法
1. 造林地清理时，是否采用过炼山方式 2. 造林者是否有收集或清理林下枯落物的行为 3. 采伐迹地上是否保留了采伐剩余物 4. 施用化肥、有机肥、生物肥料的种类、数量 5. 化肥的施用方式	1. 查看造林设计 2. 现场抽查 3. 查看档案

（2）评价要点

造林地清理时，严禁采用炼山方式。要保留林地内的枯枝落叶和采伐迹地上的采伐剩余物。合理施用化肥，鼓励使用有机肥和生物肥料。施肥时，要采用穴施或条施，严禁撒施，要将肥料施于穴的上坡向，且以土壤覆盖，防止养分流失和地表水污染。

8.4.1.4　生物多样性保护

（1）监测与评价指标

监测与评价指标如表 8-4 所示。

表 8-4　生物多样性保护的监测与评价指标

监测与评价指标	数据或信息收集方法
1. 单一树种造林面积大于 $30hm^2$ 的小班数；占当年造林小班总数的比例 2. 单一无性系造林面积大于 $10hm^2$ 的小班数；占当年造林小班总数的比例 3. 县域内，同一树种造林无性系的数量 4. 采用乡土阔叶树造林的小班数及面积 5. 造林小班是否位于野生动物迁移的生物走廊上 6. 造林小班是否位于周边珍稀、濒危动植物的栖息地上 7. 造林地是否位于植物基因交流的生物通道上	1. 查看造林设计 2. 现场抽查 3. 查看档案

（2）评价要点

在工业人工林的造林设计和营造过程中，单一树种造林的连片面积不得超过30hm²，单一无性系造林时的连片面积不得超过 10hm²。应重视阔叶树造林，注意保护造林区及其周边的天然阔叶林。造林时要保留或建立有利于野生动物迁移和植物基因交流的生物走廊。造林地不得位于周边珍稀、濒危动植物的栖息地上，营造林作业时要注意保护周边的生物多样性。

8.4.1.5　化学制剂和生物制剂施用

（1）监测与评价指标

监测与评价指标如表8-5 所示。

表8-5　化学制剂和生物制剂施用的监测与评价指标

监测与评价指标	数据或信息收集方法
1. 使用化肥、农药、除草剂、生物制剂的种类、数量	1. 查看造林设计
2. 是否使用了世界卫生组织、国家法律法规和国际公约禁用的化学制剂	2. 现场抽查
3. 处理化学制剂的容器和废弃物的地点离林地的距离及处理方式	3. 查看档案
4. 举办化学、生物制剂安全使用和储存的培训班的次数、培训对象及人次	

（2）评价要点

尽量减少化肥、农药、除草剂等化学制剂和生物制剂的使用。禁止施用世界卫生组织ⅠA、ⅠB类清单（《规程》附录A）中所列的物质和碳氢氯化物杀虫剂，以及国家法律法规（《规程》附录B）和国际公约（《规程》附录C）规定的禁用化学制剂；如果有必要，可以有限地施用经过批准的低毒、高效、短残留期的化学制剂。任何化学制剂的容器和废弃物都要在林地以外的区域，采用符合环境保护要求的方法妥善处理（如深埋），不得在天然水域中清理。每年要对作业员工进行化学药品安全施用、储存和处理的知识与技能的培训。

8.4.1.6　森林防火

（1）监测与评价指标

监测与评价指标如表 8-6 所示。

表 8-6 森林防火的监测与评价指标

监测与评价指标	数据或信息收集方法
1. 造林实体是否按照《森林防火条例》的要求制定了护林防火计划	1. 查看造林设计
2. 是否组建了森林火灾专业扑救队；扑救队人数及人均扑救面积	2. 现场抽查
3. 森林经营单位配备的兼职或专职护林员人数，人均巡护林地面积	3. 查看档案
4. 设置的防火主线和副线的宽度是否达到了 15m 和 10m	
5. 单位面积林地主防火道和副防火道的长度	
6. 是否按规定安装、配备了防火装置和防火器材	
7. 是否建立了完整的森林防火档案	
8. 举办森林防火专业培训的培训班次数、培训对象及人次	

（2）评价要点

各类营造工业人工林的实体必须按照《森林防火条例》的要求制定护林防火计划，包括完善森林防火组织、划定防火责任区、制定防火章程、配备专职或兼职护林员。工业人工林的经营单位要在地方政府的指导下，建立具有一定技术人员的森林火灾专业扑救队伍。各森林经营单位要配备专职或兼职的护林员负责巡护人工林、管理野外用火、及时报告火情。营造工业人工林时，要预留防火线，防火主线宽度为 15m，副线宽度为 10m 左右。尽可能利用河道和乡土天然防火植物作为防火带。要按相关规定配备并安装防火装置和防火器材。要建立完整的森林防火档案。各类工业人工林的经营实体要根据县防火组织的要求，对森林防火专业人员进行培训。

8.4.1.7 有害生物防治

（1）监测与评价指标

监测与评价指标如表 8-7 所示。

表 8-7 有害生物防治的监测与评价指标

监测与评价指标	数据或信息收集方法
1. 育苗或造林时，所使用的种子、无性繁殖材料和苗木是否有"植物检疫证书"	1. 查看造林设计

监测与评价指标	数据或信息收集方法
2. 负责工业人工林管理的主管部门，配备病虫害专业防治人员的数量及人均管理面积	2. 现场抽查
3. 工业人工林营建和管理过程中，运用营林技术、物理防治、生物防治及无公害化学药剂等措施的种类、次数、数量及防治效果	3. 查看档案
4. 在造林规划设计中，是否有明确的预防外来物种入侵的有效措施	
5. 举办病虫害综合管理培训，主要病虫害识别、预防及控制措施培训以及农药安全使用方法培训的培训班次数、培训对象及人次	

（2）评价要点

育苗或造林时，使用的种子、无性繁殖材料和苗木的选择标准要参照《造林技术规程》（GB/T 15776—2006）的要求，严禁使用带有病虫害的种苗，所使用的种子、无性繁殖材料和苗木要配有"植物检疫证书"。在工业人工林的营造和管理过程中，要优先采用营林技术措施、物理防治措施和生物防治措施进行有害生物防治；在必须使用化学防治措施时，要优先使用高效、低毒、短残留期的化学药剂。引进外来物种时，应严格控制和监测，制定明确的预防外来物种入侵的有效措施，把其对生物多样性的危害降至最低。负责工业人工林管理的主管部门，要组织配备具有一定技术人员的病虫害防治专业队伍。要对各级病虫害防治专业人员进行病虫害的识别、预防及控制措施以及农药安全使用方法的培训。

8.4.2 实施效果和影响的监测与评价

对工业人工林进行生态环境管理的主要目的是保护和重建生态环境，防止和最大限度减轻生产活动对生态环境产生的负面影响。为此，选择了与工业人工林建设和经营密切相关的生态环境因子，包括水土流失、土壤肥力、生物多样性、化学制剂污染、森林火灾、有害生物等，作为工业人工林生态环境管理的实施效果和影响的监测与评价内容和指标。通过对这些内容和指标的长期监测与评价，可以全面揭示工业人工林生态系统和所在地区的生态环境质量的动态变化以及各项生态环境管理措施的效果。

8.4.2.1　水土流失

(1) 监测与评价指标

1) 土壤侵蚀量：测量单位面积和单位时段内流失的土壤重量。

2) 地表径流量：测量单位面积和单位时段内的地表径流水量。

3) 降雨量：观测降雨量、降雨历时和降雨强度。

(2) 观测方法

采用径流小区法，在造林地和非造林地上观测土壤侵蚀量和地表径流量，具体修建标准及观测方法详见《水土保持监测技术规程》（SL 277—2002）。采用自记雨量计观测降雨量。要在每次降雨结束后记录数据。

(3) 评价标准

1) 土壤侵蚀强度：用土壤侵蚀模数作为分级标准，此处土壤侵蚀模数是指每年每平方公里的土壤侵蚀量，单位为 $t/(km^2 \cdot a)$。对照《土壤侵蚀分类分级标准》（SL 190—2007），对土壤侵蚀强度进行分级。

2) 地表径流系数：为单位面积内地表径流量与降雨量的百分比。用地表径流系数可以评价造林地发生地表径流的强弱。

8.4.2.2　土壤肥力

(1) 监测与评价指标

1) 林地枯落物的厚度及土壤腐殖质层的厚度。

2) 土壤养分含量：有机质含量，全 N、有效 P、速效 K 的含量，pH 值。

3) 土壤总孔隙度。

4) 土壤渗透率。

(2) 观测方法

1) 采用土壤剖面法，调查林地枯落物的厚度及土壤腐殖质层的厚度。

2) 土壤养分含量：采用 $K_2Cr_2O_7$ 氧化 - 外加热法测定土壤有机质含量，采用 H_2SO_4 - 混合加速剂消煮 - 扩散法测定全 N，采用 NH_4F-HCl 浸提 - 钼锑抗比色法测定有效 P，采用 CH_3COONH_4 浸提 - 火焰光度法测定速效 K，采用电位法测定 pH 值。

3）土壤总孔隙度：采用环刀法测定。

4）土壤渗透率：采用渗滤筒法，测定渗滤过一定断面积的水量、饱和土层厚度、渗滤过一定水量时所需的时间以及实验中的水层厚度。

土壤肥力一般至少每年监测一次，于秋季进行。

（3）评价标准

1）林地枯落物和土壤腐殖质层越厚，说明土壤有机质供应量和含量越高，土壤肥力越好。

2）土壤全 N、有效 P、速效 K 的含量越高，土壤养分状况越好。

3）土壤最大持水能力越大，土壤物理性状越好。

$$土壤最大持水能力(t/hm^2) = 10\ 000 \times h \times P \times r \tag{8-1}$$

式中，P 为土壤总孔隙度（%）；h 为土层厚度（m）；r 为水的比重（t/m^3）。

4）土壤渗透率采用达西（Henri Darcy）定律确定。

$$K = \frac{Q \times l}{S \times t \times h} \tag{8-2}$$

式中，K 为渗滤系数（cm/s）；Q 为流量，即渗滤过一定断面积 S 的水量（mL）；l 为饱和土层厚度，即渗滤经过的距离（cm）；S 为渗滤筒的横断面积（cm^2）；t 为渗滤过水量 Q 时所需的时间（s）；h 为实验中的水层厚度，即水头（水位差）（cm）。

土壤渗透率越大，说明土壤入渗能力越强。

8.4.2.3 生物多样性

1. 林外天然植被的植物多样性

（1）监测与评价指标

1）乔木的种类和株数。

2）灌木的种类和丛数。

3）草本植物的种类和株数。

（2）调查方法

对人工林以外的天然植被，采用样地和样方法于夏季进行调查。先在造林前进行本底调查，造林后每三年调查一次。

（3）评价标准

采用 Shannon-Wiener 多样性指数来评价。

$$D = -\sum_{i=1}^{s} P_i \log_2 P_i \qquad (8\text{-}3)$$

式中，D 为多样性指数；P_i 为第 i 种的株数和样方内总株数的比值。

多样性指数越大，说明人工林周边地区天然植被的植物多样性越高。

2. 林下天然植被的植物多样性

（1）监测与评价指标

1）灌丛（小乔木）的种类及丛（株）数。

2）灌木的种类和株数。

（2）调查方法

在人工林地内采用样方法于夏季进行调查。先在造林前进行本底调查，造林后每年调查一次。

（3）评价标准

采用 Shannon-Wiener 多样性指数来评价。公式表达及式中各项意义同式（8-3）。多样性指数越大，说明人工林栽培地区天然植被的植物多样性越高。

3. 野生动物多样性

（1）监测与评价指标

调查人工林栽培地区的动物种类和数量。

（2）调查方法

在人工林栽培地区野生动物活动的范围内，采取截线法、定点计数法、遇见率法、问卷调查法调查。

（3）评价标准

采用 Shannon-Wiener 多样性指数来评价。公式表达同式（8-3）。式中，P_i 为

物种 i 的个体数与所有物种的总个体数之比。多样性指数越大，说明野生动物多样性越高。

4. 鸟类多样性

（1）监测与评价指标

调查人工林栽培地区的鸟类种类和数量。

（2）调查方法

在人工林栽培地区鸟类可能活动的范围内，采用定期直接目测法、固定样带法和样点法调查。

（3）评价标准

采用 Shannon-Wiener 多样性指数来评价。公式表达同式（8-3）。式中，P_i 为物种 i 的个体数与所有物种的总个体数之比。多样性指数越大，说明鸟类多样性越高。

8.4.2.4 化学制剂污染

（1）监测与评价指标

1）生化需氧量（BOD）。
2）化学需氧量（COD）。

（2）测定方法

1）采用微生物传感器快速测定法测定 BOD。
2）采用重铬酸钾法测定 COD。

（3）评价标准

1）BOD 指地面水体中微生物分解有机物的过程所消耗的水中溶解氧的量，常用单位为 mg/L。主要用于监测水体中有机物的污染状况。其值越高，说明水中有机污染物质越多，污染也就越严重。

2）COD 指水体中能被氧化的物质在规定条件下进行化学氧化的过程中所消耗的氧化剂的量，以每升水样消耗氧的毫克数表示。它反映了水体受还原性物质污染的程度。其值越高，说明有机物相对含量越高，污染程度越高。

8.4.2.5　森林火灾

(1) 监测与评价指标

1) 每年发生火灾的次数。

2) 森林火灾的危害程度：记录每次火灾发生后的受害森林面积、重伤人数和死亡人数。

3) 森林财产损失情况：统计受害森林的面积（m^2）和蓄积量（m^3）。

(2) 调查方法

要在每次火灾发生后，对受害森林面积和蓄积量进行样地调查，并于每年年底对当年发生火灾的情况进行统计。

(3) 评价标准

1) 火灾级别评价：按照受害森林面积和伤亡人数，对森林火灾级别进行评价，方法见表8-8。

表8-8　森林火灾级别对照

火灾级别	受害森林面积	伤亡人数
一般森林火灾	$1hm^2$ 以下或者其他林地起火的	死亡1人以上、3人以下的，或者重伤1人以上、10人以下的
较大森林火灾	$1hm^2$ 以上、$100hm^2$ 以下的	死亡3人以上、10人以下的，或者重伤10人以上、50人以下的
重大森林火灾	$100hm^2$ 以上、$1000hm^2$ 以下的	死亡10人以上、30人以下的，或者重伤50人以上、100人以下的
特别重大森林火灾	$1000hm^2$ 以上的	死亡30人以上的，或者重伤100人以上的

2) 森林财产损失情况：通过统计火灾造成的受害森林的面积和蓄积量来评价森林财产的损失情况。

8.4.2.6　有害生物

1. 病虫害

(1) 监测与评价指标

1) 发生的病虫害的种类。

2）感病株率、有虫株率、枝梢被害率、叶片受害率、种实被害率。

3）每年病虫害防治的时间和次数。

4）森林财产损失情况：受害森林面积（m²）和蓄积量（m³）。

（2）调查方法

采用固定样地法、临时样地法和线路踏查法调查发生的病虫害的种类，感病株率、有虫株率、枝梢被害率、叶片受害率、种实被害率，以及受害森林面积、蓄积量；对每年的病虫害防治时间和次数进行记录。

（3）评价标准

1）各种病虫害的危害程度：采用上述监测与评价指标，根据《林业有害生物发生及成灾标准》（LY/T 1681—2006），对病虫害的危害程度进行分级。

2）各种病虫害的成灾情况：采用上述监测与评价指标，根据《林业有害生物发生及成灾标准》（LY/T 1681—2006），评价病虫害成灾情况。

3）森林财产损失情况：通过统计每年各种病虫害导致森林受害的面积和蓄积量来评价森林财产损失情况。

2. 鼠害

（1）监测与评价指标

1）害鼠（鼠兔）的种类。

2）捕获率。

3）林木受害情况：受害株率、死亡株率。

（2）调查方法

1）采用捕鼠铗捕鼠法调查地上鼠的捕获率；采用弓箭捕杀法调查地下鼠（鼹鼠）的捕获率。根据林业害鼠的活动习性，调查时间以春季和秋季为最佳时期。

2）林木受害情况：采用线路踏查法和标准地样株调查法相结合的方法调查林木受害株数和死亡株数，据此求出受害株率、死亡株率。于春季进行调查。

（3）评价标准

1）根据害鼠（鼠兔）捕获率，评价鼠害的发生程度（表8-9）。

表 8-9　以捕获率统计森林鼠害（鼠兔）发生程度　　　（单位：%）

项 目	时 间	鼢 鼠			鼠 兔			䶄鼠和绒鼠			田 鼠		
		轻	中	重	轻	中	重	轻	中	重	轻	中	重
捕获率	春	1～5	6～15	>16	9～24	25～49	>50	<1	1～1.3	>1.4	1～2	3～4	>5
	秋							1～4	5～14	>15	1～4	5～14	>15

2）根据林木受害株率和死亡株率，参照《林业有害生物发生及成灾标准》（LY/T 1681—2006）评价鼠害的危害程度。

3）根据林木受害株率和死亡株率，参照《林业有害生物发生及成灾标准》（LY/T 1681—2006）评价鼠害的成灾情况。

3. 兔害

（1）监测与评价指标

1）害兔的种类。

2）害兔的种群密度：即单位面积的林地内发现的害兔数量（只/hm^2）。

3）林木受害情况：受害株率、死亡株率。

（2）调查方法

1）采取目测法（样带法）或丝套法调查害兔种群密度，调查时间选在深秋（落雪之后）进行。

2）采用线路踏查法和标准地样株调查法相结合的方法调查林木受害株数和死亡株数，据此求出受害株率、死亡株率。调查选在初春融雪后（已露出被害状）、无其他自然绿色植物（非林木）时期进行。

（3）评价标准

1）林木受害情况：根据林木受害株率和死亡株率，评价害兔的危害程度（表 8-10）。

表 8-10　害兔危害程度划分

项 目	轻		中		重	
	针叶林	阔叶林	针叶林	阔叶林	针叶林	阔叶林
受害株率（%）	<10	<15	10～20	15～30	>20	>30
死亡株率（%）	<5		5～10		>10	

2）根据害兔种群密度或害兔对林木的危害程度等级，对兔害的防治类型进行划分（表 8-11）。各地区可根据划定的防治类型，选择适当的防治措施。

表 8-11　兔害发生地区的防治类型

项　目	重点预防区	一般治理区	重点治理区
害兔种群密度（只/$10^2 hm^2$）	< 25	25～50	> 50
林木危害程度	轻　度	中　度	重　度

8.5　生态环境管理监测与评价结果的应用

从管理学的角度出发，监测与评价活动可以提高项目管理者的管理水平、增强各部门的责任感、提供大量有价值的信息以及促进相关机构的能力建设。工业人工林生态环境管理监测与评价结果，可用于说明工业人工林建设单位在实施生态环境管理中的表现结果，发现生态环境管理措施存在的问题并加以改进，提供生态环境质量的动态信息以及用于与当地社区沟通并取得其信任。所以，各相关机构要充分认识和发挥工业人工林生态环境管理监测与评价结果的重要作用。

8.5.1　用于说明实施者的绩效结果

工业人工林生态环境管理的实施质量的监测与评价结果，能够清晰地说明工业人工林建设单位对《规程》的遵守程度和应用到位的程度。因此，林业或环境主管部门以及投资方应利用工业人工林生态环境管理实施质量指标的监测与评价结果，来检查或验收建设单位对《规程》的执行结果，以"达标"或"不达标"的评级方式给予认定。通常可以把数个实施质量的监测与评价指标，对每个建设单元（如小班）按照"达标"或"不达标"进行评分，由此可以得出所有建设单元上每个监测与评价指标的"达标率"，"达标率"可说明建设单位执行《规程》的表现结果。

8.5.2　发现问题并制定解决方案

从工业人工林生态环境管理实施效果和影响的监测与评价结果中，可以反映出生态环境管理措施本身及其使用中存在的问题。可能存在的问题如下。

1）一些生态环境管理措施本身存在着技术缺陷，而不能达到预期效果。

2）一些生态环境管理措施可操作性不强，难于在生产活动中被准确无误地运用。

3）一些生态环境管理措施因相关或配套条件不具备，不能被生产单位采纳。

从生态环境管理实施效果和影响的监测与评价结果中，就能发现上述问题的类型及产生的具体原因，从而指导有关机构研究和制定出合理、可行的解决方案，使现有的生态环境管理措施不断升级和完善。

8.5.3 提供生态环境质量的动态信息

从工业人工林生态环境管理实施效果和影响的监测与评价结果中，能够获得大量的水土流失、土壤肥力、生物多样性、地表水污染、有害生物、森林火灾等方面的生态环境质量信息。而且随着监测与评价活动的不断进行，可以得出生态环境质量的动态变化趋势。这些信息可以用于指导以下方面的决策。

1）制定当地的生态环境保护规划与实施方案。

2）制定当地的工业人工林基地可持续建设与发展规划和方案。

3）制定当地的生物资源保护与利用规划。

4）制定当地的土地利用规划。

同时，基于这些大量的生态环境质量信息，可以建立当地的生态环境管理数据库，为当地的经济、社会与环境可持续发展提供指导和支持。

8.5.4 作为与当地社区交流并取得其信任的工具

在全民生态和环境保护意识日益增强的背景下，当地社区也越来越关注工业人工林的建设与发展是否会给当地的生态环境带来负面影响。工业人工林生态环境管理的监测与评价结果，既能让当地社区对建设单位生态环境管理的实施质量进行监督，又能向他们展示当地生态环境质量的动态信息，从而赢得他们的理解和信任。

参考文献

阿不都外力，阿依加马力，古丽曼等．2007. 0.3%印楝素生物制剂防治草原蝗虫药效试验．新疆畜牧业，(S1)：57-58

白帆，周大元，张丽平等．2008. 世界森林火灾预防与监控技术概述．林业劳动安全，21 (3)：20-22, 25

毕湘虹，魏侠．2005. 红松、落叶松人工林可持续控制病虫害林分植物结构的探讨．防护林科技，(4)：78-79

蔡强国，王贵平，陈永宗．1998. 黄土高原小流域侵蚀产沙过程与模拟．北京：科学出版社

曹志洪．1994. 化肥——环境与农业持续发展，土壤科学与农业持续发展．北京：中国科学技术出版社

茶正早，黎仕聪，林钊沐等．2000. 海南桉林土壤肥力的研究//余雪标．桉树人工林长期生产力管理研究．北京：中国林业出版社

陈昌洁，沈瑞祥，潘允中等．1999. 中国主要森林病虫害防治研究进展．北京：中国林业出版社

陈楚莹，汪思龙．2004. 人工混交林生态学．北京：科学出版社

陈存及．1992. 毛竹林分密度效应的初步研究．福建林学院学报，12 (1)：98-104

陈继祥．2007. 柳杉与火力楠、湿地松混交林分结构和生物量的研究．亚热带水土保持，(2)：10-12, 32

陈军胜，苑丽娟，呼格·吉乐图．2005. 免耕技术研究进展．中国农学通报，(5)：184-190

陈双林，萧江华，薛建辉．2004. 竹林水文生态效应研究综述．林业科学研究，17 (3)：399-404

陈双林，杨清平．2003. 散生类竹子地下鞭系生长影响因子研究综述．林业科学研究，(4)：473-478

陈双林，杨伟真．2002. 我国毛竹人工林地力衰退成因分析．林业科技开发，(5)：3-6

陈婷，温远光，孙永萍等．2005. 连栽桉树人工林生物量和生产力的初步研究．广西林业科学，(1)：8-12

丁魏发．2006. 毛竹垦复技术初步研究．现代农业科技，(11S)：23-24

董晨玲．2003. 毛竹扩鞭成林新竹生长效果研究．竹子研究汇刊，(4)：30-33

杜文胜，李凌霞，刘宏伟等．2007. 飞机低量喷洒生物制剂灭幼脲防治松毛虫试验效果研究．黑龙江环境通报，31 (1)：49-50

杜秀文，李茹秀．1988. 几种森林类型可燃物含水率与气象因子关系的分析．东北林业大学学报，16 (3)：87-90

樊后保，苏兵强．2002. 林下套种阔叶树的马尾松林凋落物生态学研究Ⅰ——凋落物量及其动态．福建林学院学报，22 (3)：209-212

范少辉，何宗明，卢镜铭等．2006. 立地管理措施对 2 代 5 年生杉木林生长影响．林业科学研

究，（1）：27-31

范少辉，廖祖辉．2002．立地管理对第2代杉木4年生人工幼林生长影响的研究．林业科学研究，15（2）：169-174

范少辉，刘广路，官凤英等．2009．不同管护类型毛竹林土壤渗透性能的研究．林业科学研究，22（4）：568-573

方奇．1987．杉木连栽对土壤肥力及其杉木生长的影响．林业科学，24（4）：28-39

方升佐．1999．经营措施对辐射松及杨树人工林长期立地生产力的影响．南京：南京林业大学

冯书涛．2005．毒鼠强的理化性质及其危害．环境与健康杂志，22（4）：317-318

冯宇炜．1993．酸雨对生态系统的影响——西南地区酸雨研究．北京：中国科学技术出版社

冯玉龙，王文章．1996．长白落叶松水曲柳混交林增产机理的研究（Ⅱ）．东北林业大学学报，24（3）：1-8

符树根，黄宝祥，沈彩周等．2006．毛竹专用肥试验研究．江西林业科技，（1）：10-12

高集美．2009．浅析桉树人工林生态问题与经营对策．福建林业科技，36（2）：195-197

高清贵．2006．浅谈毛竹山的水土保持．亚热带水土保持，（2）：39-40

高志勤．2006．不同毛竹纯林枯落物养分含量和贮量的比较．南京林业大学学报：自然科学版，（3）：51-54

高志勤，傅懋毅．2006．不同毛竹林土壤碳氮养分的季节变化特征．竹子研究会刊，22（3）：248-254

顾茂彬，洪富文．2006．桉树害虫的生态控制．林业科学研究，19（3）：316-320

顾小平，吴晓丽，汪阳东．2004．毛竹材用林高产优化施肥与结构模型的建立．林业科学，（3）：96-101

郭晓敏，牛德奎，张斌等．2005．集约经营毛竹林平衡施肥效应研究．西南林学院学报，25（4）：84-89

国家林业局．2005．中国林业年鉴．北京：中国林业出版社

国家林业局世界银行贷款项目管理中心．2000．世界银行贷款"国家造林项目"竣工文件．北京：中国林业出版社

韩静波，姚彦民，袁凤岐等．2001．应用Bt生物制剂防治松毛虫试验．内蒙古林业科技，（1）：27-28

韩雪，殷丽娟．2008．妥善处理农药包装废弃物减少环境污染．黑龙江农业科学，（6）：180

何长见．2001．中国农业项目监测评价体系研究．成都：西南财经大学

何水东．2007．桉树人工林可持续经营的造林措施研究．安徽农学通报，（18）：196-198

何艺玲．2000．不同类型毛竹林林下植被的发育状况及其与土壤养分关系的研究．北京：中国林业科学研究院

何友均，李智勇，徐斌等．2009．新西兰森林采伐管理制度与借鉴．世界林业研究，22（5）：1-5

何宗明，范少辉，陈清山等．2003．立地管理措施对2代4年生杉木林生长的影响．林业科学，（4）：54-58

赫尔曼·格拉夫·哈茨费尔德 . 1997. 生态林业理论与实践 . 沈照仁等译 . 北京：中国林业出版社

洪伟，陈辉，吴承祯 . 2003. 毛竹专用复合肥研究 . 林业科学，(1)：81-85

胡锐，宋维明 . 2010. 国外速生丰产用材林经营模式研究与借鉴 . 林业经济，(9)：58-63，68

黄秉维 . 1954. 关于西北黄土高原土壤侵蚀因素的问题 . 科学通报，(6)：65-66

黄成敏 . 2000. 化肥施用与土壤退化 . 资源开发与市场，16 (6)：348-350

黄清麟，李元红 . 2000a. 福建中亚热带天然阔叶林与人工林对比评价Ⅲ——人促阔叶林与人工林经济效益，山地学报，18 (3)：244-247

黄清麟，李元红 . 2000b. 福建中亚热带天然阔叶林与人工林对比评价Ⅰ——水土资源的保持与维护 . 山地学报，18 (1)：69-75

黄小春，朱培林，杨春霞 . 2008. 阔叶树工业人工林定向培育技术的理论与实践 . 江西林业科技，(6)：1-5

黄玉梅 . 2004. 桉树人工林地力衰退及其成因综述 . 西部林业科学，(4)：21-26

贾松青，姚树人，郝凤珍 . 1987. 大兴安岭林区特大森林火灾的天气形势分析 . 东北林业大学学报，15 (6)：12-16

蒋建平 . 1990. 农村业系统工程与农桐间作的结构模式 . 世界林业研究，3 (1)：32-38

蒋志刚，马克平，韩兴国 . 1997. 保护生物学 . 杭州：浙江科学技术出版社

焦菊英，王万忠，李靖等 . 2002. 黄土丘陵沟壑区水土保持人工林减蚀效应研究 . 林业科学，38 (5)：87-94

金岚 . 2001. 环境生态学 . 北京：高等教育出版社

寇文正 . 1993. 林火管理信息系统 . 北京：中国林业出版社

匡湘鸾 . 2008. 思茅松容器育苗技术 . 林业实用技术，(2)：26

李昌栋 . 2004. 不同垦复时间和深度对毛竹生长发育的影响 . 安徽林业，(2)：17

李成德 . 2003. 森林昆虫学 . 北京：中国林业出版社

李春明，杜纪山，张会儒 . 2003. 抚育间伐对森林生长的影响及其模型研究 . 林业科学研究，(5)：636-641

李贵玉 . 2006. 广西桉树病虫害发生现状及防治策略 . 广西林业科学，35 (4)：285-288

李海云，王秀峰 . 2004. 不同阴离子化肥对设施土壤理化性状的影响研究 . 中国生态农业学报，12 (4)：126-128

李娟娟，陈家玮，刘晨等 . 2008. 北京郊区土壤中 DDT（滴滴涕）残留调查及评价 . 地质通报，27 (2)：252-256

李利平，邢韶华，赵勃等 . 2005. 北京山区不同区域油松林植物多样性比较研究 . 北京林业大学学报，27 (4)：12-16

李莲芳，赵文书，唐社云等 . 1997. 思茅松苗木培育研究 . 西部林业科学，(4)：7-12

李世达，郑焕能，常健斌等 . 1989. 人为火发生预报方法及原理 . 东北林业大学学报，17 (5)：10-19

李卫忠，吉文丽，刘军 . 2004. 秦岭林区可持续经营理论与技术研究 . 西北林学院学报，(4)：

184-188

李鑫，巨晓棠，张丽娟等.2008.不同施肥方式对土壤氨挥发和氧化亚氮排放的影响.应用生态学报，(1)：99-104

李学垣.2001.土壤化学.北京：高等教育出版社

李正才，傅懋毅，谢锦忠等.2003.毛竹竹阔混交林群落地力保持研究.竹子研究汇刊，(1)：32-37

李志东.1997-12-12.火热的印度尼西亚——印尼森林大火评述.东陆时报，第3版

李周，谢京湘.1992.国内外发展速生丰产林的比较研究.林业经济，(2)：29-33

梁启英.2005.对桉树人工林生态问题争论的思考.桉树科技，22（1）：23-28

廖观荣，王尚明.2002.雷州半岛桉树人工林地力退化的现状和特征.土壤与环境，11（1）：25-28

廖利平，高洪.2000.外加氮源对杉木叶凋落物分解及土壤养分淋失的影响.植物生态学报，24（1）：34-39

林爵平，刘玉茂.2002.生物制剂大面积防治马尾松毛虫的研究.长沙电力学院学报（自然科学版），17（2）：89-91

林开敏，俞新妥.1996.不同密度杉木林分生物量结构与土壤肥力差异研究.林业科学，32（5）：385-391

林林.1988.林业处在转折点上.林业问题，(1)：18-23

林其钊，舒立福.2003.林火概论.合肥：中国科学技术大学出版社

林迎星.2000.中国工业人工林发展研究概述.世界林业研究，13（5）：50-56

刘爱琴，范少辉，林开敏等.2005.不同栽植代数杉木林养分循环的比较研究.植物营养与肥料学报，(2)：273-278

刘晨峰，王正宁，贺康宁等.2004b.黄土高原半干旱区几种人工林的土壤水分、光照变化及其对林分的影响.西部林业科学，(3)：34-41

刘晨峰，尹婧，贺康宁.2004a.林下植被对半干旱区不同密度刺槐林地土壤水分环境的指示作用.中国水土保持科学，(2)：62-67，79

刘凡.2003.毒鼠强整治工作手册.北京：中国工商出版社

刘福德.2005.杨树连作地力衰退及林地生产力维持技术的研究.泰安：山东农业大学

刘广路，范少辉，漆良华等.2008.不同类型毛竹林土壤渗透性研究.水土保持学报，22（6）：45-56

刘海刚，李江，李桐森.2008.清水河思茅松人工林水土流失监测报告.内蒙古林业调查设计，(5)：32-33

刘明国，苏芳莉，马殿荣等.2002.多年生樟子松人工纯林生长衰退及地力衰退原因分析.沈阳农业大学学报，(4)：274-277

刘巧云，陈国顺，陈伟等.2003.毛竹林经营管理与螨类危害关系的调查.竹子研究汇刊，22（2）：33-35

刘晓鹰，王光琰.1991.杉木、柳杉与黄连间作的初步研究.生态学杂志，10（4）：30-34

刘兴周.1992.小兴安岭林火发生和气象因子的关系.森林防火,(3):34-38

楼一平.1998.毛竹林长期立地生产力评价和预测研究的评述.竹子研究汇刊,(4):31-35

楼一平,盛炜彤.1998.人工林长期立地生产力研究概述.世界林业研究,(5):18-25

楼一平,盛炜彤.1999.我国毛竹林长期立地生产力研究问题的评述.林业科学研究,(2):172-178

楼一平,吴良如.1997.毛竹纯林长期经营对林地土壤肥力的影响.林业科学研究,(2):125-129

鲁绍伟,刘凤芹,余新晓等.2007.华北土石山区油松——元宝枫混交林的结构与功能.东北林业大学学报,(9):20-23

陆钊华,徐建民,韩超.2008.南方桉树人工林雨雪冰冻经济损失评估与分析.林业科学,44(11):36-41

吕家珑,张一平,王旭东等.2001.长期单施化肥对土壤性状及作物产量的影响.应用生态学报,12(4):569-572

吕晓男,孟赐福,麻万诸等.2005.农用化学品及废弃物对土壤环境与食物安全的影响.中国生态农业学报,13(4):150-153

罗德光.2005.不同强度人为干扰对马尾松林分结构及物种多样性的影响.福建林业科技,(4):90-94

罗国芳.1997.闽东竹业经营发展战略研究.林业经济问题,(3):29-33

罗菊春,王庆锁.1997.干扰对天然红松林植物多样性的影响.林业科学,33(6):498-503

骆有庆,刘荣光,刘乃生.2002.杨树天牛灾害可持续控制策略与技术.中国森林病虫,(1):32-35,41

马世骏.1976.谈农业害虫的综合防治.昆虫学报,19(2):129-141

马祥庆.2001.杉木人工林连载生产力下降研究进展.福建林学院学报,21(4):380-384

马祥庆,范少辉,陈绍栓等.2003.杉木人工林连作生物生产力的研究.林业科学,(2):78-83

马祥庆,黄宝龙.1997.人工林地力衰退研究综述.南京林业大学学报,21(2):77-82

毛艳玲.2000.不合理施用化肥对土壤的影响.福建农业,(3):9

牛勇.2007.海南人工林病虫害现状及控制对策.热带林业,35(4):42-44

农业部农药检定所.1989.新编农药手册.北京:农业出版社

农业部农药检定所.1993.农药安全实用指南.北京:农业出版社

潘超美,杨凤,蓝佩玲等.1998.南亚热带赤红壤地区不同人工林的土壤微生物特性.热带亚热带植物学报,6(2):158-165

潘德成,姜涛,于涛.2007.林分结构调整对固沙林地生态环境影响.水土保持应用技术,(2):4-5

潘金灿.2000.闽南毛竹林合理经营密度的研究.经济林研究,18(2):20-22

潘文忠.2007.杉楠混交林生长及生态效应研究.安徽农学通报,(9):144-145,227

彭舜磊,王得祥,赵辉等.2008.我国人工林现状与近自然经营途径探讨.西北林学院学报,

23 (2)：184-188

沈根度．1998．加强天然阔叶林保护管理，促进林业发展——景德镇市阔叶林资源的现状及其保护管理的设想．江西林业科技，(6)：41-43

沈国舫．1988．对世界造林发展新趋势的几点看法．世界林业研究，1：21-27

沈瑞祥，骆有庆，杨旺．2000．我国人工林病虫害现状及控制对策．世界农业，(9)：36-37

盛炜彤．1992．人工林地力衰退研究．北京：中国科学技术出版社

盛炜彤．1995．我国人工用材林发展中的生态问题及治理对策．世界林业研究，(2)：51-55

盛炜彤．1997．立地因子特征及其在森林立地分类评价中的作用//张万儒．中国森林立地．北京：科学出版社

盛炜彤，范少辉．2002．杉木及其人工林自身特性对长期立地生产力的影响．林业科学研究，(6)：629-636

盛炜彤，范少辉．2005．杉木人工林长期生产力保持机制研究．北京：科学出版社

盛炜彤，惠刚盈，张守攻等．2004．杉木人工林优化栽培模式．北京：中国科学技术出版社

盛炜彤，杨承栋．1997．关于杉木林下植被对改良土壤性质效用的研究．生态学报，17 (4)：377-385

舒立福．1999．世界林火概况．哈尔滨：东北林业大学出版社

舒立福，田晓瑞．1998a．世界森林火灾状况综述．世界林业研究，11 (6)：41-47

舒立福，田晓瑞．1998b．计划烧除的研究与应用．火灾科学，7 (3)：61-67

舒立福，田晓瑞．1999a．我国的森林火灾状况和对策研究．灾害学，14 (3)：89-92

舒立福，田晓瑞．1999b．森林可燃物可持续管理技术理论与研究．火灾科学，8 (4)：18-24

宋露露．1990．桐麦间作对小麦光合同化的影响．泡桐与农用林业，(2)：62-67

宋志杰．1991．林火原理和林火预报．北京：气象出版社

孙长忠，沈国舫．2001．对我国人工林生产力评价与提高问题的几点认识．世界林业研究，14 (1)：76-80

孙志虎，金光泽，牟长城．2009．长白落叶松人工林长期生产力维持的研究．北京：科学出版社

谭著明，张灿明，杨方敏．2008．冰雪致湖南森林毁损原因、损失评估及重建设想．林业科学，44 (11)：91-100

汤景明，宋丛文，戴均华等．2008．湖北省主要造林树种冰雪灾害调查．林业科学，44 (11)：2-10

唐凤德，蔡天革，韩士杰等．2009．生物制剂对沙地樟子松苗木成活生长及生理特征的影响．生态学报，29 (5)：2294-2303

唐凤德，梁永君，韩士杰等．2004．生物制剂对沙地樟子松造林成活率及根系生长影响的研究．林业研究（英文版），15 (2)：124-126

唐社云．1999．思茅松无性系种子园营建关键技术．西部林业科学，(3)：13-17

陶芳明，李昌栋．1994．不同垦复时间和深度在毛竹林生长发育中的作用．竹子研究汇刊，13 (2)：61-65

田晓瑞, 舒立福, 徐忠臣. 1999. 防火线的研究进展. 火灾科学, 8 (4): 44-49

王长福. 1995. 美国阿拉斯加州等地区森林防火与经营技术. 世界林业研究, 8 (5): 49-52

王达明, 陈宏伟, 周彬. 2004. 论云南发展工业人工林. 西部林业科学, 33 (2): 16-24

王火焰, 周健民, 陈小琴等. 2005. 氮磷钾肥料在土壤中转化过程的交互作用 II——硫酸铵在水稻土中的转化. 土壤学报, 42 (001): 70-77

王健鑫, 张秋秋, 王日昕. 2008. 杀虫剂敌敌畏对中国林蛙蝌蚪生长发育的毒性效应. 通化师范学院学报, 29 (2): 52-54

王礼先. 1995. 水土保持学. 北京: 中国林业出版社

王连生. 1991. 有机污染物化学. 北京: 科学出版社

王明旭, 戴良英, 陈良昌. 2000. 毛竹枯梢病病原菌致病机制及防治技术. 森林病虫通讯, 19 (5): 8-10

王绍林, 王宏琦, 董士恒等. 2002. 利用生物制剂防治赤松毛虫的研究. 山东林业科技, (6): 15-16

王绍明. 2000. 不同施肥方式下紫色水稻土土壤肥力变化规律研究. 农村生态环境, 16 (3): 23-26

王义弘, 李俊清, 王政权. 1990. 森林生态学试验实习方法. 哈尔滨: 东北林业大学出版社

王震洪, 段昌群, 起联春等. 1998. 我国桉树林发展中的生态问题探讨. 生态学杂志, 17 (6): 64-68

王震洪, 起联春. 1998. 我国桉树林发展中的生态问题探讨. 生态学杂志, 17 (6): 64-68

王正非. 1983. 山火初始蔓延速度测算法. 山地研究, 1 (2): 42-51

王正非, 刘自强, 李世达. 1983. 应用线性方程确定林火强度. 林业科学, 19 (4): 371-381

温美丽, 刘宝元, 叶芝菡等. 2006. 免耕与土壤侵蚀研究进展. 中国生态农业学报, (3): 1-3

温庆忠, 魏雪峰, 赵元藩等. 2008. 雨雪冰冻灾害对滇东南 5 种人工林的影响. 林业科学, 44 (11): 23-27

温远光, 刘世荣, 陈放. 2005a. 桉树工业人工林的生态问题与可持续经营. 广西科学院学报, 21 (1): 13-18

温远光, 刘世荣, 陈放. 2005b. 连栽对桉树人工林下物种多样性的影响. 应用生态学报, 16 (9): 1667-1671

温远光, 刘世荣, 陈放等. 2005c. 桉树工业人工林植物物种多样性及动态研究. 北京林业大学学报, 27 (4): 17-22

文定元. 1995. 森林防火基础知识. 北京: 中国林业出版社

吴国强. 2005. 毛竹栽培与垦复技术要点. 安徽林业, (1): 31

吴礼栋, 翁益明, 邱永华等. 2005. 毛竹林地施厩肥效应试验初报. 世界竹藤通讯, (3): 33-35

吴明晶. 2001. 关于不炼山整地造林在林业生产中的应用研究. 华东森林经理, 15: 7-8

吴志勇, 王云珠. 2000. 安吉竹业发展现状和思路. 竹子研究汇刊, 19 (4): 76-79, 83

奚振邦. 1994. 化学肥料学. 北京: 科学出版社

萧刚柔 . 1992. 中国森林昆虫 . 第二版 . 北京：中国林业出版社

晓晨 . 1986. 巴西蚂蚁猖獗 . 国外林业动态，（21）：3-6

肖放，张文学，王昶远等 . 2005. 病毒和细菌类生物制剂防治美国白蛾试验 . 中国森林病虫，
    24（3）：34-36

肖军，秦志伟，赵景波 . 2005. 农田土壤化肥污染及对策 . 环境保护科学，31（5）：32-34

解焱 . 2002. 当心：种树可别种出"绿色沙漠" . 科技文萃，（3）：26-27

辛树帜，蒋德麒 . 1982. 中国水土保持概论 . 北京：农业出版社

熊有强，盛炜彤 . 1995. 不同间伐强度杉木林下植被发育及生物量研究 . 林业科学研究，
    8（4）：408-412

徐大平，张宁南 . 2006. 桉树人工林生态效应研究进展 . 广西林业科学，（4）：179-187，201

徐秋芳，徐建明，姜培坤 . 2003. 集约经营毛竹林土壤活性有机碳库研究 . 水土保持学报，
    17（4）：15-17，21

徐秀霞，张生合 . 2005. 北方草原应用印棟素生物制剂防治蝗虫试验 . 四川草原，（12）：45-46

许业洲，孙晓梅，宋丛文等 . 2008. 鄂西亚高山日本落叶松人工林雪灾调查 . 林业科学，
    44（11）：11-17

薛南冬，廖柏寒 . 2001. 施氮对长沙地区两种水稻土铝及盐基离子溶出的影响 . 湖南农业大学
    学报（自然科学版），27（2）：134-138

薛秀康 . 2009. 我国桉树工业原料林发展中存在的问题与对策 . 林业科技开发，23（5）：5-9

杨斌，赵文书，姜远标等 . 2005. 思茅松造林苗木选择及施肥效应 . 浙江林学院学报，22（4）：
    396-399

杨成栋等 . 2009. 中国主要造林树种土壤质量演化与调控机理 . 北京：科学出版社

杨凤，潘超美，李幼菊等 . 1996. 亚热带赤红壤不同林型对土壤微生物区的影响 . 热带亚热带
    森林土壤科学，5（1）：20-26

杨金楼，奚振邦 . 2000. 化肥与盐土盐分对土壤溶质势影响的比较研究 . 上海农业学报，
    16（4）：60-63

杨美和，高颖仪 . 1992. 林地火延烧与贴地层气象的关系 . 森林防火，（3）：6-8，14

杨美和，高颖仪，陈光海等 . 1991. 森林火灾损失的评价与计算 . 森林防火，28（1）：3-4，47

杨美和，阚术坤 . 1993. 林火管理多目标决策的效益评价 . 吉林林业科技，（3）：24，19

杨人卫，杨建华 . 2003. 氮素化肥对土壤环境的影响 . 上海农业科技，（1）：42-43

杨旺 . 1998. 森林病理学 . 北京：中国林业出版社

杨玉盛，陈光水，何宇明等 . 2002. 杉木观光木混交林和杉木纯林群落细根生产力、分布及养
    分归还 . 应用与环境生物学报，（3）：223-233

杨玉盛，陈光水，谢锦升等 . 2000a. 不同收获与清林方式对杉木林养分的影响 . 自然资源学
    报，15（2）：133-137

杨玉盛，何宗明，陈光水等 . 2000b. 杉木多代连栽后土壤肥力变化 . 土壤与环境，10（1）：
    33-38

杨曾奖，郑海水 . 1995. 桉树与固氮树种混交对地力及生物量的影响 . 广东林业科技，11（2）：

10-16

杨忠芳，陈岳龙，钱锺等．2005．土壤 pH 对镉存在形态影响的模拟实验研究．地学前缘，12（1）：252-260

姚筱羿，刘素芬，董月发．2001．杨歧山毛竹枯梢病发生规律及综合防治技术．江西林业科技，（6）：26-27

叶萌，刘中元，罗俊根等．2002．两种生物制剂喷烟防治马尾松毛虫试验．江西林业科技，（5）：29-30

叶学华，罗嗣义．2001．杉木人工林地力衰退研究概述．江西林业科技，（6）：42-45

应水金，陈荣地．1995．速生丰产用材林基地建设的水土保持对策措施．福建水土保持，（1）：29-31

于宁楼．2001．九龙山不同森林类型立地长期生产力研究．北京：中国林业科学研究院

余雪标，徐大平．1999．不同连栽代次桉树人工林的养分循环．热带作物学报，20（3）：60-66

余雪标，徐大平，龙腾等．2000．连栽桉树人工林生长特性和树冠结构特征．林业科学，36：137-142

余雪标，徐大平，王尚明．2004．桉树人工林长期生产力管理研究．北京：中国林业出版社

余正国，钟琼和，曾少玲等．2009．桉树人工林地力减退原因的调查及保护措施．热带林业，37（3）：16，17

俞新妥．1992．杉木人工林地力和养分循环研究进展．福建林学院学报，12（3）：264-274

俞新妥．1997．杉木栽培学．福州：福建科学技术出版社

俞元春．1999．杉木林土壤肥力变化和长期生产力维持研究．南京：南京林业大学

虞春航，李淑梅，韩一凡．2006．我国杨树工业人工林存在的一些问题．林业实用技术，（10）：11-13

袁嗣令．1997．中国乔、灌木病害．北京：科学出版社

翟明普，郭素娟．2003．关于提高我国造林质量的若干意见．世界林业研究，16（1）：50-54

詹祖仁，张文勤．1998．毛竹枯梢病综合治理技术的应用．林业科技开发，（2）：56-57

张保华．2007．长江上游典型区域森林土壤结构体形成和稳定性机制分析．聊城大学学报：自然科学版，20（1）：12-17

张东方，王理平．1998．我国结瘤固氮树种资源及利用现状．林业科技通讯，（2）：6-10

张芳山．2004．低产毛竹林改造技术．安徽林业科技，（4）：37-38

张飞萍，陈清林，尤民生等．2004．毛竹林经营干扰、林下植物与冠层螨类之间的关系．林业科学，（5）：143-150

张坚．1999．化肥施用与土壤环境污染．四川农业科技，（3）：6-7

张三．2001．我国工业人工林发展现状与对策——解决我国木材供需矛盾途径研究之一．中国农村经济，20（4）：193-198

张守攻，张建国．2000．我国工业人工林培育现状及其在林业建设中的战略意义．中国农业科技导报，2（1）：32-35

张咸恭，王思敬，张悼元．2000．中国工程地质学．北京：科学出版社

张小平.2003.化学农药对农业生态环境的污染及防治.生态经济,(10):166-168

张星耀,骆有庆.2003.中国森林重大生物灾害.北京:中国林业出版社

张艳艳,李宝银,吴承祯等.2007.阔叶林林分结构特征 Ⅰ——林分年龄与林分密度的关系.福建林学院学报,(1):44-47

张正雄,周新年,高山等.2004.皆伐对短轮伐期尾叶桉林地土壤性质的影响.福建林学院学报,(2):111-113

赵宪文.1995.森林火灾遥感监测评价——理论及基数应用.北京:中国林业出版社

赵肖,张娅兰,李适宇.2008.滴滴涕对太湖经济鱼类危害的生态风险.生态学杂志,27(2):295-299

赵一鹤,杨宇明,杨时宇等.2007.桉树人工林生物多样性研究进展.云南农业大学学报,(5):741-746

郑海水,翁启杰,曾杰等.1997.桉树与相思混交林生产力及生态特性研究//沈国舫,翟明普.混交林研究——全国混交林与树种关系学术讨论会论文集.北京:中国林业出版社

郑焕能,邸雪颖,姚树人.1993.中国林火.哈尔滨:东北林业大学出版社

郑焕能,胡海青.1990.火在森林生态系统平衡中的影响.东北林业大学学报,18(1):8-13

郑焕能,居恩德.1988.林火管理.哈尔滨:东北林业大学出版社

郑焕能,骆介禹,耿玉超.1988.几种林火强度计算方法的评价.东北林业大学学报,16(5):103-108

郑焕能,温庄.1999.林火灾变阈值.火灾科学,8(3):1-5

郑郁善,洪伟,陈礼光.1998.毛竹林合理经营密度的研究.林业科学,34(专1):5-10

中国林业科学研究院"多功能林业"编写组.2009.中国多功能林业发展道路探索.北京:中国林业出版社

中国树木志编委会.1993.中国主要树种造林技术.北京:中国林业出版社

钟福生,王焰新,邓学建等.2007.洞庭湖湿地珍稀濒危鸟类群落组成及多样性.生态环境,16(5):1485-1491

钟善锦,黄懂宁.1998.化学农药对生态环境的影响及其控制对策.广西科学院学报,14(4):32-35

周代华.1997.凉山州森林火险与气候条件相关性的研究.四川林业科技,18(4):49-51

周东雄,陈善治,张君寿.1994.沙县毛竹低产林改建笋竹两用丰产林培育模式.福建林学院学报,12(2):176-179

周生贤.2001.全球生态危机与中国林业跨越式发展.中国林业,6(1):3-9

周霆,盛炜彤.2008.关于我国人工林可持续问题.世界林业研究,21(3):49-53

周卫军,王凯荣.1997.不同农业施肥制度对红壤稻田土壤磷肥力的影响.热带亚热带土壤科学,6(4):231-234

周以良,乌弘奇,陈涛等.1989.按植物群落生态学特性,加速恢复大兴安岭火烧迹地的森林.东北林业大学学报,17(3):1-10

朱显谟.1958.有关黄河中游土壤侵蚀区划问题.土壤通报,2(1):1-6

邹长明，高菊生. 2004. 长期施用含氯化肥对稻田土壤氯积累及养分平衡的影响. 生态学报，24（11）：2557-2563

左益华. 2007. 马尾松枫香混交林生态效益的研究. 安徽林业，（5）：21

Awang M B, Abdullah A M, Hassan M N. 2001. 1997 年东南亚森林火灾的烟雾释放//金普春，张文荣. 国际林联第 21 届世界大会论文选编. 北京：中国环境科学出版社

Adair E C, Binkley D. 2002. Co-limitation of first year fremont cottonwood seedlings by nitrogen and water. Wetlands, 22（2）：425-429

Albaugh T J, Allen H L, Dougherty P M, et al. 1998. Leaf area and above-and belowground growth responses of loblolly pine to nutrient and water additions. Forest Science, 44（2）：317-328

Amiro B D, Stocks B J, Alexander M E, et al. 2001a. Fire, climate change, carbon and fuel management in the Canadian boreal forest. International Journal of Wildland Fire, 10：405-413

Amiro B D, Todd J B, Wotton B M, et al. 2001b. Direct carbon emissions from Canadian forest fires, 1959-1999. Canadian Journal of Forest Research, 31（3）：512-525

Anderson D W. 1977. Early stages of soil formation on glacial till mine spoils in a semi-arid climate. Geoderma, 19：11-19

Andrews P L, Rothermel R C. 1982. Charts for Interpreting Wildland Fire Behavior Characteristics. Intermountain Forest and Range Experiment Station Ogden, UT 84401. General Technical Report INT-131. Washington D. C.：USDA Forset Service

Bowman R A, Reeder J D, Lober R W. 1990. Changes in soil properties in a central plains rangeland soil after 3, 20, and 60 years of cultivation. Soil Science, 150（6）：851-837

Burgan R E, Rothermel R C. 1984. Behave：Fire Behavior Prediction & Fuel Modelling Systems-FUEL Subsystem. Technical Report INT-194. Washington D. C.：USDA Forest Service

Calderon F J, Jackson L E, Scow K M, et al. 2001. Short-term dynamics of nitrogen, microbial activity, and phospholipid fatty acids after tillage. Soil Science Society of America Journal, 65：118-126

Canadian Forest Service. 1984. Tables for the Canadian Forest Fire Weather Index System. 4th edition. Technical Report 25. Ottawa：Canadian Forest Service

Cohen J D. 1986. Estimating Fire Behavior with FIRECAST：User's Manual. Pacific Southwest Forest and Range Experiment Station. General Technical Report PSW-90. Washington D. C.：USDA Forest Service

Doolittle W T. 1957. Site index of Scarlet and Black Oak in relation to southern ztppalachian soil and topography. Forest Science, 3（2）：114-124

Drinkwater L E, Janke R R, Rossoni-Longnecker L. 2000. Effects of tillage intensity on nitrogen dynamics and productivity in legume-based grain systems. Plant and Soil, 227：99-113

Drinkwater L E, Wagoner P, Sarrantonio M. 1998. Legume-based cropping systems have reduced carbon and nitrogen losses. Nature：262-265

Dyck W J, Cole D W, Comerford N B. 1994. Impacts of Forest Harvesting on Long-Term Site Productivity. London：Chapman and Hall

Evans J. 1990. long-term productivity of forest plantation-status//IUFRO. IUFRO 19th World Congress Proceedings. Montreal: IUFRO

Fageria N K, Baligar V C, Bailey B A. 2005. Role of cover crops in improving soil and row crop productivity. Communications in Soil Science and Plant Analysis, 36: 2733-2757

FAO. 1990. Forest Resources Assesment 1990. Rome: FAO

Flach K. 1990. Low-input agriculture and soil conservation. Journal of Soil Water Conservation, 45: 42-44

Florence V. 1986. Cultural problems of Eucalyptus as exotics. Comm For Rev, (65) : 141-163

Franzluebbers A J. 2002a. Soil organic matter stratification ratio as an indicator of soil quality. Soil and Tillage Research , 66: 95-106

Franzluebbers A J. 2002b. Water infiltration and soil structure related to organic matter and its stratification with depth. Soil and Tillage Research , 66: 197-205

Fzwccywk P. 1985. Studies on the accumulation, distribution and cycling of nutrient elements in the ecosystem of the pure stand of subtropical Cunninghamia lanceolata. Acta Phytoecological et Geobotanica Sinic, 9: 245-257

Gholz H L, Fisher R F. 1984. The limits to productivity: fertilization and nutrient cycling in coastal plain slash pine forests//Stone E L. Forest Soils and Treatment Impacts. Proceedings of the Sixth North American Soils Conference. The Society of American Foresters Publication 84- 10. Knoxville: University of Tennessee

Gilliam F S, Turrill N L, Adams M B. 1995. Herbaceous-layer and overstory species in clear-cut and mature central appalachian hardwood forests. Ecological Applications, 5 (4): 947-955

Hallberg G R, Wollenhaupt N C, Miller G A. 1978. A century of soil development in spoil derived from loess in Iowa. Soil Science Society of America Journal, 42: 339-343

He Y J, Chen J, Li Z Y. 2010a. A Study of afforestation subsidy for multi-purpose forestry development under global climate change: overseas experiments and implications. Chinese Forestry Science and Technology, 9 (4): 19-31

He Y J, Chen J, Li Z Y. 2010b. Global planted forest development: opportunities, challenges and policy choice. Chinese Forestry Science and Technology, 9 (2): 24-31

He Y J, Laszlo M, Chen J, et al. 2009. Potential impact of forest bioenergy on environment in China. Chinese Forestry Science and Technology, 8 (2): 1-11

He Y J, Li Z Y, Chen J, et al. 2008. Sustainable management of planted forests in China: comprehensive evaluation, development recommendation and action framework. Chinese Forestry Science and Technology, 7 (3): 1-15

Holmsgaard E, Holstener-Jorgensen H, Yde-Anderson A. 1961. Bodenvildung, Zuwachs und Gesundheitszustand von Fichtenbestanden erster und zweiter Generation. 1. NordSeedland. Forstl. Forsogsv. Danm, 27: 167

Hooper D U, Johnson L. 1999. Nitrogen limitation in dryland ecosystems: responses to geographical and temporal variation in precipitation. Biogeochemistry, 46 (1): 247-293

Ingestad T, Aronsson A, Agren G I. 1981. Nutrient flux density model of mineral nutrition in conifer ecosystems. Studia Forestalia Suecica, 160: 61-71

Jackson L E, Calderon F J, Steenwerth K L, et al. 2003. Responses of soil microbial processes and community structure to tillage events and implications for soil quality. Geoderma, 114: 305-317

Johnson D W. 1992. Effects of forest management on soil carbon storage. Water, Air & Soil Pollution, 64 (1): 83-120

Jones M D. 2000. Effects of Disturbance History on Forest Soil Characteristics in the Southern Appalachian Mountains, in Crop and Soil Environmental Sciences. Virginia: Virginia Polytechnic Institute and State University

Kavdir Y, Smucker A J M. 2005. Soil aggregate sequestration of cover crop root and shoot-derived nitrogen. Plant and Soil, 272: 263-276

Kay B D, Vandenbygaart A J. 2002. Conservation tillage and depth stratification of porosity and soil organic matter. Soil and Tillage Research, 66: 107-118

Keeves A. 1966. Some evidence of loss of productivity with successive rotations of Pinus radiata in the south-east of South Australia. Aust For, 30 (1): 51-63

Kimmins J P. 1990. A Strategy for research on the maintenance of long-term site productivity//IUFRO. IUFRO 19th World Congress Proceedings. Montreal: IUFRO

Leonard R K. 2002. Monitoring & Evaluating the ADB Forest Sector Strategic Framework. Philippines: Asian Development Bank

Liang Y C, Yang Y F, Yang C G, et al. 2003. Soil enzymatic activity and growth of rice and barley as influenced by organic manure in an anthropogenic soil. Geoderma, 115 (1-2): 149-160

Liu A G, Ma B L, Bomke A A. 2005. Effects of cover crops on soil aggregate stability, total organic carbon, and polysaccharides. Soil Science Society of America Journal, 69: 2041-2048

Lundquist E J, Jackson L E, Scow K M, et al. 1999. Changes in microbial biomass and community composition, and soil carbon and nitrogen pools after incorporation of rye into three California agricultural soils. Soil Biology & Biochemistry, 31: 221-236

Lunsford J D, Dixon M J, Mobley H E. 1989. A Guide for Prescribed Fire in Southern Forests. Technical Publication R8-TP. USDA Forest Service, Southern Region. Washington D. C. : USDA Forest Service

Mann L K, Johnson D W, West D C, et al. 1988. Effects of whole-tree and stem-only clearcutting on postharvest hydrologic losses, nutrient capital, and regrowth. Forest Science, 34 (2): 412-428

McKee W H, Hatchell G E. 1986. Pine Growth Improvement on Logging Sites with Site Preparation and Fertilization. Fourth Biennial Southern Silviculture Research Conference. Washington D. C. : USDA Forest Service

Meffe G K, Carroll C K. 1997. Principles of Conservation Biology. 2nd edition. Sunderland: Sinauer Associations, INC. Publisher

Miwa M. 1999. Physical and Hydrologic Responses of an Intensively Managed Loblolly Pine Plantation to Forest Harvesting and Site Preparation, in Department of Forestry. Virginia: Virginia Polytechnic Institute and State University

Morgan R P C. 1995. Soil Erosion and Conservation. Second Edition. Berlin: Wesley Longman Limited

Morris A R. 1993. Forest floor accumulation under Pinus Patula in the Usutu forest. Swaziland. Commonwealth Forestry Review, 72: 114-117

Morris L A, Miller R E. 1994. Evidence for long-term productivity change as provide by field trials// Duck W J, et al. Impacts of Forest Harvesting on Long-term Site Productivity. London: Chapman and Hall

Morse R D. 1993. Components of sustainable production systems for vegetables-conserving soil moisture. HortTechnology, 3: 211-214

Nambiar S E K. 1996. Sustained productivity of forests is a continuing challenge to soil science. Soil Science Society of America Journal, 60: 1629-1642

Noguchi M, Yoshida T. 2004. Tree Regeneration in Partially Cut Conifer-hardwood Mixed Forests in Northern Japan: Roles of Establishment Substrate and Dwarf Bamboo. The Netherlands: Elsevier Science BV Amsterdam

Norse E A, Rosenbaum K L, Wilcox D S, et al. 1986. Conserving Biological Diversity in Our National Forests. Washington D. C. : The Wilderness Society

Office of Technology Assessment of the U. S. Congress (OTA) . 1987. Technologies to Maintain Biological Diversity. OTA-F-330. Washington D. C. : U. S. Government Printing Office

Papendick R, Parr J F. 1997. The way of the future for a sustainable dry land agriculture. Annals of Arid Zone, 36: 193-208

Pardini A, Piemontese S, Argenti G. 1993. Limitation of forest fire risk by grazing of firebreaks in Tuscany. Italia Forestale e Montana, 48 (6): 341-352

Perry D A, Maghembe J. 1989. Ecosystem concepts and current trends in forest management: time for reappraisal. Forest Ecology and Management, 26: 123-140

Piovanelli C, Gamba C, Brandi G, et al. 2006. Tillage choices affect biochemical properties in the soil profile. Soil and Tillage Research, 90 : 84-92

Raison R J, Crane W J B. 1986. Nutritional costs of shortened rotations in plantation forestry//Stanley P G. Forest Site and Productivity. Montreal: IUFRO

Reeves D W. 1997. The role of soil organic matter in maintaining soil quality in continuous cropping systems. Soil and Tillage Research, 43: 131-167

Richter D D, Ralston C W, Harms W R. 1982. Prescribed fire: effects on water quality and forest nutrient cycling. Science, 215 (4533): 661-663

Shumway J, Chappell H. 1995. Preliminary DRIS norms for coastal Douglas-fir soils in Washington and Oregon. Canadian Journal of Forest Research, 25 (2): 208-214

Six J, Elliott E T, Paustian K. 1999. Aggregate and soil organic matter dynamics under conventional and no-tillage systems. Soil Science Society of America Journal, 63: 1350-1358

Smith D M. 1986. The Practice of Silviculture. New York: John Wiley and Sons

Smith H C, Miller G W. 1987. Managing appalachian hardwood stands using four regeneration practices: 34-year results. Northern Journal of Applied Forestry, 4 (4): 180-185

Smith J K, Lyon L J, Huff M H, et al. 2000. Wildland Fire in Ecosystems: Effects of Fire on Fauna. USDA Forest Service, Rocky Mountain Research. General Technical Report RMRS- GTR-42. Volume 1. Washington D. C. : USDA Forest Service

Soule M E. 1985. What is conservation biology? BioScience, (35): 727-734

South D B, Zwolinski J B, Allen H L. 1995. Economic returns from enhancing loblolly pine establishment on two upland sites: effects of seedling grade, fertilization, hexazinone, and intensive soil cultivation. New Forests, 10 (3): 239-256

Taylor C A. 1994. Sheep grazing as a brush and fine fire fuel management tool. Sheep Research Journal, special issue: 92-96

Teasdale J R. 1996. Contribution of cover crops to weed management in sustainable agricultural systems. Journal of Production Agriculture, 9: 475-479

Thomas K. 2002. ENSO as a forewarning tool of regional fire occurrence in northern Patagonia, Argentina. International Journal of Wildland Fire, 11: 33-39

Tonitto C, David M B, Drinkwater L E. 2006. Replacing bare fallows with cover crops in fertilizer-intensive cropping systems: a meta-analysis of crop yield and N dynamics. Agriculture Ecosystems and Environment, 112: 58-72

UNDP. 2002. Handbook on Monitoring and Evaluating for Results. New York: UNDP

United Nations Economic Commission for Europe. 1996. Food and agriculture organnization of the United Nations. International Forest Fire News, 14: 1-21

Velazquez-Martinez A, Perry D A, Bell T E. 1992. Response of aboveground biomass increment, growth efficiency, and foliar nutrients to thinning, fertilization, and pruning in young Douglas-fir plantations in the central Oregon Cascades. Canadian Journal of Forest Research, 22 (9): 1278-1289

Wiedemann E. 1935. Uberdie Schaden der Streunutzung im Deutschen Osten. Forstarchiv, 11: 386-390

Williamson M. 1996. Biological Invasions. London: Chapman and Hall

Wood P G. 1972. The Behaviour of People in Fires. Fire Research Notes, (953) . Great Britain: Fire Research Station

Wormald T J. 1992. Mixed and Pure Forest Plantations in the Tropics and Subtropics. FAO Forest Paper. Rome: FAO

Wright H A, Bailey A W. 1982. Fire Ecology. New York: John Wiley and Sons

Wyland L J, Jackson L E, Chaney W E, et al. 1996. Winter cover crops in a vegetable cropping system: impacts on nitrate leaching, soil water, crop yield, pests and management costs. Agriculture Ecosystems and Environment, 59: 1-17

附　件

工业人工林生态环境管理规程[*]

National code for the ecological and environmental
management of industrial plantation in China

LY/T 1836—2009

前　言

本标准的附录 A、附录 B 和附录 C 为资料性附录。

本标准由国家林业局造林绿化管理司（营造林质量稽查办公室）提出并归口。

本标准由国家林业局负责解释。

本标准起草单位：中国林业科学研究院林业科技信息研究所、国家林业局造林绿化管理司（营造林质量稽查办公室）、云南省林业科学院。

本标准主要起草人：李智勇、刘道平、何友均、周志峰、陈宏伟。

---

* 国家林业局 2009-06-18 发布，2009-10-01 实施。

引　言

　　发展工业人工林是有效缓解我国木材供需矛盾的重要途径，也是通过供材替代有效保护天然林和造林区生态环境的战略性措施。自从我国启动天然林资源保护、退耕还林、京津风沙源治理、三北和长江流域等重点防护林体系建设、野生动植物保护及自然保护区建设、重点地区速生丰产用材林基地建设等六大林业重点工程以来，以工业人工林为主的商品林业发展迅速，提高了原材料自给能力，促进了我国林产工业的发展。但是，由于一些地方在大面积营造工业人工林时，忽视生态环境管理，使我国工业人工林的健康发展还面临着地力退化、水土流失、病虫害频发、生物多样性降低等诸多生态环境问题的挑战。为此，特制定《工业人工林生态环境管理规程》，在促进工业人工林快速发展的同时有效规避对生态环境的损害，提高我国工业人工林可持续经营水平。

　　近年来，许多国际组织对森林可持续经营给予了高度关注并提出了一系列标准与指标体系。我国政府也制定了一些相关标准。本标准在充分吸收国际标准化组织（ISO）的《ISO 14001 环境管理体系 规范及使用指南》、森林管理委员会（FSC）的《FSC 森林认证原则与标准》、国际热带木材组织（ITTO）的《ITTO热带人工林可持续经营标准与指标》、联合国粮食及农业组织（FAO）的《FAO人工林可持续经营自愿性指南》和中国的《中国森林可持续经营标准与指标》等有关生态环境管理原则的基础上，结合我国现行森林经营技术标准，充分考虑工业人工林培育的特点以及经营水平，制定出国家层面工业人工林生态环境管理规程，包括生态环境管理规划与设计、植被管护、水土保持、地力维护、生物多样性保护、化学制剂和生物制剂施用、森林防火、有害生物防治、监测和评价等方面的内容。

1　范围

本标准规定了工业人工林造林和管护过程中的生态环境管理规划与设计、植被管护、水土保持、地力维护、生物多样性保护、化学制剂和生物制剂施用、森林防火、有害生物防治、监测和评价。

本标准适用于工业人工林造林和管护过程中的生态环境管理。

2　规范性引用文件

下列文件中的条款通过本标准的引用而成为本标准的条款。凡是注日期的引用文件，其随后所有的修改单（不包括勘误的内容）或修订版均不适用于本标准，然而，鼓励根据本标准达成协议的各方研究是否可使用这些文件的最新版本。凡是不注日期的引用文件，其最新版本适用于本标准。

GB/T 14175—1993　林木引种

GB/T 15776—2006　造林技术规程

LY/T 1681—2006　林业有害生物发生及成灾标准

3　术语和定义

下列术语和定义适用于本标准。

3.1

工业人工林　industrial plantation

以培育木质工业原料为主要目标，采取定向培育、规模集约经营、标准化生产的人工林。

3.2

工业人工林生态环境管理　ecological and environmental management for industrial plantation

采用符合可持续经营理念和生态系统原理与方法的技术措施对工业人工林进行的培育与生产活动。

4　生态环境管理规划与设计

4.1　工业人工林造林区应选在商品林区划地域内，其生态环境管理规划与设计应与国家相关规划和设计相一致。

4.2 在工业人工林造林规划设计中应包括生态环境管理的规划与设计，内容包括：

- 植被管护；
- 水土保持；
- 地力维护；
- 生物多样性保护；
- 化学制剂和生物制剂施用；
- 森林防火；
- 有害生物防治；
- 监测和评价。

4.3 新造林地规划设计时，应保留规划设计区域范围内一切有重要价值的人类历史文化遗迹、自然景观、保护地、珍稀濒危植物及其栖息地。

5 植被管护

5.1 因地制宜选择工业人工林主要树种，优先选择适合本地发展的乡土树种，外来树种的使用按照相关规定执行。

5.2 在营造工业人工林时，应注意保护造林地周边的原始林和天然次生林。

5.3 在山丘区成片造林区域内，应保留山顶、沟谷、急险陡坡等生态敏感区的原有植被，保留面积不低于整个造林区面积的10%～15%。

5.4 控制林分密度，尽可能保留天然林木，发展林下植被，形成合理的群落结构。

5.5 提倡营建混交林。在以针叶林为主的地区，以县为单位阔叶林的比例不应低于20%。根据立地条件和已有森林状况，采用不同树种、不同森林斑块景观配置方式，避免营造大面积单一树种人工林。

6 水土保持

6.1 山地造林活动应沿等高线进行。

6.2 全垦整地只允许在平原和15°以下的缓坡地带施行。

6.3　在 15°～25°的山坡，可以采用局部全垦整地的方法，即全垦整地不得集中连片，坡面长度超过 200 m 时，每隔 100 m 保留 3 m 左右的植被带。

6.4　25°以上坡地原则上不宜发展短轮伐期工业人工林，发展长周期工业人工林时不准许全垦整地，鼓励带状整地或穴状整地。

6.5　合理施肥和使用生物制剂，避免造成对土壤和水体的污染。

6.6　采伐与集材时，要避免对周边林地植被和土壤的破坏。

6.7　采伐后应进行及时更新，避免采伐迹地的水土流失。

6.8　在干旱半干旱地区以及在周期性或季节性干旱地区造林，要注重乔、灌、草植被合理配置，并选择抗旱节水型树种，减轻对当地水环境造成的负面影响。

7　地力维护

7.1　应避免炼山，维护林地的长期生产力。

7.2　注意保留林地的枯枝落叶和采伐剩余物，有效保持土壤肥力。

7.3　合理施用化肥，鼓励使用有机肥和生物肥料，平原地区提倡农林间作或种植绿肥，提高土壤肥力。

7.4　工业人工林培育过程中，尽可能保留造林地周边的天然植被，努力促进林下植物的恢复和发展，可持续地维护林地土壤肥力。

8　生物多样性保护

8.1　单一树种造林时的成片面积应当控制在 30 hm^2 以内，单一无性系造林时的成片面积应当控制在 10 hm^2 以内，提倡多树种、多林种、多无性系、景观镶嵌造林。

8.2　应重视阔叶树造林和造林区及其周边天然阔叶林的保护。

8.3　保留或建立有利于野生动物迁移和植物基因交流的生物走廊或景观廊道。

8.4　营造林作业不对周边的生物多样性特别是对珍稀、濒危物种及其栖息地造成威胁。

8.5　在有关野生动植物保护法律框架内开展适宜的狩猎、采集和诱捕活动。

8.6 严格控制和监测外来物种的引进或入侵，把其对生物多样性的危害降到最低。

9 化学制剂和生物制剂施用

9.1 尽量控制化学制剂的使用，最大限度减少化学制剂施用对生态环境造成的负面影响。

9.2 禁止使用世界卫生组织 Ｉ A、Ｉ B 类清单（参见附录 A）中所列的物质和碳氢氯化物杀虫剂，以及国家法律法规（参见附录 B）和国际公约（参见附录 C）规定的禁用化学制剂。

9.3 如果十分必要且经过批准，可以有限地使用低毒、高效、残留期短的化学品。

9.4 任何化学制剂的容器和废弃物（包括燃料和油料）都应当在林地以外的区域采用符合环境保护要求的方法妥善处理。

9.5 使用化学药品要符合环境安全法规，应对作业员工进行培训，掌握准确使用、储存和处理化学药品的知识和技能。

9.6 根据国家法律和国际公约，限制和监督生物制剂的施用。

10 森林防火

10.1 根据《中华人民共和国森林防火条例》，省、县级森林防火组织负责本地区工业人工林的护林防火工作，监督检查基层单位落实防火组织和防火措施，制定森林防火应急预案。

10.2 各类营造工业人工林的实体应制定护林防火计划，报送县森林防火组织审核，内容包括：完善森林防火组织，划定防火责任区，制定防火章程，配备专职或兼职护林员。

10.3 造林时要预留防火线，或营造防火林带。防火主线宽度为 15 m，副线宽度为 10 m 左右。

10.4 各类营造工业人工林的实体，根据县防火组织的要求，组织和培训防火专业队伍，配备防火设施，建立防火预警系统，减免火灾损失。

10.5 建立健全森林防火档案，开展用火和防火安全意识宣传。

11 有害生物防治

11.1 参照 LY/T 1681—2006,森林病虫害防治机构应开展造林区林业有害生物的预测和预报,评估森林潜在的有害生物影响,制定相应的防治计划。

11.2 建立有害生物立体监测预警体系。地方各级监测预报机构,特别是县级机构要做好造林区有害生物的预报、通报、警报,积极发挥基层护林队伍在有害生物监测工作中的作用,引导公众参与有害生物监测和举报,建立和完善有奖举报等激励机制。

11.3 造林时种子和苗木选择标准参照 GB/T 15776—2006,严禁使用带有病虫害的种苗,加强对幼林和中龄林的抚育管理,及时清理受有害生物严重侵染的林木和火烧迹地过火林木。

11.4 严格执行植物检验检疫制度。建立外来林业有害生物风险评估体系,开展风险分析。

11.5 林木引种参照 GB/T 14175—1993 相关规定执行。

11.6 负责工业人工林管理的林业主管部门,组织和培训病虫害防治专业队伍,配备相关设施,根据《突发林业有害生物事件处置办法》建立林业有害生物应急机制和预警系统,减少病虫害的损失。

11.7 综合运用生物防治(如采取保护、繁殖、移放、引进等措施,增加林内有益生物的种类和数量)、营林技术措施、植物性引诱剂和无公害化学药剂施用,加强对病虫害的控制。

11.8 实行工业人工林经营单位和个人主要负责林业有害生物防治和治理的责任制度,相应的林业有害生物防治机构提供必要的技术服务和指导。

12 监测和评价

12.1 林业主管部门应组织对本规程实施情况和造林后的生态环境变化、林火、有害生物等情况进行连续和定期监测,并建立档案和信息系统。

12.2 根据检查和监测结果,写出评价报告,并提出处理意见。

12.3 在不违反国家保密法规的前提下,向公众公开监测内容和评价结果,并接受公众对评价结果和处理意见的质询。

附 录 A

（资料性附录）

世界卫生组织（WHO） IA、IB类化学品

表A.1

IA类化学品——极度危险		IB类化学品——高度危险	
八甲磷	甲氟，四甲氟	胺丙畏	砜吸磷
倍硫磷	甲基对硫磷	氨黄磷，伐灭磷	呋线威
苯硫磷	甲基一零五九	安妥（杀鼠剂）	氟乙酰胺
苯线磷	甲基一六零五	艾氏剂	庚烯磷
丙烯醛	硫环磷 I	百治磷	甲胺磷
草不绿	硫磷嗪，治线磷	倍硫磷	甲基谷硫磷
虫螨磷	硫特普，治螟磷	比猫灵，氯杀鼠灵	甲基乙拌磷，二甲硫吸磷
除草醚	六氯苯	丙硫克百威	甲基一零五九
醋酸苯汞	氯甲磷	丙虫磷	碱性甲基绿（杀虫剂）
地安磷	氯鼠酮	草氨酰，氨基乙二酰	久效磷
地虫磷	氯化汞，升汞	敌敌畏	克瘟散
敌虫畏	棉安磷，磷胺	涤灭砜威	磷化锌
敌菌丹	M74	地乐酚，二硝丁酚	硫酸铊
敌鼠	绵枣儿糖苷，海葱糖苷	地乐酚	氯唑磷
毒虫畏	灭克磷	地乐酚东	氯氰戊菊酯
对硫磷，硝苯硫磷酯	氰化钙	地乐酯	马钱子碱，士的宁
对溴磷，溴苯磷	噻鼠灵	敌瘟磷	灭多虫
二嗪磷	三氧化二砷	狄氏剂，氧桥氯甲桥萘	灭害威（杀虫剂）
二溴氯丙烷	绳毒磷，蝇毒	敌杀磷，二噁磷	灭蚜磷
放线菌酮	速灭磷，磷君	敌蝇威	内吸磷
发硫磷	鼠得克	丁酮砜威	七氟菊酯
丰索磷	特丁磷	丁烯磷	氰化钠
氟代乙酸钠，1080	硫丹	丁苯硫磷	三唑磷
氟鼠灵	特普，焦磷酸四乙酯	二噁磷，敌杀磷	三唑磷胺，威菌磷
红海葱	涕天威（内级杀虫杀螨剂）	二硝酚	三硫磷
甲拌磷	田乐磷-O 和-S	伐虫脒，抗螨脒	3-氯-1，2-丙二醇

ⅠA类化学品——极度危险		ⅠB类化学品——高度危险	
溴敌隆		三正丁基锡氧化物	蚜灭多
溴苯磷		烯丙醇	烟碱，尼古丁
乙拌磷		杀稻瘟菌素	氧化汞
乙酸苯汞		杀扑磷	氧化乐果
		杀鼠磷	叶蚜磷
		杀鼠灵，华法令	乙基安定磷
		杀线威	乙基谷硫磷
		砷酸钙	乙基虫螨磷
		砷酸铅	乙基溴硫磷
		双（三丁基锡）氧化物	异狄氏剂
		硝本苯酚	异噁唑磷
		特乐酚	异砜磷
		五氯苯酚	异柳磷
		亚砷酸钠	ζ-氯氰菊酯

注：以上两类化学药品摘自于 2004 年世界卫生组织（WHO）推荐的农药危害分类（http://www. who. int/ipcs/publications/pesticides_ hazard/en/index. html）

附 录 B

（资料性附录）
国家相关的法律法规和部门规章

B.1 法律

中华人民共和国森林法（1984，1998 年修订）

中华人民共和国水污染防治法（1984，2008 年第 2 次修订）

中华人民共和国土地管理法（1986，2004 年第 2 次修订）

中华人民共和国大气污染防治法（1987，2000 年第 2 次修订）

中华人民共和国野生动物保护法（1988，2004 年修订）

中华人民共和国环境保护法（1989）

中华人民共和国水土保持法（1991）

中华人民共和国进出境动植物检疫法（1992）

中华人民共和国固体废物污染环境防治法（1995，2004 年修订）

中华人民共和国动物防疫法（1997，2007 年修订）

中华人民共和国水法（1998，2002 年修订）

中华人民共和国防沙治沙法（2002）

B.2　法规

中华人民共和国森林病虫害预测预报管理办法（1987，2002 年修订）

中华人民共和国森林防火条例（1988，2008 年修订）

中华人民共和国森林病虫害防治条例（1989）

中华人民共和国土地管理法实施条例（1991，1999 年修订）

中华人民共和国陆生野生动物保护实施条例（1992）

中华人民共和国水生野生动物保护实施条例（1993）

中华人民共和国水土保持法实施条例（1993）

中华人民共和国自然保护区条例（1994）

中华人民共和国进出境动植物检疫法实施条例（1997）

中华人民共和国野生植物保护条例（1997）

中华人民共和国危险化学品安全管理条例（2002）

B.3　部门规章

森林和野生动物类型自然保护区管理办法（1985）

森林采伐更新管理办法（1987）

国外引种检疫审批管理办法（1993）

林木和林地权属登记管理办法（2001）

造林质量管理暂行办法（2002）

国家林业局关于进一步加强林业有害生物防治工作的意见（2005）

突发林业有害生物事件处置办法（2005）

注：以上部门规章均为国家林业局或原林业部、农业部颁布。

附　录　C
（资料性附录）
相关国际公约和协议

关于特别是作为水禽栖息地的国际重要湿地公约（RCW，1975，1982 年修订）

濒危野生动植物种国际贸易公约（CITES，1975）

生物多样性公约（CBD，1993）

联合国气候变化框架公约（UNFCCC，1994）

联合国关于在发生严重干旱和（或）荒漠化的国家特别是在非洲防治荒漠化的公约（UNCCD，1996）

关于持久性有机污染物的斯德哥尔摩公约（POPs，2004）

参 考 文 献

［1］ISO 14001 环境管理体系　规范及使用指南

［2］ISO 14004 环境管理体系　原则、体系和支持技术通用指南

［3］国家林业局植树造林司．中国企业境外可持续森林培育指南．北京：中国林业出版社，2008

［4］Responsible Management of Planted Forests：Voluntary Guidelines，FAO. www. fao. org/forestry/site/10368/en

［5］FSC-STD-01-001 FSC Principles and Criteria for Forest Stewardship. http：//www. fsc. org

［6］PEFC/01-00-01 Programme for the Endorsement of Forest Certification Schemes. http：//www. pefc. org/internet/html/about_ pefc. htm

［7］ITTO Guidelines for the Establishment and Sustainable Management of Planted Tropical Forest. http：//www. itto. or. jp

［8］The Montreal Process. http：//www. mpci. org/criteria_ e. html

［9］Sustainable Forestry Initiative Standard（2005—2009 edition）. http：//www. aboutsfb. org/sfi. htm

［10］The National Standard for Environmental Certification of Well-managed Plantation Forests in New Zealand. New Zealand Forest Owners Association Inc，2005

［11］New Zealand Environmental Code of Practice for Plantation Forestry. New Zealand Forest Owners Association Inc，2005